稀見筆記叢刊

籜廊瑣記

[清]王守毅 著
張孝進 張靜 點校

文物出版社

圖書在版編目（CIP）數據

篴廊瑣記/張孝進，張静點校．—北京：文物出版社，2018.4
(2023.6 重印)
（稀見筆記叢刊）
ISBN 978－7－5010－5527－2

Ⅰ.①篴…　Ⅱ.①張…②張…　Ⅲ.①筆記小説－小説集－中國－清代　Ⅳ.①I242.1

中國版本圖書館 CIP 數據核字（2017）第 303722 號

篴廊瑣記　［清］王守毅　著　張孝進　張静　點校

責任編輯：李缙雲　劉永海
封面設計：程星濤
責任印製：張道奇
出版發行：文物出版社
地址：北京市東城區東直門内北小街 2 號樓　郵編：100007
網站：http://www.wenwu.com　郵箱：web@wenwu.com
印　　刷：北京君昇印刷有限公司
經　　銷：新華書店
開　　本：880mm×1230mm　1/32
印　　張：12
版　　次：2018 年 4 月第 1 版
2023 年 6 月第 2 次印刷
書　　號：ISBN 978－7－5010－5527－2
定　　價：48.00 圓

總目録

出版説明

王守毅《簷廊瑣記》爲清咸豐年間成就較高的筆記小説之一，但尚未引起學術界的足够關注，張振國先生《固始王守毅〈簷廊瑣記〉摭談》是近年來僅有的一篇專題論文。本書校者在該文基礎上對其人其書予以必要的進一步探究和説明。

《簷廊瑣記》各卷署名『固始王守毅』或『固始王濟宏』。前者較爲常見，但有挖改痕跡。

作者王守毅，河南固始人，其生平在有關史料中記載較少，且頗多矛盾和疑竇。《中州文獻總録》卷三十五所載稍詳：『王守毅（一七九一～一八八三），字懺生，固始人。與蔣湘南同師馬彭。湘南放言高倫（論），無所顧忌，守毅默默無一語，及文成，彭皆善之。道光元年（一八二一）舉人，十五年大挑二等，選商丘教諭。主文正書院，升知縣，分四川。署儀隴、慶符，赴寧遠理夷務，繼署崇慶州、藍大、順屠、蒲江。又補大竹縣。引年致仕。早年與蔣湘南、洪符孫、李卿穀、王庭蘭詩簡往來唱酬，詩名重一時。』但其中有很多問題存在。《縉紳全書》（同治四年夏）『大足縣』條下有記：『知縣加一級王濟宏，河南固始人，二年十二月補。』民國十七年陳步武等纂修的《大竹縣志》卷七《職官》亦載：『王濟宏，河南固始拔貢，同治五年任。』二者均爲較爲原始的官方資料。綜合上述資料及《籜廊瑣記》中作者自記，王實名濟宏，守毅爲字，以字行於後世。名字相關，取曾子『士不可以不弘毅』之意。『弘』寫作『宏』，爲清代康熙後避諱通例。懺生爲其別號，行於友人之間。《大竹縣誌》記其出身爲拔貢，與其他資料不合，屬於孤證。但張振國曾檢光緒《光州志》卷三《選舉》，道光元年中試者名單中不見作者姓名，則其出身之地尚存疑問，有待於新材料的發現。至其初任大竹縣令的年份，當以同治四年爲是。因《大竹縣志》卷七《職官》中『王濟宏』條記載了同治二至四年中三位署任縣令的姓名和履歷。

王守毅生年，《中州文獻總録》定於一七九一年，不知何據。張振國考證爲一七九四年，與現存絶大多數資料和作者在本書中的自述一致，可以視爲定論。其卒年有一八八一、一八八二、一八八三年三種説法，亦無明證。比較確定的事實是他曾參加光緒五年（一八七九）朝廷舉辦的鹿鳴宴，并『奉旨加二品頂戴』，這在平步青《霞外捃屑》卷二《光緒己卯科重赴鹿鳴者九人》中有著明確的記載，《中州藝文録校補》等書稱其『官至四川布政使』當與此相關。一八七九年，作者時年八十六歲，則其去世時已年近九十。

王守毅生平最引人關注的是其四川仕宦經歷。據其本書中自述，道光二十五年（一八四五），商丘教諭任滿，他被保爲縣令，分四川。道光二十九年（一八四九），攜家入蜀，時年已五十六歲，從此開始了漫長的候補生涯，先後署任儀隴、西昌等地，或代理縣令，或被委命處理一些臨時性事務。其中具有特殊意義的職務是差辦夷匪委員，奉命協助處理寧遠、建昌等地夷務。與當時多數漢族官吏不同，王守毅對少數民族較爲理解和同情，處理民族糾紛也相對公正和寬厚。至同治四年（一八六五），守毅始補大竹縣令，其年七十二歲。四年後致仕，年已七十六歲，在清代州縣級官吏中較爲少見，其經歷具有一定認知價值。

王守毅工詩，本書之外，著有《後湖草堂詩鈔正集》三十八卷，續集十卷。褚應椿稱其『華而不靡，豔而不冶，真得義山神韻者』，以爲詩風類似李商隱，具有一定的藝術成就。

《籜廊瑣記》共九卷，今有咸豐甲寅（一八五四）晉文齋刊本，書前有作者同年弦山花頭陀於庚寅（道光十年，值一八三〇）又四月所作《題辭》。其後爲作者《自敘》，其中『雖幻譎荒怪，不出夷堅所志、齊諧所記；要使事除陳腐，議翻新特』，頗能説明作者的寫作取向。

從《題辭》和《自敘》可見，作者寫作本書是個長期的過程，始於出仕之前，很多内容在道光十年前已經寫成。後來的創作又不斷補入，至咸豐四年（一八五四）基本完成，刊刻成書。但卷八和卷九中包含咸豐五年和咸豐六年的内容，可見本書在刊刻過程或重印時有所增補。

本書體例不一，以文學性質的筆記爲主，但如卷五之《記紅樵殉難事》、卷八之《記萬馬銅場》《記更正紅樵觀察殉難事》《記李總戎》《記麻城僧兵》等文和純爲記載四川夷務的卷九，性質爲典型的史學筆記。卷七《記擬行票鹽議咸豐元年上黄仙樵觀察同年》、卷八《記萬馬銅場》所附《銅場採礦法》和卷九《記擬邊民團法八條》則爲針對具體行政事務的應用文體。以文學性質的筆記而言，本書以志人、志怪爲主，兼有初具規模的傳奇類作品。另有一類較爲獨特的作品，所寫非人、非怪，而是一類事物的集合，旨在炫學或諧趣，故事情節或有或無，可以稱爲志物之作，如卷二《記馬牛》《記玫瑰》和《記鳳仙》等作品。

本書内容龐雜，愛情、婚姻、名物、鬼怪、案獄、節烈、名人軼事、政務詳情，林林總總，頗爲可觀。其中最具價值者如下：其一，作者家鄉固始和任職地商邱兩處風物和地方名人軼事較爲豐富，對地方文化研究有一定意義。其二，志怪、傳奇作品受蒲松齡《聊齋志異》影響頗深，間有佳作。如卷四《記白某》，寫白某西行，至一極遠之國，獲當地僧人贈一囊柏葉而歸。其實他本已登極樂國，化身飛仙。但因塵念未了，返歸故土，又貪吃牛肉，終至身殂。作品奇幻恍惚，餘味無窮。其三，書中有一定量帶有寓言色彩的假傳體作品，可以卷三《記蟹》爲代表。該作品以擬人手法寫蟹、蚌、蝦三種動物相互攻訐、嘲謔，蟹終以身死而救蚌、蝦脱免漁人之手。文字優美，饒有風趣。其四，其炫學志物之作，與《鏡花緣》等白話小説類似，受到清中期以來的考據風氣影響，在文言筆記中較爲罕見。其五，卷九爲作者協同處理四川少數民族問題的專題文章，是清後期有關該問題難得的第一手資料，彌足珍貴。這也是該書研究價值最高的部分。

本書思想有着較爲明顯的世俗化、理性化和功利化的傾向。受時代風氣影響，書中有很多表彰節烈之作，但作者實際上并未苛求婦女節烈。如卷一《記烈婦》，寫剃頭匠某病重，安排身後妻子的出路。其妻以爲丈夫疑心自己不會相從地下，乃自縊夫前，夫亦氣絶。故事情節簡單，僅有六十餘字，但其後的議論文字卻幾達本文的三倍。『是以古之君子，若韓子、若程子，侄女再醮而不以爲辱，蓋其識通而理達！何者？節烈，聖王所取重，而聖王不能强也。不然，冥冥墮行，亦復誰能堪此？』以韓愈、程頤兩位大儒的作法爲證，支持了婦女改嫁的行爲。書中志怪作品雖多，但作者對鬼怪也并非篤信的態度，整體傾向是懷疑，并經常加以嘲弄。如卷一《記五通》，在《聊齋志異》中頗具神通的五通，其神像被主人公直接扔到了廁所裏，結果所患疾病反倒痊癒。類似作品在本書中比比皆是。書中四川少數民族問題的專題記載則充滿了事功和實用色彩。

此外，本書『字體頗特異，多説文體及别體』（周作人《周作人自選集·藥堂語録》），也是一個令人矚目的寫作特徵。

校點由兩位校者共同完成，其中張孝進負責《題辭》《自敘》、卷一至卷三及出版説明的寫作，張静負責卷四至卷九。

本書整理工作獲得二〇一六年度安徽省高校優秀中青年骨干人才國外訪學研究重點項目（gxfxZD2016239）的支持，爲該課題研究成果之一。

籜廊瑣記題辭

夫水車載鬼，絳繩羲版之書；蘭葉銜鱸，緑檢嫣壇之紀。通耳内兜去，郎喧衣幘；眇粟中色界，佛現旃檀。無非摭虎成薈，聚虱爲經。咄咄而書，鬱鬱而語，此泐石穿瀛奇，疏禹牒，胎燐劃電，怪祖齊諧，所由昉也。㦗生同年，英姿挺玉，逸氣凌雲。目迥青稜，怒鞭文羼；要瘢紫痣，笑縮長虹。含神霧以摘天芭，翦金蕤而鏤翠璪。蘭亭韻在，織慧舌之餘巢；珠樹春多，滌花腸之宿潤。儻其秉槖綸館，委乾金閨，詔裁雞楚之垣，袍覆麐蕤之殿，將使圖珍軒䲰，十萬琳瑯，册秘鄉嬛，一千芝草，作得失雄網，握興亡治鏡。何暇戔摹，化化詩續毛羽，困明國想；非非人幻簷蒲，瘻主無如。滿地泥鴻，一生磨蠍；箒婦衣妍，妒生璚袖。槐王宫小，嫁老金枝。春衫落拓，魑魅戲中散之帷；廢刹荒凉，髑髏誦如來之偈。又况鬱瞀沈屯，谁尉昌谷。清寥烏悒，長念幼輿。徒好非葉公真龍，羽化是莊周夢蝶。星謡熒火，閑補三楚風騷；字食蟫仙，浪堆六朝金粉。遂迺感屈子荒蘺，徒嘯山鬼；哀庾家枯樹，半蠹幽蟲。蕉雲滿屋，繡綺琴涼。螢雨半榻，卜花鐙小。問蒼綷以無根，劇赤霆而罕述。手摩汗竹，琪花紺粲之籤；血耗汁壺，虵魅牛妖之目。固宜寥愁破屋，虞卿憤而著書；蹇蹷窮途，阮籍悲而作傳者矣。方今巒樹江雲，片帆戀客。絲鐙釵酒，嚱猿傲人。烏長離而那依故土，船雖大而不載閒愁。聽牀頭之落葉，無限秋聲；看劒背兮生塵，同抛熱泪。君留鄂渚，我望燕臺。握讀斯編，愴懷曷極！庚寅又四月弦山花頭陀題於江漢行館。

自叙

余生長蓼湖之側，築室而寓。環堵蕭然，種紫竹數竿，手一編吟步其間。風來自嘯自答久久，而半世牢愁憤懣塊壘，詑（託）筆墨精靈疏瀹排抉之。譏笑嘲罵、詭辭儻論，無所不有。過激則傷，自知弗免。然嘔心鏤肝，思慮纔通，落筆恐後。雖幻譎荒怪，不出夷堅所志、齐谐所記；要使事除陳腐，議翻新特。鄙者顧而叱之，目睢睢盱盱。把示此君，撲地笑倒。

籜廊瑣記目録

卷一

卷四

卷六……一九三

卷一

記俠女

嘉慶癸酉，某自中牟入汴。道遇少婦，策黑衛甚駛。一翁尾其後，年逾五旬。固疑是主僕。久之，言雜狎謔。婦屢顧翁，睨而笑，嫣媚動人。又疑逋逃者，然年老少不類也。某亦佻達，遠近咫尺，不去左右。漸以語，言笑自如，若無聞覺。暮抵逆旅，婦翁上房宿，某亦寄西廂焉。二更後，人聲息，役者酣寢，衛齕草櫪側，踢蹋有聲。猶聞嬉笑，某乃隙窗潛窺。見婦趺坐版床，翁侍立。少焉，婦目欲上瞪，燈光乍閃，翁杳然矣。旋復閃，翁持人首，血濡縷縷。首授婦，立如故。婦團首縮小如栗，彈指落灶，爆聲豆裂，某倒於地。明日，主人醒之以漿。詳述所見，而婦翁與衛已未測何適。比至汴，經相國寺，地卧無名屍，失其首者二日。驗居人言，即某與婦翁宿旅店夜。

記相鼠

典史何某言幕游陝州，秉燭閱案牘。夜既深，一尺餘小兒來揖座側，既旁案而立，椒目視何，侍甚恭。何，閩人，嘗幕廣粵間，多所見怪，不爲意也。未幾，復一兒揖如前，續至五六。何大嚏，則咸驚而遁。移燭就寢，帳初啟，床褥上早坐其二。何乃蹙而號，幕僚畢集。知者曰：「此名相鼠，地多有之，見人則揖。《詩》云：『相鼠有體』，即是物也。」考《魏風·碩鼠》疏云：「今河東有大鼠，能人立，交前兩脚於頸上跳舞，善鳴。人逐則走入樹空中，或謂之雀鼠。」魏於陝近，相鼠或誤名，即雀鼠歟？據履齋《示兒編》亦引此疏。又云：「相，州名，且按地志，相州屬河北，與河東相鄰。」則知相州有此鼠，能拱而人立，其有禮之體如此，詩人盖取譬焉。韓退之《城南聯句》云「禮鼠拱而立」是也。毛氏以相爲視，信如毛説，則視物之有體與皮者，皆可喻禮，何取於鼠哉？然與以相鼠爲鼠名，亦小異。

記桂花瘴

何言幕粵西某令署，以勾當公事赴鄰縣，肩輿二獠婦。午停山市買酒，醉酩酊焉。催程未遠，二婦忽置輿中道，面壁僵立，以袖塞其鼻，容甚戚。叩之不答，但以手指群山中。散雲自浄，噴煙墨湧，馥巖鬱岫，香塞四空。何既醉，詫遇衆香國，吸頷滿鼻，酷欲裂腦。迨日既西斜，香銷煙滅。二婦竊語：「是何蠻子尋死。」乃來語缺，不可卒曉，意求似其云然。比至縣，令出，未暇作禮，何伏地大慟，久久，始吃吃成聲曰：「予不生矣。」令駭。述其故，令笑曰：「勿虞，子不死也，稍語子。」明燭勸飲，致殷勤，慰之者甚至。何終忐爾，勉卒席。令燭使從行，有徑苔封，室三楹。鑰啟其橐，二十八棺朱敗塵凝。令乃嗚咽曰：「自某蒞此土，家三十口，今茲存者，某與老僕耳。若余妻妾子女、親戚朋舊相從來，同歸瘴厲。諸其是矣。家隔江濤，柩停海雨，孤形吊影，爲官亦何樂？」何不禁放聲大哭。令徐引出，坐署齋，止其泪，慰曰：「勿虞，子不死也。是名桂花瘴，犯無生理，惟毒無何酒者。子初來，酒氣嘔人，固疑作醉態爾爾。余信其不死也。晚可高枕而卧。」後果無恙。

記僵屍

何又言祖總戎公以老乞休，時弟某爲清江鎮副將，因取道過視其任。夏六月，代幹辦某事，腰佩刀，從以二卒，匹馬夜行。二鼓，叩店門，畢飲食，入耳房宿焉。隙月窺人，炎汗不寐。忽有聲，如物行，步甚疾。公始面壁卧，聲漸近，回眸視之，面雪白，衣喪者服，作勢攫拿，逼欲升床。公裸體躍而起，飛脚撲之，倒地，挺然有聲。公舞刀大罵：「嗚呼！有賊。」店主人爇火至，見其狀，則長跽請罪。言長子婦日間殁於是，猶未及殮。公來遲，歇者盈户，室惟此爾，不意驚公如是。公數之曰：「汝圖一夕之利，幾以人命戲。匪余武，今其休矣！」命移屍舊所，天明啟面覆，額骨裂去。

記五通

五通禍烈江浙，閩人亦信之。總戎退居日，染疫甚苦。家人聲言五通祟，禱則福，不且患益厲。公叱之曰：「是何淫鬼，乃敢禍余？」家人退而私祈焉。公聞，則大怒，暴躁甚，謂必毀此淫祀。家人以爲大戚，恐其速禍也，防護密至。公以次計遷去。向夜，越牆而遁。入祠，沉五像於厠，歸寢無聲，意大暢適。五更，汗發淋漓，愈良已。家人咸誚讓公，禱且速痊。明日，廟祝喧言失五像所在，人情惶惑，莫適所從。走告沸騰，禍殆不測。數日，竟無恙。公笑謂家人曰：「余久沉諸厠矣。」

記牛聲

何又言曾於役桂林，筍輿獨行。宵度萬山，風林自響，皓月在空，腸轉吻燥，墟儼然可投。策叩店門，則人息役倦，呼聲欲乾，久之始應。一輿夫請曰：「去家伊邇，願一歸視。」詰其近遠，云：「若攀葛逾嶺，不過五里。西有石梁，淺水可渡，二里耳。」許之，期其即至。呼傭索飧，奉飥飥一，餿不可近。問：「有酒可沽乎？」傭應諾。然地無醍盎之劑，奉物，胎栗皮森蝟刺，以刀啟竅，伸頸仰吸，酸若飲醯。既飲既食，輿人未來。一又寢不知侍，閱索息處，僅茅茨一舍，犬伏豕狗，穢不從治。亦無人門户。更求主者，殷勤云：「送公宿所。」出門數武，有赭其壁，飛甍刻桷，大殿三楹，中奉木主，高且等身，則桂林相公陳文恭公祠也。席塵旁室，展褥斯憩，語影凄形，滅無燈火。有物去咫，匪櫝匪匣，就月熟瞻，髹漆朱落，塵封寸積，陳氏某婦之靈柩也。何始怖畏，既自忖曰：「勢逼處此，怖亦何爲？」乃長揖向柩，祝云：「某以宵征，寄身廡下，孺人實有地主之誼，庶其護余。」夜既深，松影刺空，霜氣肅林，風馳敗葉，淅簌作聲，落欲到地，旋移牆外。虎咆於山，震撼巖谷。猿啼別澗，慘入肝脾。貛鳴狖語，狼唁豹吠，蛇哭魑泣，狐呼猱嘯，萬籟續答。破窗窸窣，紙鳴引風，九月寒飆，砭人轉劇，生形死骨，隔惟片木。忽爲騷愁，忽悟佛空，悲幾阮哭，慰復陸笑，憤且禰罵，心盾慮矛，刻刺百端，眸神告憊矣。旋有驅濤噴浪之聲，蠢來欞院，不知庬然幾何大物也。毛髮驟竪，心骨陡裂，一身起倒，莫知遁所。祝靈再四，鬼何人援。迨星月西沉，聲已漸微，輿人催程於天曉，體猶戰汗。尋聲自起，則瘢卧一老牛耳。

記河神

嘉慶己卯，河决武陟。秋，又决蘭陽。明年春，河臣奏言：「河神現，方首蛇身，青黄色，盤旋堤上三日。」皇上命致祭惟謹，并奉敕崇修廟宇。時余客綸署，事見邸報。居民言往年九秋霜降，慶安瀾演劇酬神，河臣冠帶盛服，爇香楮，絳炬如樹，興拜稽首。畢，從者展册神前，蛇即出座下，升几踞龕，以首示齣，則搬演以樂之。神北人，雅好秦腔，昆山、弋陽等調非其所嗜，故亦不置諸部。余有東人某云：「是則然矣。然以爲神，恐未遽信。予襄事河工久，實所屬目。一年尋舊例，觀者圜場，小市茶舍鱗次盈堤，呼嘯喧呶，煩不可耐。忽嘩言河神見，則相避去，肅漸無聲。狀如河臣奏，蛇踞茶座，昂首翹然，若觀劇者。曲終人散，蛇亦蜿蜒去。明日亦如之，又明日亦如之，又明日不見。肆人共訝其不來，以神倦於娛樂，或移他所。既暮火，人沸騰云：『大王腐死灶下，且臭矣。』」

記鬼

業師馬春圃先生，光州人，精奇門六壬。自言八九歲時，晚沽衢肆，過某氏宅，有鬼自楊溝出，攬衣使入。夫子攀旗竿大號，居者出，鬼没不見。

記梅精

閩之謝於山爲家塾，聚族子弟之文者肄業焉。古梅侍郎，其一也。初，侍郎生奇鈍。年十七八，讀《論語》未半部，日不過三行，識字亦不十數。師頗厭其鈍，然家以饒富，卒不輟其業。謝亦安静自守，沉坐如古佛，無餘慕。上巳日，俗侈蹋青游。同學六人皆知名士，不以告，散去。謝閉關，書與對而已。夕陽西下，有女子呼牆外，問師在否，應曰：「無。」女云：「偵知無人，盍授儂手？」謝援之，梯牆而越。延入室，婉麗端好。然心戀其美，初未曉儿女子事。叩讀何書，謝顏紅，囁嚅不能答。展卷嫣然曰：「如許長大，始業此耶？」问解未，謝慚汗就座，汗淋漓。女迴身入抱，戲云：「儂師導汝。」乃先聲咿喔，若教弟子狀。謝口其口，字無棘喉，昔荼苦者，今甘如薺矣。數日讀累寸，穎若夙慧。詳居址，女忸怩云：「非鬼非狐，何勞細問？妾巫者女，去邇西鄰，君自不省耳。」塾之舊，館穀一人，環堵之室三楹，地數弓，奇葩異草，癖者植焉，他人事不與聞。謝日與女且讀且笑，且嬉戲爲樂，漸落筆爲文，方寸泉湧，珠玉隨風咳唾。他日，示諸生，群嘩其爲贋牘。質諸師，師亦斥非謝業。謝不語，退。六人相驚，以文私謂：「信如是，將名使予下。」因隙牆潛窺，疊驗動定。見謝坐擁一女子，讀且笑，笑已復讀，讀已爲文，文已復讀，笑如故。如環斯連，無斷可續。奔告師，師覘其異，乃大疑非人。諸生兼妒謝之頓慧而文，陰以計中謝，使去塾，爲漁女地。嗾師謂謝父：「生年且長大，宜授室。」群又以女事告父，父信之。呼歸，卜婚告廟後，謝移讀別室。寢不與婦偕，婦不解意，聽之耳。一夕，父潛聽謝讀，有語笑聲。隙視，無異諸生語。破扉大罵：「是何小户女，不自廉恥，又辱人子弟，失業敗行。」女嘿無言，泪涔涔下流，長跽，父且退。女辭謝云：「苟非人，孰無面皮？既嚴父見譴，義不可久留。」汍瀾出門，勉無廢業。謝自是精神頓癡，恍若喪心，百思術盡，不致一見。病久小瘥，父驅與院試，補博士弟子員。明年，舉於鄉。又明年，捷南宮，入詞垣。然三入試場，女必陰俟號舍，諸試作多筆削女手。未幾，都學山左，女與襄試士，取士必得。試某郡日，謝方爇燭閱試卷，女神光慘沮，斂黛長顰，風鬟霧鬢，色所不堪，泪波注謝衣，蒼黄前辭，曰：「妾禍且至矣，恐不更生。君如念夙好，乞病速返，庶其有救。」放聲大哭，謝訝不祥，對曰：「妾始不以實告君，致有今日。然此亦數也。妾實非巫女，乃塾院古梅耳。姨女煉其精靈，羲娥讀其光彩，肌冰榦鐵，蜕生弱質，情累君役，久不作花。近主者見惡，擬致戕伐。剛日兆卜急，其奈何？」既又以指計歸程，大戚曰：「已矣，數也。夫君計日告歸，伐期亦可到。但三日勿渡，君如江風何？」謝亦哭，女拭泪云：「不相忘，一言告情者。如至日已伐，願乞根下三尺木，刻主置龕，焚香，日三次。代誦金經萬遍，佛以誠感，或相見期。如書『亡妾梅姐之靈』，香時三呼，妾雖死之日，猶生之年。」言已，徘徊不忍別。謝拜表。明日解組綬，行李遄發。至江，果大風如女言。歸，先奔塾，梅已斧斯三日。謝悔不克救，痛恨欲死。請木祀主，一如女指。靜室焚香，心經泪木。夫人不覺者半年，忽生念意，詣謝。謝他往，入室得主，怒攜去，覆以溷器。比謝歸，悉其如是，占脱輹，以汩滌其穢，誓不與婦一面。女沮喪益憊，晚來數慰謝，教之治五香湯，三沐三薰。經數將盡，梦女謝曰：「以君真誠，使已散之魂，離而復聚。從此精氣往來，無與草木累，惟君所賜。」顏色怡如，及再相見，歡好如昔日。謝起病，偕至京師數年，語謝云：「君宜速假，嚴父壽且不永。」奉允歸覲，父以是歲歿。琴瑟既猰，女復勸云：「君峻階而年促，自是可勿仕矣。」居無何，病篤不起，殮之夕，群見十五、六好女子，傲不避人。殮畢，視無遺毁。葬，復臨穴。事已，不知所往。家人驚其神，收木主，祀春秋，與謝并。按侍郎名道承，長洲沈文慤公選《别裁集》，存公詩五首，孝思之言，藹如生。與黄莘田先生交最厚，體裁温李，香吐古艶。格調亦近香草齋，其高逸則過之。《古梅詩集》半存女作云。

記狐

常熟蔣氏，故大家。倚江爲樓，狐據多年，封鎖甚固，家人無敢擅登。洪稚存先生少失怙，隨母依外家。八九歲時，潛破其鑰，躡樓梯，見物絜白，版鋪殆遍，蠢動蠕蠕。捉視掌中，則山羊如豆，不可數計。嶷嶷厥角，耳貼然，須鬣畢具。畚而投諸江，狐蹤遂渺。後亦無他異。

先生飛騰日，梦登樓，將窮其巔，忽巨石壓頂，怯不能勝，驚怖而寤。明日臚傳，第二人及第，其第一人則石琢堂先生也。

又嘉慶初，先生居翰林，以言事獲譴，謫發伊犁。未至，先一日，館卒梦二鬼議云：「洪大人且至。彼正人也，吾儕宜避去。」明日，洪果到。卒爲述其異。居數月，先生梦鬼賀云：「皇上恩旨已降，大人行將歸，吾等得復處是也。」不數日，有旨賜環。

先生少時，嘗梦化身爲朱鳥，破窗櫺飛去，躍入南方星宿中，故世傳先生武曲化身云。右三則皆先生第三子幼懷上舍爲余言。

京師正陽門有狐居焉，諸闔以故或啟閉不時。有睹之者，一老翁須眉皓白。翰林方某祟於狐，家人爲呈詞，訟諸城門下。俄有批云：莫麗華姊妹已發往黑龍江，充軍去矣。但方生身居清要，誘致異類，縱行姦淫，亦屬不合云云。相傳是狐爲天下都總領，其亦狐而解道理者歟？壬午留京日，傳言如是。

光山令朱邦達以事謁省垣。方夏，有故人過寓齋，留與手談。雷雨交作，飛電繞户牖，乍出乍入，礮磹有聲。一翁狂奔入室，蓬髮皓然，攀左腿，戰栗視朱，若求援狀。朱大駭，以足擲户外。霹靂一聲，化爲老狐。朱腿爲龍火所燒傷，經年始愈。或云是一大蝙蝠，巨如車輪。

記披麻煞

揚州某氏子，聘婦而美，意速娶。卜吉於日者，推之曰：「此女大不利，煞犯披麻。於數，克三夫，乃大富貴。然破彼有術，雖險勿虞也。合巹之夕，賀者退床後，展雨傘一具，婿席地坐，咒祝良久，以灰布界，反鎖洞房，無使漏罅。殷勤囑家人，潛伺室側，待雄雞一聲，闢户入視，當有驗。」女晚妝羞理，紅衣照人。二更漸催，慵不勝憊，嬌怯欲可憐。未幾，剔銀釭，倚鬆几，引腕假寐。婿方疑日者妄語妒人，女驟化厲鬼。麻衣縷縷，黛頷赭髮，鋸齒吐唇，目睒閃如電。握刀乃起，逡巡覓索，去來翕忽，苦無所得狀。忽移床後，則歡忭曲躍。比至灰所，又縮不敢進。婿犬伏鼠駭，莫能出聲。相持久之，獰益可惡。濁燈無焰，倏紅倏青。磨齦出血，愕怒不可名狀。魚踴而前，幾越灰界。婿倒地暈絕，家人聞響擊者三，破鑰救之。女寐如故，刀痕宛然在床，深入數寸。甦後，述所見於女，瞢不知也。後婿貴，女亦與封典。

記白虎煞

吴夫人，偶忘其郡縣。於歸卜吉，推者戒夫家云：「日大貴，但法遭虎阨危，其奈何？過此以往，無不利。」吴翁謹受教。結褵之夕，召諸部排場演劇。親者至，賀者留。珠燈絳蠟，照耀庭筵；猩罽衣地，備極華侈。新夫婦洞房朱樓紅窗，繡闥錦幔，牙床同牢。既成禮，諸眷屬躡梯降登，垂簾觀劇。力如虎者數人，繕甲兵，巡護大門外。扃户入幃，歡如魚游春水。忽闖門有聲，疑戚中少年作鬧，不應，久之寂然。震撼徐厲，繼以呼名。婿耐煩不堪，吻且燥，思飲甚急，慰婦安寢，裙衣靸履。户甫闢，虎負而逃。新婦謂婿久不至，心動起呼，伴姆白家人。遍索，杳無蹤影。舉室號跳，聲沸騰。婦慟卧不起，不語言，三日不飲食，泪漬枕褥。翁媪既痛子之匪命，愈哀憐婦，長跽請曰：「兒既亡，老夫婦盡餘年恃新婦耳，太自苦何？」蹶然曰：「婦與虎誓不生此郡。」縱金幣，廣募獵户，日至百輩。選藝之精者數人，使作勢格鬥，師視之，盡其術。乃巾束額、襖素，械而奔山中，虎斯得殲。其二子獻俘，翁媪捋虎須，寢虎皮，析骸而爨，腐其肉，遍賜餓者。盡殺乃已。周歲，舉一子，眉目疏朗，酷肖厥考。子長娶婦，有孫六人。子後位侍郎，諸孫或出爲屏藩，或入司喉舌，閥閱之家，郡莫與争貴。尋賜誥命，贈一品夫人。夫人召工，圖己貌：短襦荷戈，如仇虎時狀。致族人，誓云：「吾不幸，不克相夫子，苦節數十年。然翁姑稱順，婦子孫貴顯，身沐國恩，實邀天之福。繼自今，使吾族無論兒女輩，有勇力可授吾技者業。與共除人間患，吾無憾焉！」以故終夫人之世，郡無虎跡。夫人殁，虎漸來。獵户請立祠於巖，懸夫人像，虎復遁。

記俠客

俠客吴翁，有聲江楚間，暮年蓄退志。二客來謁，致聘幣惟謹，言辭殷殷，必欲一往。不得已，許之。鞍馬執轡，禮過乎恭。三日沿海行，見島嶼停峙，氣勢甚盛。蓊翳樹木，矛戟森然，始悟爲所賣。殷念既入其苙，何肯脱去，計惟藝與角耳。引至穴，寨主者出迎，年若翁。從以數十背（輩），絳幘大袖，獷悍之狀，咸可憎。烹牛執豕，廣宴巢侣。吴賓位，寨主者阼階，執主人禮，其餘以次坐。飲過三爵，一絳幘人腰利刃，前云：「尊客遠勞，無以致敬，勿貽吾輩羞，請嘗吾刃。」以刀刺吴，吴齒接之，刀折其鋭。寨主者叱之退，吴旋起，白云：「老夫耄無能，雙眸昏似霧中花，願奏小技，聊博一笑歡，何如？」方中夏盛筵，蠅聲薨薨，往來飄忽，飛鳴遽集，鼓翼電馳，目不暇瞬。吴象箸鑷左足斃之，中不失一，傾刻案積如小邱。寨主者避席謝曰：「睹公所戲，業知術矣。請自今，吾徒遇江湖，勿以一矢相加遺，則幸甚。」厚饋之，復遣二客送歸。有姑從嫂，堅致翁一見。嫂二十、姑十五六，翁不樂，謂家人曰：「速命者至矣！」移榻中庭，杖而出，端坐云：「老夫年在桑榆，惟摧隤是懼。近者臂腕酸麻，兩骭不仁，百病集厥躬。卿姊妹遠來，其何以教老夫？」姑拜，致辭云：「妹等來，正欲醫翁病耳！」加手前翁膝，摩挲脛骨，陰欲痍傷。吴竭平生之力，執女腰，聳身擲之，雙鉤掛梁上。嫂驚，長跽謝過。梯而降，再拜辭去。吴嘔血數斗而死。

記俠婦

汴城有以游俠而爲人護送行裝者，謂之賧客。其徒既衆，因共推一人，長者爲首領。令行禁止，莫敢違命。嘗削竹簽書姓名，設案庭事，以筒盛簽置案上。差事至，首領倚案立，卜筒出簽，視應募者姓名，即不獲辭，他亦無與争能。有客出雁門，載重貨，茶三十駝。聘幣千金，簽署某行有日矣。某病不能起從，念此重任非己莫克荷，同輩中又無堪其右者。婦槪（慨）然請往，夫不語，陰白首領人。諾之，且驗其技。婦錦襦束帶，繡褌不裙，騰身立駝背，一足鷺拳，臂弓挾彈，蜂擁而行。往復數千里，無苦無惰容，孑立背上如一日。既反命，夫痊，坐得千金，始奇其能。初，道遇响馬賊數輩，駭而屢奔，終無敢進者，垂涎而已。邑陳某，與夫交最厚，嫂呼婦。婦年三十，足纖小，大不逾三寸。晨炊烙餅，陳適來，箕踞坐地，與婦語。陰握婦足，婦飛足抵陳齣，仰而倒。笑曰：「使予著駝上屨，則子齣洞七札矣！」烙餅如故，無忤容。陳素亦驍健，力敵數十人。

記碑文

吾邑無金石文字，叔敖碑差古，然敘事書人顛倒舛謬，一如劉向《新敘》記楚白珩事，遺譏識者。故文雖存《金石録》，不足取。壬午，寓都中，楊子萱笑述一土地祠碑文，相與噴飯。文云：「夫土地者，乃天地間不可少之一物也。然而有三物焉：有鐘焉，有鼓焉，有磬焉。鐘者，所以震天下之聾聵；鼓者，所以啟天下之愚蒙；磬者，子擊磬於衛是也。」廟前有樹，樹後有廟，何則僅將碑文書勒於左？雖游戲筆墨，實切碑文之弊，書博一噱。楊，江右人，今保定府充裕庫大使。

記義舉

阮封翁湘圃，招勇將軍琢庵公之子，性豪放，家業中落。族聚二百金，使往漢陽販藥材。因過米市廠，聞婦人哭者而哀，叩之。對曰：「夫以欠官債質獄，計鬻女償，不且死。而富家知者，故勒其值，議惟倡户，已成約矣。然家雖寒儉，尚出清門，不得已辱及先人，污吾女，是故痛耳。」問負幾何，則實如槖中裝。公慨然傾囊，爲代其償。且擇楚士之能文者，贖女嫁焉。空載歸，鄉人服其義。今尚書浙閩總督雲臺先生，公其父，行善有報，彰彰如是。嘉興吴澹川，尚書門下士，薄游漢口，有述其事者，作詩云：「蛾眉贖後槖金空，義事流傳江漢東。多少青樓捲簾女，一時回首怨春風。」按《南野堂筆記》與此説略異，余姑述所聞爾。

記畫驢

畫師許樂可，初執鞭爲業。久之，精摩（摹）驢。余曾見横幅，長四尺，廣尺，驢百頭：走者；立者；趨者；齕者；鳴者；縶者；滚者；伏者；卧者；起者；狂奔者；負而趨者；趨而顧者；齕草者；飲水者；肩摩臀者；雁行走者；喜而跳躑者；首癢摩而以後左足者；首癢摩而以後右足者；坐而俯首齧後蹄者；背貼地而首回齧後脛者；蹄摩鼻而一齧其後膝者；齧而戲者；一立一卧；卧者踶立者，立者齧頸痛而奮欲起者；蹶四足而就地齕草者；四足伸而腹卧者；首相觸者；齧耳者；尾者；怒而擊之以蹄，具翹然而薄其雌者；與争薄者；脱韁者；奔相逐者；坐而前兩足立者；伏而立後足一摩癢者；前後行以首觸臀者；一立而一登其背齧者；長林回莽，參差没見首者、耳者、蹄者；半身露者；駒四立而乳者；乳而伏者；母舔其頸、怒而跳欲齧者；奔逐母者。窮形盡狀，無不入妙，巧無重思，足稱逸品。

記畫羊

草豈留茸，山窮立骨，茫茫磧陸，凍燕不飛，皓首一漢臣，藍縷執節，顔色慘黯，枯立風雪中。有羊一群，頭肉嶄然，耳帖然，尾豩然，須髤鬛然，毛髡鬉然、鬡髣然。其形跳者踋然，踢者蹑然，踢有聲者踋然，踢用力者蹠踹然，行急者跡然，行遲者踏蹑然，行不正者跬然，行不進者跓然，足不前者跡然，疲者薨趨然，相出前者羼然，乍前乍却者踁蹉然，豎立者跭蹼然，蹲者跕然，足寒曲者踑然，疾趨者踐踐然，屈足者盤盤然，相還者藻韡韡然，寒而偏舉一足者踕跔然，頓伏者踳跌然，膝著地者跒然。其狀其名，則子者，羜也；小者，幸也；有牡，羒也；有牝，羘也；或善觸，羝也；或大角，羦也；或無角，羶也；或細角而形大，羱也；或角不齊，羓也；或角卷三匝，羷也；或黄腹，羳也；或黑，羖，羱也；病者，羧也；强健者，羠也；其聲羕也，相羧羵也，羵羻者，垢膩也。一人執此圖謁予，詰其名。予爲指曰：

「是憔悴翁秉鞭作牧，有涇陽之愁容；叱石成羊，無金華之道術。冰氈雪窖十九年無役志，《漢忠臣圖·麟閣蘇屬國》也。墨頗不俗，落子手，老嫗六角扇耳。」予譏之，其人不悟，謝予，持而去。

記南園

城之南有曠谷，曰南園。去南園箭許，曰南橋。橋下水清冽宜飲，汲者蔟焉。過橋南轉而西，曰南池。池水較橋尤清，汲者亦益眾，邑人飲食賴之。源來極遠，塞而細流，豬而陂堰，環洲聚堵，縈繞十餘里，與史河通。其既也，匯爲南池。池東南曰南洲，有地一區，吴氏以數十金得之。種桃三百餘株，花時爛若朝霞。芳草清波，藉茵成坐。踏青人攜酒擔榼，往往挈妓焉。南園居人多業圃，汲泉種菜。有漢陰老人風其地，群峰合沓，竹樹參差，水木湛其清華，日月蕩其光彩，非郭非郊，宜釣宜游。滎陽鄭君卜居者三世矣。至君而山水愈益秀美，騷人韻士樂與過從。潭魚審音，谷鳥答吟。面峰背嶺，邃徑蒼深。可以登高望野，晴雲卷空，幽花墜澗，喜與目遇，微風送磬，鄰唄西來，又與耳謀。君樂乎？否耶？噫！吾疑天地之秀麗隱獻，惟其人！蘭亭也，不遇逸少，誰入山陰？西湖也，不有白傅，誰游杭州？今南園亦吾邑勝賞，而蓊鬱於朽枿穢莽，湮塞於殘葦荒蘆。使夫山不清水不凈，掩抑骯髒，閟響千載者，誰之疹歟？君號南橋，交余最厚。於游南園也，圖而記之。

記君子亭

去南園而東，灌莽叢榛，盤谷蛇行。陟高岡，曠望巘原，煙樹歷歷，雉堞欲飛，極東而落，茅屋隱伏，地數弓，曰：「君子亭」。明少司馬周沖白公別墅也。紆水帶環，飛步可越。秋時蘆花掩映，波光如鏡。左抱南壇，右負臯墓。驥奔麑觸，峰障一壑。種李數十本，繁英屑玉，飛香訴天。亦游春者一奧區也。夫材者，包涵萬象，吐納眾有，出其所蘊，蓄生雲雨，嘘薄雷霆，沛然膏乎天下，群駭其怪矣。一丘一壑，硜然自守。其就也，不絶俗離物。而禽鳥吭其朝林，鱉魚躍其夕澗，兔伏雉馴，無虎豹之威，人無懼心，游者日至。易彼以此，擇者審焉。

記武家洲

武家洲，先屬武氏，少司馬吴公購焉。葺而新之，易其名曰「宜園」。築長堤，偃陂塘，營菟裘，修廊曲徑。築成，與邑君子樂焉。賦詩飲酒，公製敘。若其澀浪噴珠，沉光漾彩，有廊焉，曰「印月」。斜風娟篠，浄雨裛香，有亭焉，曰「問竹」。笠影澄波，苔痕濕霧，有臺焉，曰「釣魚」。爾乃芳孤一徑，節凛三秋，曰「晚香齋」。鐵榦不凋，玉枝長勁，曰「古柏山房」。是二者，公自況。凡地十區，五尤勝。飛閣流丹，峙其東。高塔映紅，聳其西。群峰環其南，萬户障其北。蒼木自翠，古草長鮮。時而漁舫蕩迭乎中流，時而魚唄響答於遠寺，固一時之暢適也。堤樹數十處，老幹樛枝，溜瘦下垂。風葉勾連，層陰蔭沼。春鰷出水，瀺灂往來，游人俯而視之。嗚呼！盛衰曷有哉？昔之荒地一區，勿剪勿剃，梏桍榛莽，蕪其横生。一旦而鋤之、刈之、鏟之、平之、經之、營之，相繼理閣焉、室焉、齋焉、廊焉、廳焉、所焉、亭焉、房焉、臺焉、磴焉、塢焉、徑焉。飛磷走螢，忽而蠟鐙、火樹矣。風呼雨嘯，忽而龍笛、鼉鼓矣。碎瓦隤垣，忽而辛里、午橋矣。前之衰者不必知其盛，後之盛者轉而復爲衰。余於斯洲，未見其盛而僅見其衰者，何也？豈盛不可長，而衰可長耶？抑盛衰必待乎其人耶？宜園之繁盛未久而終歸零落者，已數十年矣。故今游者仍呼武家洲云。

記　梦

吾邑登秋榜者，歷科或六七人，或四五人，少亦三二人。嘉慶丙子，家兄一而已。初舉茂才，異等者以次赴省垣。城西王某梦至一庭事，高年四輩，飲酒笑樂。偶議今年大比興廉舉孝獲售者，言人人殊。一長須翁飄然而入，笑曰：「公等所議，皆非知者。余知之，一人而已。」共問：「知姓名乎？」曰：「無他，楊貴妃之夫耳。」迨報捷者至，而家兄獲售，始悟其言。按貴妃唐元宗皇帝第十二子壽王妃，家兄乳名壽王。余姓（信）神亦善謔哉？王一日聚飲城北雷祖廟，偶登文昌殿，見塑朱衣像，即梦中翁也，肅然而退。

記鬼鬥

族嫂李來歸之日，花輿在途，嫁笥無故傾於地。執役者至家白其事，初無留心。居二歲，嫂忽鬼語云：「余，汝乾阿奶也。記二年前過余門，好意款留，汝不余答，怒踣汝篋否？此何姓宅，不從余歸，乃安如母家耶？」由是迷恒性，歌呼無常。幃櫨障户，畏見風日。呼之，或笑，或不應。兄怒，削桃杖三尺，擊之。鬼大駡云：「汝欺予老憊，不奈何汝，擊骨痛欲裂。將招兒輩，剋期與汝鬥。」鬼去，嫂始醒。比日至，懼而呼云：「鬼來矣。」見襤褸五六輩，負戈跳躍，旋轉走室中，如搦戰狀。兄呼役助，挺横空擊朴，中者仆已，復躍起。有折腰者，負痛不可忍。群鬼指而笑。嫂旋呼云：「鬼繼至矣。」增十餘輩。明日又呼云：「鬼彪至矣。」增數十輩。明日又呼云：「鬼群至矣。」增百輩。皆鳩形鵠面，狺狺吠怒，旋轉迎鬥。肩摩股擊，室無隙罅。杖稍懈，嫂則大號。一室之内，燈光熒熒，鬼影幢幢，挺擊人呶，撼木震壁。不得已，請道士治之。命置瓮，數斛大，布壇作法。鬼群很蹲倨庭隅，或立或抃，齊作壁上觀。道士仗劍叱吒良久，鬼始笑，繼有懼容，或遁去。道士指瓮喝云：「入！」風颼颼，聲從口中出。鬼躍如投壺，以次而盡。封以符，遠瘗山確，加壘石焉。數日無嘩。鬼忽至，聲言復仇，簌簌無幾輩。頸勒帛者，手繩圈懸梁，誘嫂。衣衲者，指門前池，導嫂使投。毀形裸體，枝梧不軍，類婉與勸死耳。道士曰：「是何能爲信爾？亦在不赦。」收而瘗之，如前法。嫂云：「初作法時，一紅毛鬼胸骨列柴，青筋漲露，持木杵，狡健往來，尤悍。不伏治，障瓮口，使諸鬼勿遽入。適道士舞劍，誤擊其腦，一跌而墜，請君入瓮。」

記鬼罵

槐店某乙，自朱仙鎮歸。道遇一客，若公差狀。與語，數言契合，懷盡傾。叩所事事，答云：「勿見畏否，某非人，實无常鬼也，奉差遣勾。村婦某將以日時縊榴樹下。」驗其人，則乙舅嫂也。心大駭，結伴行。且近，遽辭客，奔告婦翁。日至，延賓客滿室，呼婦滌皿。抱而出，數步，盡覆地，化爲齏粉。媼大詬，翁好語勸慰之。再抱再傾，媪怒，詬且及翁。乃以身代役，翁復好語慰之，甚備。默忖日午，乃移坐榴樹下，堅不去。婦數來，泪盈盈眥際，顔色慘不歡，似尋縊狀。然沮翁蹙迫，無奈何。相持既久，翁大喝云：「時過，汝不死也。」婦豁若梦迴。明日，有跛足一男子，躍市東西，呼乙名大罵已，謂乙諒友，實相告，乃泄吾言，致斥役，杖責四十。穢言憤肆。乙友某，心爲不平，走訴乙，勸若罔聞。明日，罵如故。友激乙云：「汝素亦男子，何無丈夫氣，誠怯彼也？吾呼人助汝，必與彼一較曲直。乃爾畏縮！」乙云：「勿言。彼不可敵，實鬼也。」爲白其故，友氣亦喪。

記曰：無常鬼，小説家多載之。余聞父老談鬼事，亦十居八九。鬼信有也。罵人跡近無賴，然事甚奇。抑鬼陰也，薄陽則散。乃萃人叢，白晝罵人，何盡槐店人無一陽氣？

記唐丐

輪迴之説，儒者不道。雖有得之傳聞，而事信不誣，記之可以勸善。潁郡太守某，年耳順，始舉一子。生即能言。曰：「我唐道士，丐也。實固始人，住大佛寺側。兄名某，嫂某氏，侄某。」太守異之，遣二役詢，如兒語。以兄嫂侄攜而去。初，唐之行丐也，予熟見之。被服破衲，攣左足，行止一木拐。懸瘿瓢，若剖巨瓠。日三入市乞，滿瓢遂歸，飽及兄嫂。不似他丐，哀籲叫號，終日苦不足者。飯後，即提竹籃一具，鐵鑷一柄，跛游肆衢。拾字紙之遺棄者，貯之。其有污穢者，滌以清水，乾斯焚焉。南北岡，叢葬處也，剩骸遺骼往往暴露。丐負畚鍤，瘞之就深。如是者有年。性嗜書。已，乞有餘錢，則沽酒醉。無紙墨，乞敗筆，束如帚，濡水，書寺側大石，作擘窠字。已，復拭去。盖唐先本舊家子，故少時猶讀書，至殘不成人，則化而乞矣。無何，一小兒攜瓢乞市上。余心識爲唐瓢，然未知其死，及相嘩以穎守子事。或云小兒實丐侄。距化去僅匝月。

記曰：吾邑俗敦尨，人淳厚。惟中人産者，尚古風。其擁厚貲若數萬、若數十萬、若百餘萬，嫉識字人若仇敵也。道有死殣，熟視若無睹也。歲豐而咨嗟，額蹙且破，則積穀如邱山，價傷廉也；年不順成，則仰屋而嘆，指天而詛，雖貴，糶不滿篝車也。若唐丐者，既醉既飽，其樂陶陶，澹然無所欲泊。其無營力，爲善而已。誠未知填壑不盈者，亦愛惜文字，爲聖賢作護法，如丐否？澤及枯骨，爲造物全仁慈，如丐否？亦知丐先世仕宦，其子孫行乞否？嗚呼！天之報施善人，誠未可測，而丐已貴公子矣。

記縊女

某氏之姑侄女與中表女三人相愛。飲食、寢處必偕，針黹亦然。二在而一不至，不歡也。有戚氏啟湯餅筵，兩家之眷屬盡室往稱慶。三女約言，願留守宅，不願從。父母聽之。午後嚴閉門，繫足纏於梁，盡縊。姑最少而美，頸未縮，亦死。兩家各不忍拂女志，合葬一處。爲大冢，勒石題曰：「三女墓」。蓋三女：一嫁年餘，伉儷甚篤；一卜吉有日矣；一尚待字。同日就縊，卒莫測其故。邑人以嘩，或云：「未縊數日前，鬼嘯於室。」三女之死，殆有數存乎其間耳。

記曰：坤道順成，永貞則吉。其行屬水，性陰柔。女子輕生，稟賦然也。顧古人云：「死有重於泰山，有輕於鴻毛。」若女子身，以死殉節，可也。鬱恨不伸，其輕死也。彼三女，誠殉也？恨也？何爲死哉？

記浪子

州牧子某，少食廪餼，入貲爲廣文，就銓赴都。初入彰義門，見車馬奔馳，紅塵丈起，嘆曰：「如此世界，豈復堪人居住。」一策駕而歸。歌者玉齡，游倡也。廣文見而悦之，爲築迷香，製舞衣，費纏頭。日給錢數千，供旅飧。苟有當意者，咄嗟立辦。產業歲進穀數千石，不幾年蕩然盡，翟公之門館變爲他姓。然本閥閲巨族，己雖落，其以豪富鳴里中、爲顯宦者，尚十餘房。向之沾丐者，亦有人。窘且極，投刺貸千錢，謝弗通也。茅屋支撑，僅蔽風雨。日食不再繼，困迫有不忍言，而廣文昏不悟，衣厭布素，有故家態。

記曰：今之不肖子，淫賭、冶游、破家，俗謂之浪子。廣文近之矣。方廣文盛時，門庭赫奕，干進者趑趄不敢前。蕭條澁至，芻狗猶笑之，何論桃梗。嗚呼！人生富厚，盖可忽乎哉？夫財物聚散、盛衰若循環，惜乎其未知所用也。累千萬家業，蕩盡而無一人感恩者，其所設施可知矣。諺云：「千金之子，死於盜賊。」若廣文者，千金云乎哉？盜賊云乎哉？

記儉

貧莫爲迂謹儒，富莫爲守錢奴。爲奴苦有餘，爲儒苦不足。豈不知貴儒而奴辱，爲儒倘不卒，化爲賤丈夫。余嘗爲此語以示人。隴西氏，富人也。歲登穀三千石，三世布素，衣服無華，無故不肉食，群守財奴目之。

記曰：此真可以永保業者也。家雖富，與人無刻薄事。姻族之吉喪，泉布不通，然必以身至，則争端息也。勤儉自奉，不干分外事，而治家甚有條理，人無怨言也。余每見創業翁，一生艱苦，與人争一錢，面赬耳熱，不少讓，必得乃已。愛子抱孫出，一擲而空之。華屋誰氏，良産他人，有骨猶未寒也。嗚呼！刻苦謀生産，良心剥喪盡矣。身不能賢，安望諸子孫哉？如隴西公，渾渾淳淳，家之上下泊然守其天真，不長奢侈之風。是足爲守成業、安本分者法矣。

記烈婦

剃髮匠某，得瘵疾不起，謂妻曰：「我死，子嫁，善事後人，夫婦情從此絶矣。」妻憮然曰：「汝謂我不相從地下耶？請先待子。」解帶縊夫前，夫亦氣絶。

記曰：夫婦人合，然相愛若性生也。從一而終，女子之義。是説也，特爲士夫家明白識道理者言之。髮匠藝甚微，妻未必聞節烈大道，而堅定若是，豈僅溝瀆之諒乎？或曰：「烈易而節難。」顧亦惟其人强而制後，死者安，必無悔心。是以古之君子，若韓子、若程子，侄女再醮而不以爲辱，盖其識通而理達！何者？節烈，聖王所取重，而聖王不能强也。不然，冥冥墮行，亦復誰能堪此？髮匠妻，村人女也，殉其夫，從容就死，以絶夫疑，可謂得天獨優矣！余故表而出之，惜談者没其姓氏，殊爲耿耿耳。

記賭引

葉子戲，載勝國《五行志》，未知起何人，俗名人頭牌。方茂才淫焉。每戰，累日夜無倦容言。方夏，困午覺，睡眼乍破，顯然四三丙，尺餘大，久之，輾轉遂失。起，有邀局者，諾而前，此葉不落他人手。心異之，笑不自已。同局者叩其故，白曩異，竟不復至。

記曰：博之爲道，不一。曰奕棋，曰博簺，曰投壺，曰雙陸，曰六么，曰蹴球，曰蹋圓。其書有《五木經》《尤射經》《馬吊賦》，近世《圍棋譜》《象棋譜》《骨牌譜》《葉子譜》等類，微細民輿隸倉獲所嗜，王公士夫鮮不癖焉者，何也？世人言賭亦有神，於冥暗中誘之，是謂賭引。故初學賭者勝。沉迷既深，雖勝，不如前。而損神傷生，失業墮行，或蕩産破家相連屬。更其甚者，漢侯王以博失爵國除，數見遷史。卒不悟，賭引爲之也。賭亦何樂哉？雖然，先聖云：「不有博弈者乎，爲之猶賢乎已。」苟能是，先聖賢之已。

記鬼

洪稚存先生少依外家蔣氏。外姑病篤，綿頓在床。守者困。夜半，有手自床下出，大與床等，向床一攫。洪號，家人起，而外姑氣已絶矣。

單孝廉家有書室，其伯父存日，焚香誦佛經其中。歿，不啟者年餘。孝廉父一日灌花未竟，忽聞木魚聲起，回窗一顧，見巨面障滿六扇槅，驚而奔。

記曰：以彼手配此面，可稱大手大頷鬼矣。

記好色

滎陽生謂余曰：「琅邪王伯嶼當爲情死，僕其嗣音矣。」湘華伎，名姝也。與之交孌焉。口無言，言湘華也；心無思，思湘華也；目無見，見湘華也；千里無閒，一刻不逾，行止坐卧，瘦骨柴立，爲湘華也。然君寒士，纏頭費不滿人意。湘華始與善，漸且薄拒之。既謝，弗與通；與語，弗親也。而生念念湘華如故。香雪者，亦湘華亞，自申來。生一見好之，口焉、心焉、目焉，一如嬖湘華，有過焉。且作漢帝語云：「吾老是鄉矣。」戲答云：「以子之年，當退處房老，非復翩翩美少年。且爾輩視客如傳郵，解念子傾葵藿心耶？」齟齬而去。然香雪無定性，一日喜怒百變，生雖百計奉之，而莫測如雷霆鬼神，慨然曰：「余今了悟矣，丈夫七尺軀豈爲兒女子絆擾哉？」然口悟而心不悟，卒以廢業。

記曰：先聖云：「未見好德如好色。」卜子云：「賢賢易色。」孟子云：「食色，天性也。」又云：「知好色則慕少艾。」好色非聖賢所諱，取節焉可也。滎陽生力不能置諸妾媵，而情專意壹，亦徒好耳。國風耶？登徒耶？未知王伯輿許把臂否耶？

記靈神

土偶木俑有物憑焉則靈，爲其似人也。樹古成精亦或靈者，爲其爍日煉月也。石言於晉，左氏所録。

桃花店皂莢樹兩株，交柯偃蹇，層陰蔽畝。一病赤目人，經過其下，默祝而愈。遂相傳以神靈，馳遠邇，數年而寂。今樹已朽枯，不任斧斤。

旅行南山，有石僵仆，頑無靈性，蘚剥不育，居者石道人呼之。叩所由，往時神異非常，年深焰滅，已無一乞靈者。豈一片頑石亦有盛衰移乎其間耶？

小南海，城南小祠也，奉慈航大士像，明中山裔牙胥某所建。降藥活人，禱而應者豎赤竿酬神，以昭靈異。縱横礙路，數千成林，望若帆檣然，至今未息。

霍，故之交曰安山，俗名東大山。碧霞元君廟靈威尤赫，禍福人，惟其所召。有過犯者，千里如響。歲之初冬，香火衆蜂屯蟻赴，稍涉不敬，輒爾死去，虔祝後愈，俗言爲神所捆。每年，陳蔡之人來者尤夥，鳴鉦號佛聲，巖谷哄鬧，晝夜不安。癡女狂男，動千萬計；藏垢納汙之區，所在多有。守山之主僧，飲食盜賊，爲荒淫奸宄、占人婦女，患民間而神不一加譴，故諺有「照遠不照近」之謡。然聰明正直曰神，乃蔭其私人，縱惡不知，豈兒女子之見未化歟？要亦邪祟憑附，謬爲禍福，非正神。余卜其廟享不永爾。

記雷

雷霆之神，余信果有。陰陽氣激，理或然耳。十四五時，六月初五日，風雨暴作，霹靂一聲，鴟吻震倒，碎瓦無數。西鄰朱氏子見紅裳婦人，散髮落庭側之夾道，轉瞬已失所在。響逐而北，其聲愈厲。北鄉一叢祠，赤日麗午，忽有物，狀如猿玃，自殿前土中出，躍而登樹，以手覆陽，側身北望。傾刻，飛雲席天，雷電之聲、風雨交馳，物斛斗如連珠，翻而南，雷亦逐而南。風雨過處，晴日彌烈。

記龍

老農人云：「龍掛，天旱多有之。」余往歲嘗見黑雲下垂，粗大如柱。里中人喧言龍掛也。今年夏，病瘧，偃息在床，小兒女輩嘩龍掛。几十三處，青者、白者、黑者，徐久始入雲滅去。他日，四鄉之農人言如一口，共云：「平生所睹，無多於此者。」然是歲風雨應時，麥穀畢登，高原下隰，莫不樂大有。則龍掛亦豐年之兆。

唐太尉房琯隱嵩陽日，聞龍鳴潭口，遂以銅寫其音，爲「假龍吟」。是龍鳴似擊銅也。某上舍之弟租城濠養魚爲樂，庋茅屋一間，宿其中，所以防竊取魚者。一夕，夜未半，聞馬鳴在空，鳴聲無數，近室咸聞，群以爲龍。

記俠少年

壽春朱總戎，左額側如削，刀痕宛然，裨校異之。朱自言往爲响馬賊，十二輩夥劫有年。遇一少年兒，鞭六騾，馱皆千金裝，垂涎尾其後，晚與同邸。少年運裝入室。既寢，驅一人覘其異，久不復出，亦更無聲息可聞。十一人以次進，皆然。心動探首，甫及門，白光如電，額去其半矣。叱曰：「余一少年子，載重裝，孑然獨游，豈無所憑據敢爾？爾輩無珠賊，妄冀非分，徒送死耳。然相子之面，後福未有涯，故不致汝命，不然休矣。」以燈示地，但血水瀝濡。自是改行，投身入營伍。所以有今日者，少年之賜也。

記水怪

石生，住西鄉稻香村。言自城夜歸，行臨河堧，睹一物。遥類髑髏，望月人立。骨理通瑩，與水晶争澈。眶無瞳，深窟洞然。且近，拾塊擊之，其物張惶躍入井中。波聲噴沸，高湧數尺，響久乃滅。未測何怪也？時冬月水涸，居人投繩此井，以卜深淺，然終無底極，亦不知與何水通源。今則淤且平矣。

卷二

記古愚

舉世重巧利、趨輕便、婷阿諛從、作態媚軟，而寵辱兢兢，隱中其陰深谿刻之術，群哆其智。顧有術以愚售，雖智亦廢，何者？諧智有窮術，而諧愚無術窮也。京兆生行二，古愚其自號也。年過五十始補弟子員，于鬌自喜，捋示人曰：「予晚年利禄，賴一部鬌奴耳。」然性願而僿，太樸不雕，與人少城府，雖幃房兒女事，無不可以告人。語不擇時地，群然愚存之。愚知之喜，遂以愚諧世。士狎其愚也，嬉與游，而愚亦得，泛泛然如蟻之浮於瓮中，與世無迕。士夫無老幼詭，儲以師友，混無異同。余識愚有年，居恒不一見。見無他言語，目瞪然，須鬈然。與人角，則哤雜囂呶，津飛沫噴，不肯屈。背誦經史，又如峽奔泉湧，勢不可遏抑。冠盖至，龍鍾其支體，應對暗贛，惟吉凶禍福是陳。古愚，愚也歟？老子云：「大智若愚。」甯武子、顔氏子是已，愚非誠愚也。世不惺其術，自炫其智，而哈古愚之愚。古愚，愚也哉？其詐愚也，固宜。

記古琴

期思村夫夜耕，至一處，鏵鐵屢敗。歸，攜鋤掘之，得石匣。大喜，意必窖藏也。啟其覆，横古琴一張，詫不識何物。急起以手，化灰風散。不勝憤，以鋤擊，覆碎。移匣於家，穢爲豕牢。有好事者補覆，得篆文「先生瘞琴處」五字，其餘盡零星不可收拾，故不知爲何人物。

記曰：非其時、未遇其人，識者不多有。成敗顯晦，物之不幸也。顧有垂成而敗，轉顯爲晦者，無他焉，急於求售，反致戕賊。琴乎，吾悲汝之遇已。

記古器

柏楊村牧人得一物，質鐵，高二寸，徑圍六寸。腹少凹，中空有竅，狀如碌碡之臍。歸置案上，不爲意也。或誤以筆插之，煙焰頓生，傾刻焦灼，不知何物，亦莫識所用。或云是諸葛武侯軍營中器，然不足據。

記曰：頑其質而斂其藏，使赫奕熏灼之威不假焉，誰與剃薛滌穢賨此腐鐵者？噫！陽精未曜，而中秘之光華正未可測也，彼牧豎烏知之！

記古冢

外家系出延陵，居宅後有古冢，俗呼王墳。歲既深，無人掃除，藿藜徑丈，榛櫟成林，風酸雨苦，慘慄心魂，未知葬何人，日月何代。傳云冢之婚嫁事，焚楮貸器物，有金杯箸出如祝數。賓筵既已，又焚楮歸之。後人有盗金杯一事者，遂不可復貸。一冢隨冢中，家人執火求之。抵墓門，風甚，不可入。墮處得古磚無數，磚各嵌大錢一枚，剝落，隨手腐糜，模胡不識文字。風晦月宵，往往見白牛羊雞兔等物。逐之，遂失所在。或云銀氣所化也。宅今數十易主，但王墳未知何如耳。

記淫神

琅琊氏家本素豐，第三婦以禱神入叢祠。歸，有言於室者，謂：「神不安於祠，愛汝室静好，既移居矣。將福蔭汝，汝家其敬祀予。不，則降汝罰。」家人肅然畏恐，以爲信神也。雖小兒女子，禁言語，愓出入，嚴懲忌諱，奉事之惟謹。神云：「凡來祀予，留食飲，予不耗汝財，日給銀二兩。」家人樂得銀，禱至者觴饌不厭。他日料蓄櫝，銀多亡失，計日月算之，如神所賜數。大恨，然不敢作聲。神嫟婦，使不得一見夫。置閉昏旺，久之，遂據其腹。夫不勝憤恚，計遣之，不去。

記曰：婦人不安静貞，越禮度，炫妝禱淫神，非病，即求子耳。以邪感邪，邪祟憑之，禍福惟所自召也。計其家，亦以刻薄成業，氣焰將衰，妖由人興，污辱實甚焉。

余故記之，將以戒愚婦人、騃女信鬼神、冶容誨淫者。

記義妓

如臯金生游廣陵，悦院妓黄鶯兒。情好既篤，屢以身詫（托），金唯唯。然家寒，素計無所出。欲逃去，更誼重，私心戀戀，愛莫能絶。久之，復申前辭，生面赭不能對。妓欷歔曰：「儂所爲傾肝膽者，期君致憐憫，計脱鞅韝，奈何不一言，使儂寒骨無生意。且君所踟躕，非不熟籌之矣，難儂值耶？儂自摒擋。慈母命、尊夫人繩尺耶？儂一身當之，無貽夫君憂。」生大慰。他日，乞假母，母不可。長跽曰：「以兒孱薄，累致千金産，足供母。今兩言於此，欲生兒耶，惟母所命；欲賜兒死，請以頸血濺母衣。」抽刃將自殺。母大怒云：「使金家兒力能篧置汝，非獻四百金，莫想得汝一繚髪。」盖妓色藝爲諸院冠，母故慳其去，且悉生貧，難辭杜女，已不任受怨。起謝曰：「言出於母口，敬受命！」遣使召生至，陰啟秘篋，出白金四百兩，謂生曰：「以此償母值。」又十兩云：「可質荊布裙釵來。」生挈去。明日，如女指。母始悔初言，顧女志已堅勞，反覆度，强不可留。罵云：「去人留物，院中例惟舊。非母薄汝，汝不可壞院例。」妓毅然卸簪佩，委錦綺文繡不顧。縞衣素裳，妍媚增可憐。謂生曰：「諸姐妹諧儂好者，今長別，願與一致繾綣，申闊悰。君買舟先待，儂當至。」肩輿而去。日沉虞淵，生倚榜望，不來。私疑別踐他人約，實責己。方生懊悔，無奈何。倏而雙燈遥紅，輿影模糊，扛笥物者幾輩，偕妓至。命移別艙，云：「姐妹輩念儂遠嫁，相見不可期，必欲踐儂行，辭不獲命。謂儂先子，故來遲。」有平頭奴擔榼，長須執壺，雙鬟抱琴尊、黄州女兒箱數事，贐貽紛如。燈光漾水，素月流天，傾刻如百花仙子，珠聯而到。肆筵設席，賓夫婦。餘姊妹雁行，坐盈艙。酒行燭跋，或撥阮，或搊箏，或弄笛，倚洞簫，鼓笙簧，擊箜篌，或撫琴一再行，或歌柳七秦九詞，或唱關漢卿、王實甫南北調。樂府迭奏，絶藝以進。金固美少年，風致翩翩，繞珠圍翠，心魂飛蕩，不知天上人間。雖神仙眷屬，不啻也。諸女咸致健羡，有泪潸墮者。夜向晨，汎瀾敘別。明日揚帆而歸。登岸拜母，貢伽藍珠一串、碧玉如意一枚。嫡夫人珠百琲，翡翠花勝二十雙。僕妾倉獲，各有所賜。群情歡然。母尤愛憐之。然姬事母孝，家事惟嫡命是從。加恂謹，相夫子勤攻苦，雖久無倦容。居無何，金病歿。母以哭子亡，嫡尋殂，惟姬煢煢無所依，且無子。乃聚族人之賢者，議嗣立夫後，敦師授讀。兒長，游邑庠，家業巨萬，皆女所攜也。暮年，遘異疾，骨節失通靈，骫骳弗仁於行，子頗孝事之。

記曰：以倡進，以節終，誰謂青樓中無奇女子哉？嗟嗟黄卿，知人哲，謀身智，劫母勇，繼夫義，行誼卓然明白，雖烈丈夫可也。獨恨蒼蒼者，曾不一垂憫，而蹇其遇，戕賊其肢體，若必欲致之死而後快者，何歟？

記狐

靈狐化人，軼類絶倫，非雲非雨，宜笑宜嗔，樓居三紀，心不動塵。南山之崋巍，騷狐綏綏，丰姿綽約，膩理豐肌，盜人精髓，化口爲雌，賊人性命，蕩不知歸。鄰寺書生，端正士也。含陰抱陽，吐納三光，飧餌芝苓，煉魄固精，辟服榖食，注我道德。騷狐欲淫而敗之，謀於靈狐。靈狐勸之曰：「書生之鎮定，非汝所佞。聖善秉心，仁慈爲性。動智於機，察微於鏡。必不汝從，當無破甑。道士之剛烈，腸木心鐵，呼役鬼靈，鞭叱霹靂，熛怒火飛，馳光電瞥。子不知避，將勿拒螳螂之轍乎？」騷狐不聽，潛匿其形，翕忽百態，以媚書生。時而露面，粉黛盈盈。轉嬌波如秋水，粲小吻如朱櫻。挽巫雲而成髻，垂漢月以作璫。時而微步，腰如約素。裊垂柳而迴風，翏飛鸞以游霧。飄文縠之輕裾，來素雲之元女。翹足纖纖，盈握可憐。躡淩波之弱屧，繡貼地而生蓮。嬌金絇兮翠舄，剛不仄而不偏。書生不顧，煦煦嫗嫗，叩齒玉真，棲心太素。道士過焉，頩爾而怒，曰：「先生秉禮義士，生鬼惑心，香無留蠹，壁竟走蟫，憑空説法，以邪召淫。」載爇靈符，載執騷狐，抶而致死，擲於徑途。冶容艷質，肌腐榮枯。靈狐盜埋其屍而哭之曰：「子不信忠告而誨淫縱欲，敗道喪軀，悲夫愚。」

記　狐

鼬鼠慕人形，秘聲御氣，跧伏穴中千年，摶泥帽戴之，拜月化爲人。老狐頂髑髏，自摇摇摇，漸厲落，則更他髑髏，摇久不落，拜月亦化爲人。二物喜與人合。鼬惟有夙緣者配爲夫婦，緣盡，避去不肯留，俗呼仙狐。狐好採戰，吸人精髓，致殺人，又遁與他人淫，雷往往擊斃之。

記曰：貞者，仙之。淫者，殛焉。狐與鼠，賦性雖殊，使非吸噓日月，盜竊精華，致苦功，均不能幻形成人。惜乎徒精採補之術，似人形而滅人性，適喪厥軀。甚矣，狐之非仙材也。

記牛

牧人驅牛過柳陰，縶牛於樹。坐而假寐，梦牛謂己曰：「子盍釋吾，縱所如？吾善飛騰，盜富人囷廩，致汝小康，亦差强爲人役。」牧喜而寤，揖牛曰：「聞汝言，使我深感佩。果爾，當以錦繡覆汝。然是耶非耶？莫見欺否？」牛不應，垂涎吐舌，汗淋漓滴地上。目睨人，作可矜之狀。牧大怒，揮鞭鞭牛背。牛不勝痛，飛後蹄踢之，口齧，牧人傷。主人暮而求諸原，負牧人歸。

記曰：牧人食力，與牛力耕田，其竭力同。貪心一起，互致痍傷。牧固負牛多矣。世安有日受其鞭笞呵罵，而樂輸力爲盡心經營者？牧不自責而責牛，宜其爲牛蹂躪耳。

記犬

富貴家朱門青鎖，魚鑰獸環，使靈獒守之。斂聲屏息，蹲伏其側，日不移影。啟閉有時，出入有度。非其人，警吠必嚴。主人念其馴，呼使登堂，則摇尾而至，帖耳而坐，跪則跪，揖則揖，伏則伏，起則起，指揮一惟主人命。然犬非主人則猛如虎，貪如狼，吠聲如豹，往往肆其獷悍。賓客至，見組綬者，色甚恭，如侍主人。華服炫麗者，昵不敢聲。緼藡者，迎吠，使不得前，雖叱之不肯已。或投骨，徑去。鄰之兒敗絮襤褸，偶徘徊於門，犬狂奔嗥逐，咋之，驚嚇欲死。兒恨，市胡餅置毒，呼使啖。犬靈警非常，三嗅，覺有異，棄不復顧，咋兒走。故人無不畏犬之威，而犬自是日益肆。主人之少子，一日跨犬背，作勢策扑，學乘馬狀。犬不勝憤，踴而起，躓少主人，齧脛流血。主人怒掣索，使前加鞭棰焉，幾斃，氣稍斂。久之，故態復萌，雖主人命，時有所不行，反噬主人臍。禁不與食，餓尋斃。

記曰：淮陰侯云：「食人之食者，忠人之事。」諒哉言乎！犬受主人恩，職司門户，忠其宜耳。乃倚勢咋人叛主，何太横歟？昧本分，假威福，忘微賤，習徑爾爾。故犬之律，惟一字，曰「餓」。

記鼠

鼠輩憑於社，啾啾作聲，各述伎倆。鼢曰：「吾循牆而走，師正考父。」鼸曰：「鼎折足，覆公餗，觀我朵頤。」鼷曰：「吾目無全牛，知我者其惟春秋乎？」鼶曰：「穴居而野處，吾希上古之風。」鼵曰：「鳥獸不可與同群，吾山居，與鵌共爲雌雄。」鼰曰：「勿教猱升木，吾聲在樹間。」鼫曰：「吾美如周公，多材多藝。」鼩小而三緘其口。鼭與鼤莫名其技。鼮揶揄群鼠曰：「鼢，爾行地中，吾不如爾之數奔也；鼸，徒哺啜也，飲食之人，則人惡之；蜂蠆有毒，鼷之行，穿窬之盜也；鼫鼠勿食我黍，孝廉郎皮相之士哉！使讀《爾雅》，不熟，莫我知。君子豹變，其文蔚也。」鼴從旁笑曰：「焉用文之，豹之鞹，猶犬羊之鞹，毛將焉附？」鼮勃然變乎色曰：「爾飲河，不過滿腹，少所見，多所怪，幾使人以勤學死。」群鼠不得其平，則鳴嘲之曰：「天下文章，盡在是矣。雖然，小人之過也，必文。」鼬過於前，鼷昂藏，自雄傲，不爲禮。鼬怒曰：「小鼠頭敢爾，外强而中乾，其弊也狂。非予武，三歲貫汝，誰謂鼠無牙？」撲而殺之。决其筋，爪其皮，吻其肉，啖心腹腎腸且盡，肝腦塗地。群情貼然，謝曰：「吾不如衰之文也。」

記曰：艮爲鼠，又爲豹，動静不失其常，其道光明。鼷鼠豹文，其純艮之獸乎！雖然，中篤實則外光明，鼠目特寸光耳。具敦艮之體，而乏艮止之德，炫己薄人，口舌取禍，是以不獲其身。故艮之鼠不如離之雉。

記馬牛

馬牛風於澤，是生六子，三男三女。乃經營宫室以處之。既得其桷，隆其楝，闔闢其門户。有屋，有廬，有庭，有宫，有居。其室中有牖，有門。有道門，有義門，有階。其養馬之室曰閑與衛，闢徑爲大途，通其出入。備器物之用，則有鼎，有釜，有缶，有筐，有床，有繩，有繘，有棘匕，有匕鬯，有斧，有瓮，有瓶，有樽，有簋。彰衣服之制，則有衣，有裳，有布，有帛，有黄裳，有朱紱，有赤紱，有鞶帶，有腰帶。適飲食之宜，則有酒，有烹飪，有臘肉，有乾胏，有餗，有雉膏。居則有邱園之樂，有積土，有幽谷，有九陵，有高墉，有磐，有逵陸。出則暢漁獵之游，有甲胄，有戈兵，有弧，有弓彈。有矢，有飛矢，有黄矢，有金矢。以車則有大輿，有輹，有輻，有弓輪。以漁則有網，有罟。涉川則乘木舟。馬則有良馬，有老馬，有瘠馬，有駮馬，有馵，有善鳴，有馵足，有作足，有的顙，有美脊，有下首，有薄蹄。牛則有黄牛，有牝牛，有子母牛，系以金柅。丘園之中，獸則有虎，有豹，有兕，有麋，有鹿，有狼，有豶豕，有羸豕，有羊，有小狐，有鼠，有黔喙之屬。鳥則有鶴，有隼，有鴻，有雉，有翰音，有飛鳥。水物則有鱉，有蟹，有羸，有蚌，有龜，有龍，有蛇，有魚，有鮒魚。草木之屬有苞桑，有杞，有枯楊，有叢木，有叢棘，有薪，有小木，有木果，有蒼筤竹，有萑葦，有葛藟，有蘭，有茅，有白茅，有蒺藜，有莧。禾稼則有百穀。果蓏則有瓜，有碩果。木爲堅多節，爲堅多心。稼爲阪生，爲折上槁。凡獸若干，鳥若干，草木若干，禾稼果蓏若干。有妻，有妾，有處女，有妹，有童蒙，有僮僕，供其呼役。襁則有巫，市販則有商旅，同心則有友。家人嗃嗃，婦子嘻嘻，飲食衎衎，笑言啞啞，往來憧憧，馬牛顧而樂之。然長男性決躁，喜則笑，怒則奮爲雷霆，震驚百里。中男信而險，能矯輮，善隱伏，多設溝瀆，長男怒則興雲雨以平之。或長女既至，怒自霽。女性遜順，進退不果，宣髮而廣顙，噓氣若蘭，有披拂之力，故繩直，兄弟間帖然服。獨少女饒口舌，輒毀折人，剛鹵非女子所宜，女羊輩犯之，鞭撻幾死，父母以故不愛憐，遠嫁爲人妾，惟與少男氣少通。中女精女紅，錦繡纂組，動成文章，故能與季弟光明，與中男不相入。男下女亦相資以濟，爲父母之用。六子既已長成，父母爲男授室，女擇嫁，各貞其位，趨吉避凶，無虞憂悔吝。十一月爲冰，爲寒，爲寒泉，閉塞成冬。長男動性忽發，攻擊中男，少男止之，不聽。中男陽不與較，密以言語浸潤其母。母不悦長男，亟訴諸父，欲出之。父怒，析三男居，使各勤其業，凡家中物任其取攜散去。獨留中男，且召中女歸，任使令。長男既自謀生産，日夜經營，恃力健氣，不肯爲他人下。鄰戒之曰：「子往來危行，過剛則折，非致福之道。」長男謝，乃蘇蘇索索，虩虩矍矍，恐瞿修省，不喪匕鬯，亦不遂於泥，家日震，生養日遂。少男知止，硜硜然未失正人，然上下不相與。有不速之客三人來，行其庭，不見其人。與語，其心不快，則退聽之而已。僕輩或裂其賁，故成始成終，以厚保其家。惟中男依父母生活，不自理生産，終日行險，與人重然諾。更嗜酒，無晝夜聚朋縱飲，恃富豪，作旁若無人之態。一日，過貴人家，觴王公。率入其席，酗酒罵座人。王公怒，拘繫之。置於叢棘，據於蒺藜。明日折獄明罰，或擊之臀無膚，荷校桎梏三載。罄金帛贖歸，號啕大痛，出涕沱。若然業已不富，或喪羊，喪牛，喪馬。或射雉矢亡，或刲羊無血。或致寇至，伏戎於莽。或見豕負途，或見載鬼一車。諸凶坌至。幸家事中女經理，凡爲豫防。久之，否極泰來，業小亨。然中男亦以入於險窞，致凶，遂不敢飲酒濡首。長女歸，謂三男曰：「吾姊妹受父母恩，資始資生，奈何乖離骨肉，背天地之義，咎切噬膚，如失家節，何繼？自今請父父子子兄兄弟弟，交相愛，不變其志。革，去故；鼎，取新。反渙爲萃，各正其位，保合太和耳。」父母説其言，定六位，使六子各正其性命，化爲六龍，白日飛昇，故其父時乘六龍以禦天。

記曰：馬力健，牛性順，故引重致遠，莫如服牛乘馬。乃六子，静則吉，動則凶者，何也？動不得其正故也。使動極而静，各貞其位，則生生不息矣。雖然，徐守信云：「兒孫自有兒孫福，莫與兒孫作馬牛。」噫，彼方望其子爲龍，能無作馬牛哉？

記趣

常熟蔣小松客游洛陽，某大令聘爲記室。夏夜獨卧，有小偷盗褌屨等物，胠篋一空。蔣大蹙。適楚南學使太史東海君謫遣伊犁，道過洛陽。與太令有舊，凌晨入署，謦款談，已而謂令：「小松先生在署否？盍請一見。」令不知其竊也，役人速之。蔣赤雙足，披單被掩形，豁步踏出，登炕據坐，作捫虱之談。雄辨侃侃，了無怍容。蔣嗜東坡肉，嘗親執庖人之役。一日，將熟矣，有貓觸其鼎，肉盡傾。蔣持匕叉肉盎内，伏地醵餘汁。幕僚譁然，群撫掌大笑。蔣徐起，據鼎叫呼，云：「大好滋味，奈何甘作貓子腥。」其風趣如此。

記飲

余生不習飲，雖一二交知類嗜飲之士，率非殊量也。某先生落拓不羈，善豪飲。

嘗藉朋釀賞，瓶罍既竭，呼僮以火爇瓮，自晨卜夜，達旦而散。態愈恭，面無酒容，溲遺所流，鵝鴨呷之皆死。

記曰：聚飲有誅，聖王作誥。屢舞傞儀，賢侯致戒。沉湎非盛德事也。顧堯千鐘，舜百觚，先聖無量，仲夫子百榼，酒豈盡爲禹惡哉？古之巨飲者，壺觴自酌，中聖人，游醉鄉，日月興寄所托，領歡場之宗工，爲飲家之繩尺。登糟邱壇，執牛耳，固不獨嗣宗哭、伯倫頌也。夫飲，暢適也。共飲，豪舉也。袁石公作《觴政十七條》，品第雖優，而命吏選徒，極以刑書格法，律過爲矜恃，非歡伯意。石曼卿爲囚飲、巢飲、鼈飲，柳柳州爲牛馬之飲，豪矣，太自苦。余非識酒趣，强作解人，然嘗觀醉態。

記夢

太原生曰：「余無他願，倘得化余形爲烏圓，毛孔翠，金碧爛然，出入紅閨繡闥間，錦氍毹藉坐，看美人梳頭，足矣。」友笑其誕，然積精誠，果如所志。紺睛朱鼻，大不盈尺，尖利其牙爪，警健非常。雖飛甍峻堵，峨峨奕奕，不梯而躡，嗚據其顛，引睇遐矚，意甚暢適。忽聞奇香御風東來，大爲驚異。越牆垣，矯捷如飛猱，徑至一所。中院植大樹，榦若梧桐，葉類芭蕉，花似芙蕖，吐黃須寸餘。香即其物也。神蝶數十，或紺碧，或褐紫，或黃，或白，或黑。飛集去來。庭後鴛瓦浮碧，修竹數十竿，緑筠紫籜，連娟旖旎，陰翠蔽廊，殆疑仙境。忽鸚鵡聲云：「送盥水来。」知其藏嬌處，飛墮廊下，爪珠簾入户。室三楹，置鴨爐一，爇名香，煙馥馥自口中出。東則鄰簽縹緗，眾於琅函。西障碧紗櫥。象床自設，蓉幔流蘇。壁掛古錦，緑絲囊裹琴一張，瓔珞累累。一女子容華絶代，方持菱花鏡，迴波照影，若不勝自憐之態。遂蹲髹几，瞪目視女，紺珠不轉。女乃登胡床，散鬢髮，如雲垂委到地，光黝黑，明可鑒人。運象梳鸞鎞，施膏沐，挽髻整釵，照鏡問好否，徘徊徐久乃已，捧匜沃盥。侍鬟亦妍媚動人，眉額顰淥，靨輔呈紅，增艷益憐。一小鬟捉蝶大於掌，銀絲縛之，笑而入云：「娘子欲簪此代花勝乎？」女接蝶凝注，雙翅顫顫然不可禁。貓騰身一撲，女驚憻抱，蝶飛去，遂得貓，懷抱摩弄，不忍釋手。呼進果餌，香不知味。啖其餘果，腹怡然。自是，日則置諸膝，承以繡褥，晚則鼾榻側，寶逾珊瑚木。難取名，翠兒以其狀如小狻猊，又名香獅兒。女工詩，妙解音律。或步廊吟詠，或清風徐生，爐香留裊，則安石薦、横素琴，朗彈一曲。貓亦與聽。於時也，鶴延頸矯翼，盤舞飛鳴。鸚鵡籠鎖不語。院篠媚青，窗玻漾紫，簾痕瀉水，鏡影澄波，麗日初喧，群籟乍寂，芳英欲歇，侍女無言。女一彈再鼓，貓馴久寵，有矜態，忽爪攖琴弦，鏗爾而絶。女憤撲貓，貓化翡翠，破櫺飛去。蹶然寤，耳際猶呼翠兒聲。

記　醫

傭夫某奉主人命入市乞藥，歸，中途急欲登厠，置裹草間。比事已，風以散之且盡。傭大驚，乃取道旁樹，或枝之枯者，或皮之剥者，或葉之爛者，或蛀之齧者，裹而授主婦。主婦煎飲，一帖而愈。家人群贊醫之神也。傭咍爾曰：「爾輩皆以醫爲神，自我視之，藥特無靈耳。」白其故。他日詣醫，醫訝其異，謂傭曰：「爾傭值幾何？盍捨爾主人而就我？代售藥物，不較力倔强，終歲役役，差有息肩時乎？」傭怍曰：「使余識一个字，久不服田間生活矣。」醫云：「無難，方自余立，藥出爾合，苟活人，藉手足矣，何必識字？」從之。售藥無不應手奏效，神醫鳴遠邇。實則藥不輔方，醫何力之有焉？有亡驢者，逐之三日不得。婦聒翁曰：「某醫藥如神，翁盍往市一刀圭，飲而得驢？」翁嗤之曰：「癡阿婆，病可醫，亡驢可藥乎？」婦聒不已，莫耐煩，赴市就醫，傭與通利劑。既飲，瀉不能休，穢溷地殆遍。丏外有曠園，菽麻成林。翁越之，驢峻耳立。翁喜得驢，頓不復瀉。愈嘩醫之神。

記曰：易曰：「知幾其神乎。」吾不知傭手何神，又不知醫何信傭深？或云：「醫者，意也。」醫不信心而信手，術固神矣，故不惟活人，兼能得驢。然吾尤服其言，曰：「藉手足矣，何必識字？」今舉世皆醫，識字者無一人，而人未嘗無活也。見及此，非獨妙手，且證慧心矣。不然，欲延神醫，先防毒手。

記　巫

村俗信巫，吾邑爲甚。凡男女大小輩有疾病者，延巫禱神，親族輒先以爲勸。其法迎神掛壁，巫來，伐鼓鳴鉦，誦祝詞。詞多不可解，約市井習談耳。忽面壁禱神，忽牒灶，忽咒房中，忽送瘟大門外。擲竹玎筊者，視俯仰，卜卦吉凶也。引桃枝擊病人身首、噴盂水者，呵疫鬼，使退避也。焚香，净壇也。焚楮，賂神也。及終，童子抱雄雞，執籮牽帚杓，上下隨巫旋轉，呼病魂歸來，俗謂降神。其俚鄙可笑，沿不能辯，無以革其俗。西鄉某巫，業著靈異。一日，有紀綱策騎來，請巫率徒一人往。數里而近，至其家，入門庭，宇宏敞，若素豐，心疑村舊無此宅，而主人至殷勤，禮甚恭，動静一惟巫指。懸像作法，但懇勿吹牛螺，病不耐聽。巫諾，唱神既久，意氣揚揚，忘所戒。螺角一鳴，廊室化烏有，身落墟墓，神掛枳棘間。師徒懊喪迷途，待旦而歸。

記曰：余每謂巫，爲神勞且辱，不如爲奴隸逸，巫詫誕妄。曉之云：「爾輩但知得財，飲食醉飽。特未睹冥冥之中，疲於奔命耳。夫神之靈使人，而獨巫使神。神之威人畏，而獨巫狎神。神之權禍福人，而獨巫呼喝神。神之職或掌天庭、攝神符，或司地府、稽鬼籙。日則旌善刑惡，降祥降殃，務坌積，册牘應若山。而一聞巫呼，無論善惡之家，則策騎而奔。巫鳴鼓攻之，則洗耳而聽，刻不逾晷。呼使來，喝又使去。一日不知幾千萬家召巫降神，而聽巫呼喝。一時不知幾千萬家召巫降神，而分身千億，聽巫呼喝。一巫又不知日至幾家降神，而招神使聽呼喝。爲神若是，曾不遭鬼揶揄耶？彼奴隸雖受主人使，呼應有時，進退之有節。曾不數奔走，異室同辭，日不厭百回聽。若神之憊也，甚矣。爲神勞且辱，不如爲奴隸逸。」

記道士

木魚山，土阜耳。去城南里餘，形似木魚，故名。曾道士過之，得符籙書二卷，神劍一柄。歸演其法，遂能運掌心雷，役神鬼，爲人家祛鬼狐，行已多年。一蒼頭駛騎至，甚言主人之愛女祟於狐，請法士驅治。道士慨然負劍，策而往，蒼頭從。瞬息登堂，拜主人。高屋華廡，類貴仕，指揮百輩立。日三飯，餚饌精美，然羹匙不設，飲無湯，食無粥，漱無盂水，心訝其異。數日，亦不言作法，僕輩亦漸稀不來，主人亦不得見，闃若無人，始悟墮狐術中，乃唾津書符，掌雷駢轟，華屋頓空。但見怪石攢天，飛泉震地，萬山深處，人煙曠渺。犯荊莽，陟巖度谷，數日餓，抵居民所。與語，蠻音嘵嘵，鳩不可曉，身在滇南萬里。沿途乞食，歸已半載。初，道士每爲人演醮，子不信父法。夏月，市西瓜去瓤，挖竅若髑髏，爇火其中，度父晚歸，伏中途。

遥望磷火熒熒，至則化已形爲厲鬼，阻歸路。父怒，役雷擊鬼，鬼退。父至家，呵婦兒不接待。「余非法神，幾罹鬼毒。」婦詫曰：「兒往矣，且早。」道士驚而驅視其鬼，果子也，夫婦大痛。婦後老不育，道士殄嗣。自焚其書，擲劍，永不作法。

記曰：自恃其技而屢炫，雖人猶惡之。矧泄陰陽、奪造化、叱雷霆，鬼神乎？乃力能治鬼狐，而子殉於鬼，己且殉於狐，殄子危身，始悟。嗚呼晚矣！

記髑髏

鬻葱人荷篠過叢冢，天色微明。吻苦燥，遂釋擔坐隴上，剥葱救渴。忽傷指流血，俯視地，見髑髏一具。戲捉之曰：「爾亦在此乎？」遍滲手血，塞口耳目鼻竅葱須，皆滿，問：「辣否？」擲之而去。二年後，有翁白鬚眉，面若凝血，逐人問辣否，其地遂成畏途。鬻葱人聞之，謂人云：「我能祛此怪。」明日早起，趁虛過故處。翁來，逐且問「辣否？」呵曰：「不辣，葱須耳。」翁倒地，復化形爲髑髏，怪遂絕。

記曰：翁不知進退，問不擇人，能勿敗乎！

記淫神

穎郡南，地名小穎河，有叢祠，不知祀何神，往往化形爲婦翁，逼淫人婦，被污者莫辨真贋，遠邇哂惡俗。一村農家，盡室力壄地。季婦早歸，治午爨，漬麪盈缶，加手將作餌。翁來，調與爲淫，婦不許，翁强逼之。極力撐拒，不勝，卒就淫而遁。婦憤怒入室，臥不起。嫂歸，佐婦爲炊，訴之，詬駡翁。嫂止云：「爾勿誆，翁實不歸也。」婦詬嫂與翁爲表裡。嫂釋，不與理論，入廚任炊去。夫兄弟俱歸，翁後至。夫見婦不爲炊，讓婦。婦不屈云：「爾家好門風！爾翁强淫爾婦，爾尚爲人耶？」夫不解所由，撻婦。婦冤不可申，哭且益駡翁，翁不能辨。然翁不歸，家人實咸見也。夫愈撻婦，婦鬧，欲覓死。飯後，嫂强拉婦去。夫兄弟與翁復力鋤，赤日仄午，熱不可奈，夫偶入祠乘涼小憩，心尚鬱鬱。仰首見神像面臂間遍遭麪污，怒駡云：「作怪者乃爾乎？」揮鋤碎像，毁其祠。村婦自是無受污者，始悟向婦翁皆神也。

記曰：凡野廟之無主名者，謂之淫祀。然則非神祠，實淫區耳。使其地素不奉淫神，村婦人又安得淫行乎？乃俗人不解道理，惑事神，無地不立廟。廟大者招淫僧，廟小者致淫神。淫其婦而嫁穢婦翁，瀆人倫，没天理。神之行，雷霆不勝誅矣。假而像終不敗露，冤終不白，小則化妖淫之俗，大則釀背逆之階。嗟乎！天道茫茫，正神安在？乃縱爾輩血食天下耶！

記古跡

村老俚傳，語半無稽。然沿訛且久，俗人易信。吾邑有數事可廣博記，用資談柄。

署前漆井，俗傳云：「昔項王追漢高祖急，遁入井中。項王至，以槍探井。有神蜂無數，飛螫項王。王不得已，舍，去井。」載《元一統志》。

城南九里隔夜廟，俗傳云：「楚漢交争日，漢王敗走，楚兵追之。迷失道，日暮得古寺，喜投宿焉。項王繼至，入廟見扃户蛛網塵封，遂寄前廊，及曉散去。漢王竟得脱。」今廟塑二王像奉之。

期思玉鞭河，俗傳云：「昔漢王過此，墮玉鞭，故名。每天陰曉霧沉沉，輒見玉鞭影約隱霧中。」說亦載邑志。

霸王臺依城之東南隅，高踞曠阜。夏夕乘風，蚊蟲甚稀。本城趾平地，無所謂臺。俗傳云：「昔項王宿此，夜爲蚊所擾。王怒，呵之使退。遂散不復聚。故至今無蚊患。」然考《漢書》云：「漢王與諸將期，會擊楚，至固陵。」正義云：「《括地志》在陳州宛邱縣西北四十二里。」《高帝紀》晉灼曰：「即固始也。」師古曰：「後改爲固始耳。」《地理志》：「固始屬淮陽。」《項羽傳》作「故陵」，又《荊王劉賈傳》：「漢王追項籍至固陵，使賈南渡淮，圍壽春。」淮在固始北境，固始非固陵，可見以上四説咸誣。若城南之火陽溝，以爲即燒殺紀信處，則混於滎陽。河東之失志口，以爲即烏江，則又混於和州。站馬巷之爲項王繫馬處，拴綫莊之爲張良楚歌處，俱堪一噱爾。金波池取漢郊祀歌「月穆穆以金波」意，俗傳云「池中隱金馬駒」。昔酒家門懸望子，有識寶回人市之。酒家訝焉，昂其值。回人如數償。愈疑，故作悔態，反覆增價。回人無爭意。叩所用，曰：「此芝草也，持之，可誘池駒。」酒家詭云：「物不鬻也。」回嗟嘆而去。如回言，持草臨池，池駒躍赴草。大怖，擲草而奔。駒得草没池中，竟不復出。今池已漸就湮塞，而居人且築屋其地矣。

鐵匱湖，城東鄉三十里。俗傳云：「湖有鐵匱，藏諸寶物。昔農夫家場上置碌碡，一人來問價，譎不鬻。其人太息，叩之云：『此鐵匱鑰匙也，將以引匱，寶可得。』農夫如言，移碌碡湖側。匱即出，忽聞雷霆訇轟之聲，懼而逃，碌碡遂失。」湖今淤爲桑田。

東大山，俗傳云：「柳城故址。」久雨忽霽，往往見城郭宫室、人物去來，鬧如都市。有牧人叱犢夜耕，驀睹城門啟，心驚異之，徑牽牛入市游覽。卒至一家，洞户無人，渴燈欲滅，顧案旁置麻油一盎，乃爲滿缸挑炷，盗金盆一器而出，城堞倏不見。然其地有邊城故址、陽泉城故址，無所謂柳城者，或云是乃蜃樓海市之類。

生鐵墓，土色似煅鐵，雨後，於無意中輒得蟻鼻錢。錢面刻兇字，下豐上鋭。鋭有小孔，可以引綫。形如馬齒莧葉，俗名鬼頭錢，譜名蟻鼻錢。有心尋求，便不可得往往有成捧者。莫知鑄何代。俗傳云：「宋包孝肅爲期思令，有白衣老婦訴不孝子。包疑其亟也，遣役尾之，陰覘其異。老婦至墓穴，遁不見。役歸，白令。令召煅工，融鐵汁塞墓，怪遂絶。錢爲鎮墓物。」或云：「期思土地平曠，古戰場處，錢實鎖子甲上物。」然稽《包傳》，不曾令期思。惟《邑志》載「明令包誐」，非宋孝肅，是時期思亦不設令。

黌宮側有大石碓，相傳中藏石膽。石工斫之，則有震霆之聲，故置不敢用。其石井欄亦然。

懸鐘寺，邑南鄉之三十餘里。庋巨鐘，半出地上，半淪地下。俗傳云：「曾聚鄉人掘之，愈掘愈沈，置則如故。故建寺覆其上。」寺後竹林中有井，曰半月泉云。無論晦朔陰晴，夜視泉，半月顯然。

城迎賓門樓上懸巨鐘，大容數十石，多年不曾一鳴。俗傳云：「鐘有神，非固始物，不知何年月，河水泛溢，二鐘浮浮，一銅一鐵，未審來處。適相值，磕擊有聲。鐵者人語云：『爾往臨水，我留此城矣。』遂不動，土人移置城樓。一逐浪去，今懸臨水寺，在霍邱境。」語尤不經。然彌勒庵僧衆藏水陸三百餘軸，明嘉靖間人畫，殆名筆也，亦云自泛水浮來。

某寺僧示寂多年，僵立寺院，鼻端垂玉柱，長尺餘，或晦夜忽放光明。風霆敲骨，日星煉魄。久之，耳目口鼻等竅，葱生茂草。群弟子爲造浮屠龕之，今不知處。

南鄉張庄集，云「張果故里」，故名。至今張姓猶多，且壽。村人葛姓，有女及笄。夏夜，露卧庭院，梦與龍遇，遂孕，後生子爲白龍。父怒，將殺之，斷尾，龍騰空而去。女竟不嫁，及殁。每年五月二十五日，大雷雨至，人謂老龍探母。有睹者，蜿蜒秃尾。今久不應，或云龍已成佛去，故不常來。按魯應龍《括異志》載：「有龍母冢，每歲常在七月多風雨，人謂龍洗墓云。」與此頗相類。《括異志》：「白龍湫，遇旱則禱穴，必有異物見，因取其水祀之，雨即滂沱。」今東大山上有白龍池，遇旱，邑令往取池水禱雨，輒有驗；否，則繫虎骨墜池中，傾刻墨雲怒湧，大雨立注，亦與志所載相類。或云池雖久涸，忽雨落水生，即有金魚浮出，游泳無數。

記外財

東鄉漁人網取魚，得銅鏡半面，攜歸，置屋隅。明日鏡側獲白鏹數十枚，隨致小康。

某姓牧豎，犂田得古錢一窖，數百貫，銅青固結。碾之，始可數計，鬻諸市。多宣和、政和等年號，蓋宋鑄。

宋姓家貧苦，一日晨炊，灶突無故傾，得銀墣滿。

孫姓雇夫刨地，得木板數十段，長八九尺，質堅膩而色理如新，未測何年物。

西關民鑿池得古墓，墨如圭首者數螺，杯如鉢者數事。杯木質而色瑩潤，不知何木。底蟠折枝梅花，鐫工亦細，迥殊時製。

南鄉陳姓，積錢盈室，多年不用。貫朽，錢自鼠罅流出，家不知也。鄰壁汪翁，茅屋兩間，鏟蘆草爲業。晨興，見陰溝中有錢填滿，乃大驚喜，呼媼收貯室篦。明日，亦如之。不幾年，陳貧而汪富，子孫居然有宦家氣。

民有播鼗鼓而貿貨者，負箱過隴畔，見遺鏹數百錠，狂喜，盡傾所置，置鏹焉。負以趨，日暮覓宿富民莊。晚飯後，主人邀眠，宿酒甑側，聞箱内撼有聲，異之，方啟視，蝦蟆躍出。怒傾箱倒錠，拋諸甑中。微明欲逃，然門故鑰，牢不可破。主人晨起蒸酒，加手探甑，覺有物堅硬，撈視，則白鏹也。謂必客所匿，呼使拾去。忸怩云：「此主人物，分非余有。余福薄，不足享此分外財，勿使鬼神降余禍，足矣。」爲白其故。主人曰：「雖然，自汝得之，汝必自取之。」民堅不肯受。主人款留致朝饗，乃命家人蒸餺飥，如鏹數饋民，陰餡鏹。民受餺飥，飯而辭主人。入室負箱，有聲撼如初。啟箱，蝦蟆躍出，亦如初。益怒，遂如初，傾而拋諸甑中。他日，主人視甑，鏹如故在。乃悟曰：「鏹果余物也。」數之，虛其二。曰：「殆償渠貨值耳。」

記曰：非其有而取之者，取傷廉。鏹落田間，民自見之，民自取之，非與人爭有也。乃冥冥中鬼神弄人，使必傾其所有而取非其有，取非其有又不使有非其有，而僅以二數償其所有。紛紛擾事，造物者不誠愚且殘矣乎。嗟乎！夫人當困阨無聊，無計營生，非分者又不敢妄冀，親與故視之落然，莫肯貸一錢。惟願或伐窖藏，或拾路遺，聚一二知交，作談笑語，聊且快意。倘亦窮急呼天，無可奈何之致歟？乃窖則得矣，鏹非余有，徒爲他人解遞客，眼饞、枉勞甚矣。貧也非病，無如命何耳。諺云：「一飲一啄，莫非前定。」況數百金窖藏哉！故君子安命，小人安分。

記獵户

獵户人午飯既畢，負鳥鎗自隨，獨行山中，涉榛莽，擬獵獐兔。虎猝起於莽，逼且近。料勢不敵，攀巖樹，猿騰猱攫而上，不暇顧瞻。虎來，仰白額望樹，蹲伏不去。樹先有巨蟒，蟠附乘風，喜得人，輒落修尾束縛纏裹之。延頸翹首，吐舌入鼻，鼻衄血流，口承滴血，盡釋束縛，乘風樹杪，垂頭張牙，暢不可言。獵人暈絶，徐久始蘇。見蟒蟠於上，虎踞於下，己上下其間，陽烏西傾，窘无奈何。忽思得計，扣機擊蟒，中蟒脑。虎聞鎗聲，方大驚欲遁。蟒墮地得虎，遂縛虎。縛不可脱，虎隨蟒輾轉，蟒死虎亦斃。猎人得解蟒虎之厄，呼山衆扛蟒、虎歸。

記曰：鷸蚌相持，漁人獲利。古今事何適相偶哉？雖然，漁人利而得於安稳，獵人利而出於險危。甚矣！其利愈大，其祸愈熾也。

記驢解元

康熙己酉科，中州解元周子俊先生科試列深等。秋，赴省垣録遺，又被落。投刺干求，終不得請。遲至入場日，意绪沮丧，買驢一頭，載行囊爲南歸計。甫出曹門，驢忽反奔，先生逐之。挽轡至舊處，驢復脱繮，狂赴貢垣。比追至，则聞舉子輩雖未與録送者，悉聽入場。盖是年學使者核遺才過嚴，人數不足，號舍多空。監臨某公，寬其額，使卒沿衢巷鳴鑼招士，亦異數也。先生粗治籃具，遂與入試。三場既畢，跨驢而歸。方自幸不作局外人，售與否，聽之而已。及揭曉報至，则中式第一名。知其異者，群呼驢解元。先生名大千。

記曰：學使者持玉尺衡量人才，宜公且明，無寃濫可訟，乃識出驢下乎？夫禽獸中至蹇劣莫如驢，故巴瓠鼓琴，游魚出聽；老父吹笛，二龍翼舟；鴻漸擊羯鼓，群羊躑躅，犬亦宛頸摇尾變態，馬行列舞，猴拜跪供奉；獨驢憤則鳴，怒則蹄，庞然大物，莫鳴其技。然猶知解元屬周公，奔赴試院。彼雖不識文，反若有推轂之誠，欲導之使入者。可學使者而昧昧耶！夫爲學使而不識文，請惟驢首是瞻。

記山怪

陽山僧不唪經咒，不禮懺，不坐蒲團，不參禪悟，不談玄空，但修清浄福。佛圖其形，而隱逸其行，殆亦高僧之亞也。山間四時花木常妍，泉壑異響，林鳥送吭，雜花增媚，令人披拂簡坐，曠然世外。沃青浥翠，心骨俱清，倏倏然如在仙境。僧常剖竹，釘竹丁續其節，引泉入厨，瀉盈釜則去竹，水流歸澗，謂之竹泉。夏或泉鳴屋上，凉生室内，飛流四灑，織溜成簾。當其雲斂日晶，風清露馥，挹蘭蕙之芬，暢嘯歌之致。僧輒鼓風鼎，瀹雲霧，啜泉。綺樹聽佳妙音，若笙簧竽笛，則鳥囀於林也。烝紅塗白，錦巖絳壑，則花爛於崖谷也。花多山躑躅，根粗大若盎，若碗，蟠側詰曲，攢突崖竅。蘭叢塞竇，風来自馨，宜其山深寺古，佛慧僧清，迥與塵絶。友六人寓寺讀書，夜未半，其五人已寢。一方移燭登厠，忽踏地聲厲，勢若赴火。驚而逸，蒼黄歸寢室，幕燈堵扉，衣带不遑解，竄伏榻上，心悸魂飛，戰汗濡濿。撼友，友鼾不醒。

喘息未定，而物已逼，莫審所從入，且升榻。蠢與牛類，鼻端閃閤，嘘習出膻气，如風引嗅，吻際泠泠慄人，肌粟塵凝，愈瑟缩不敢反側。物陡前，兩蹄壓肩及膛，重若邱山，動不得轉，息不得出，傾刻俟死而已。久之墮地，一聲蹄踏，安步散去，莫審所從出。其人終夜無寐，明日語同人，咸不知覺。訪僧，僧亦不識何怪。

記曰：深山大澤，實生龍蛇。如許清凉界，乃爾来蠢魔哉！然吾謂天地間，惟蠢蠢者，其氣盛，其力大，其質堅，其福厚。盖樗以蠢而全天年，瓠以蠢而無所容，人以蠢而世不忌。何者？其噩噩如淳，渾渾如樸，人非不畏其蠢，避其蠢，厭斁其蠢，而蠢氣足以勝人，蠢力足以壓人，蠢質足以抗人，蠢福足以傲人。故巧者避而蠢者冒焉，巧者屈而蠢者伸焉，巧者危而蠢者安焉，蠢威亦赫矣乎。或曰：「蠢材無用，蠢愚無能，蠢鹵無成。與其蠢也，宜不如巧。」雖然，彼獨不见夫樗與瓠也歟？

記殺蛇

楊瘋子，不知何許人。山有大蛇當道，人無敢過。瘋子怒，舞刀罵蛇，與蛇鬥，擲刀斷蛇頸，持以示人，委首於壑。蛇奮躍輾轉，壞樹木禾稼數處，而風疾自是寻愈。後月黑夜，輒见蛇首光亮如炬，攜歸，破其脑，得徑寸珠二枚，實蛇睛。

記曰：異哉！蛇之毒，觸草木盡死。以噬人，無御者。而楊瘋子乃鬥蛇痊，何也？倘永州之異蛇可已大風、攣踠、瘻、癘，去死肌者歟？亦蕲州、黄州之白花蛇治風者歟？

记鞠蛇

祝由科法傳湖南，專書白水符，已人疾病。骨折者續之，肉脱者生之，拘攣骫骫者，伸縮之。應手奏效，幾與造化争神。葉先生者，傳是術。夏間，晝苦蠅，夜苦蚊，輒噀水書符，聚蚊蠅器上。暝則縱蠅，曉則縱蚊，日以爲恒，不傷其生。異者謂葉曰：「先生符信靈，使有巨於蠅蚊者，能聚之乎？」曰：「可。」南山有蛇，粗若瓮，長數十畝，爲患村民，雖虎豹豺狼不翅也。遂謂先生聚蛇，先生諾。使築壇，高二丈，已作法其上。蛇果次序至，蠕蠕然、蠢蠢然，欻閃盤旋。或屈若虹拳，或轉如波曲，或延袤長引，或輪囷如暈，蜿蜒奔赴，圍集壇下，逡巡若候指使，而巨蛇獨不見。先生怒曰：「孽物敢爾？妄自尊大而不聽喝令耶？」再書符追之，蛇果至。腥風震林木，黄霧霾天日，吐舌閃胷，峰飛石走而來，將抵壇，人立撲葉，勢欲氣吞。葉豫書符，揮袖擊之，蛇倒地死，餘者叱使退。先生降壇，謂衆曰：「某生平不曾妄斃一命，即蚋蟻亦無所傷。今無故戕此巨畜，雖其孽由自作，然余幾瀕於危矣。」後是更不符聚物，請亦不應。

記曰：蛇盤伏山中，行安穩，物莫與两大，毒害吞噬，自謂無患矣。豈復料有斃之者哉！雖吾亦不信。操片紙、畫朱墨數道，且焚爲灰燼，其果然有靈也。故物小者易馴，大者難制，何則？彼方頤指氣使，傲睨得志，儕伍輩敢有攖其鱗者，矧肯聽呼役乎？宜呀豁其牙，舞爪奮怒若雷，作勢撲殺。乃計豫定者，笑談裕如，聲色不動，而坐觀其敗。甚矣！大之爲性命累也。

卷三

記病緣

霍固之交曰大山，其上碧霞元君廟靈驗多年。禱祀者，陳人尤虔。每歲十月望，村眾頂香號佛，不遠數千百里至，至者巫紛若，迨明年之上元節而止。有少年子，家饒富，香眾來朝日，少年願從，白眾。眾允其請。裹行李，餐素，行三日，忽病逆旅。眾以祀神急，不可久留，囑主人潔飲食，善調攝之，計朝元君畢，然後群偕以歸。眾散，病少瘥。數日獲無恙。偶解行裝，露橐金。主人睨之，眼饞，謀諸婦，曰：「是少年子可劫也。」厲刃，將夜行事。有女及笄，與聞是謀，潛謂少年曰：「吾父母欲不利於汝。汝將奈何？」少年驚悸，計無所出。女曰：「晚而待我於室，計脱汝。」既昏，女果至。少年捫壁從女，門數轉，徑一曠園，短梯豫設，扶而登，遁去。更既深，父持利刃索少年，少年已竄。乃詬女泄謀，女不伏。鞭女，女呼天訟父惡，夜亦逸。是時，星寒墮水，月黑迷林，路縱横莫辨南北，走不知所往。向晨，遇少年，喜而與挈。少年呼恩人，妹視女。行二日，女病。少年遍擇逆旅，租静室爲女居。侍奉湯藥，如事父母。聞呻吟聲，輒佇户外問：「飲乎？」答曰否，則退。頃又問：「粥乎？」答曰否，則退。不謂之入，不敢入。或不得聲命，雖立且久，不敢懈。與女言無苟容，勸女善珍衛，惟謹。女亦默念其誠。逆旅之傭人，知女稍愈，假聲口夜問女，謂女啟門。女起，燈故滅。傭人擁女，强索歡。女心疑，然力不能支，被淫污去。少年繼至，問：「欲飲乎？」女曰：「去旋來，何重問乎？」對曰：「未也。」女無言應，悔落險人手，解帶自縊。少年覺而女已死。號呼曰：「生我恩未報，我何負德，而怨且深若是！」買棺殮女，柩停於室，封其户已，乃赴禮元君山。遇衆，述其事。衆咸頌女德。因不知女何故死，表祝元君，懺女祈冥福。既歸，同過故處，少年啟鑰視殯。虎騰於室，銜傭人飛去，始悟污女者實傭。虎斑毛黑色，金睛，類元君廟元壇神虎也。正嘩閧，忽聞柩内呻吟有聲，剖之，女復活。衆愈驚異，敬女若神，肩輿御女，徑至少年家。衆謂少年曰：「汝得女而生，活命恩不可負也。然女死爲汝，生亦爲汝，或天緣不可誤也。」少年不可，曰：「生我恩，妹德罔極，欲報終身，敢卑妹乎？」衆笑曰：「迂哉！使不爲夫婦，雖欲作一日親近，義且不可，何計終身？」少年感衆言，屈無辭，謂女亦無異議，遂媒而判合焉。

記曰：元君靈跡，村姥喜談者，率鄙俚可笑，事之有無，殆不足辨。然男女遇合甚奇，倘亦大雄氏所謂緣者歟？顧女於少年，初無心，遂脱其厄。恩不忘報，少年宜爾。逃而遇，何耶？使此美夫婦不爲作合，微衆人過，雖神靈能謝過乎？獨其忽生忽死，忽死忽生，理歟？數歟？盖女能脱人厄，而己不免於厄；能救人死，而己反殉以死。是間尚有神靈哉！談者曰：「死而生，虎食傭，非元君之靈昭昭，則女幾罔，傭倖脱矣。」嗚呼！元君信靈，宜早援其禍，奈何使白圭之玷不可磨也歟！

記姦獄

左公輔，先爲皖省合肥令，聽斷如神，民呼左青天。肩輿行郊，有婦人哭於墓者，公聞之，謂從者曰：「哭呼夫而音不哀，何也？」語次，風揭婦衣，見禪繫紅露，心疑方服夫喪，尤不宜衷此艷色物。命停輿，召婦詰之。對曰：「三日前，夫暴病歿，家貧無養，已將役志，是以哭辭墓。」言次顏色甚沮。公曰：「爾目哭心怡，面無戚容，嫁速售，夫死殆冤也。且爾既貧苦，腰束紅縧，何自來？」婦語塞。公怒，使發冢，啟棺驗之，屍無傷。大恚，婦號嗚呼，曰：「天乎！吾夫實自殂，而公欲冤此孱弱婦，何以爲父母？」訟諸郡守，守申文安撫，謂公例無狀，撤任待罪。公心不服，乃易裝沿近村訪之。日暮，投居民宿，有媪倚閭而望。公前揖云：「他鄉客，日暮途窮，愿寄身廡下，惟母所命。」媪云：「吾有子未歸，舍間地湫隘，不堪行矣，將奈客何？」哀懇至再，許焉。絮語良久，因母呼媪。更餘，子至，挈酒肉，軀幹偉然。母告子有客，歡言曰：「客既屈容寒廊，盍一見攀談？」公出拜，數語契合，恨相見晚，且約爲兄弟。痛飲啜肉，母來數慰殷勤。子喜甚，談竟忘寐。公虛惋嘆云：「左明府惠德在人，好官名播傳遠近，聞褫職者，何也？」子太息云：「此冤耳，他人莫知，惟余詳其實。然與君既協骨肉，當無所諱。實告弟，余素非良人，言之忸怩，梁上君子也。是夜窺探婦室，間而入，犬伏榻下，將爲胠篋計。婦佯媚夫，勸夫飲，夫沉醉。扶而歸寢，爲褪衣且盡，鼾聲陡發。一厲男子，筒執巨蛇，張惶入，閉户。婦横夫榻上，俯夫，騰身而起，以臀坐夫首，且縛夫手，夫不得轉。男子持蛇抵夫後竅，火蛇尾炙之，蛇急竄入夫腹。婦乃降榻，夫猝號腹痛，落地展側，瞬息氣絶。婦留男子同寢，已脱關而逃。計閟且毒，傷莫由徵，明府以是去職，能勿冤乎？」公驗其狀不虛，明日赴省垣，白大府，請鄰邑之寅幹材者剖棺覆勘，果赤練蛇盤腹中，猶活。鞫姦夫婦，一訊而服，治其罪。召賊人至，賜銀，勸改行。公後爲湖南巡撫。

記曰：片言折獄，盖其難哉！有令如左公，審音察色，可謂神矣，然幾以身危。悲夫！夫縣宰鹵莽，動視人命爲草芥，脱遇此等獄，避其來不暇，敢多事乎？乃公冤卒白，甚矣，其心細也。使宰盡左公，則青天白日之下，何有覆盆歟？

記姦獄

虞城黄姓夫自縊，族人訟婦姦，并執姦夫。屢訟無確證，姦不承，族訟不已。令笑謂婦云：「爾婦人也，應避多目，慚顏耳。」呵役人使退，引婦入簽押處一小室，令坐，婦侍側。與語瑣細事，問翁媼死何年，爾父母存否，兄弟姊妹幾人，戚屬幾何輩，屋若干椽，種幾畝，嘮叨絮陳，久之謂云：「爾，余子女也，使爾族不訟爾，余亦曷爲不憚煩，但實供，余能釋爾法，且擇書役等翹楚，惟爾願從者嫁爾。」婦與令談款意暢，忘其訟庭，實情盡吐。令升堂，呼吏書供，婦不敢辨。訊姦夫，倔强如故，不肯承。令聲使加杖，婦宛轉勸云：「汝明語府君，我先招矣。何自苦枉受鞭笞爲？」姦夫乃長嘆曰：「唯爾言是聽，但爾夫在日，尚虧予錢三百耳。」令駡云：「三百錢買姦私婦半年，猶負屈耶？」滿杖逐之，令曲護婦，謂夫自戕，貸婦罪。温慰族衆散去，婦後適人。初，黄之螟蛉女，婦姊子也，年十三，白父：「母與人私。」父遜懦不敢理婦惡。婦數撻女，使勿言。女不肯隱。令以役偵之，確，召女。訴云：「父與人博，夜不歸，己寢，母紡織候。有叩門者，母啟，客入，乞火飲煙，母速其去。客笑曰：『汝夫婦數載不一抱男女示人看，咎誰歸耶？』母紡不應。客曰：『汝欲孕男女，非延予莫能幹當事。汝何視予家，男長若干者名某，又長若干者名某，女名某者長若干，又名某者長若干，長短六七子，汝羡否？』語沓沓，久留不去。後遂數數來。」令問父所由死，對曰：「客嗚得意，漸洩語人，族知之，置父母不齒。母欲織，謂父貸族機。族軀呼父，且駡云：『爾有緬面目，婦養私人，不能治穢，爾先人三尺土，乃欲污吾物耶？』父顏沮，自歸。母往與族辯，罵益肆，母哭。父冤不從伸，夜縊。」幕僚云：「婦顏頗韶，奸夫面如漆，于戇，軀幹偉然，非婦匹。」

西人記曰：生男女自炫，奇；代幹辨男女，奇；自薦，奇；女證母姦，撻不聽，奇；聽訟敘瑣事，奇；婦勸夫從公堂，如房中，奇；淫貲僅三百，價甚廉，奇；訟庭白令，欲索還淫貲，尤奇。其事奇，情節俱奇，惜余文不能奇。

記凶獄

花兒市，地在京師外城東。少年某友一山西人，端慤純謹，兄事之。兩人情誼固不薄，將適他鄉，謂西人云：「余往矣，留婦獨處，然計日須歸。兄無事，宜輒來往，以時周余婦，感且不朽。」諾之而别。西人以故屢顧婦於室，賑貸不匱，無煢居之苦。然婦素有姿首，里中無賴子多垂涎焉。端顏峻拒，凜不可犯。迨西人之亟至也，無賴子疑姦，約潛伺其隙。一日，西人策蹇驢存問過婦，縶驢門左。喜云：「執姦夫而劫淫婦，暢余願，且獲厚賂，利莫大焉。自今夕有敢不顧余而唾者。」懷利刃，窺便，伺左右。黃昏，西人猶在室，無賴子餒甚，趨市酤酒，計薄醉然後行事。先是，是日淩晨，婦兄弟延婦歸母家，扃户，謂鄰媪云：「使儂晚不歸，老夫婦可安儂炕，殊免寒栗。」兼予之匙。比晚，西人以其不歸，策驢而去。無賴子醉至，則閉門滅火，寢室寂無聲。知睡熟，越牆入焉。捫炕，果男女并頭卧。妒心熾起，揮刃斷頸，攜而復逾垣出，頭擲井中。更漏初殺，堆子卒汲井易槽水，挽綆忽得二頭，乃大驚愕。適鬻水粉人荷木桶至，呼水滌粉。滌訖，方他顧，卒以頭藏粉底，荷擔去。既入内城，偶歇擔傾水桶欹，頭出，亦大驚愕，如堆子卒。視晨光尚微，市無人，結頭上髮，掛環遁去。適值市館館僮起，闢門，門動，人頭墜地，驚白主人。主人云：「勿嘩。此物奚宜至哉？」一使鍤而瘗諸園。旋慮僮或泄他人，則非己利。乘其營穴，執梃撲僮死，并瘗僮。明日，日將盰矣，門尚不啟。鄰訝翁媪何故起忽遲，呼而擊門，弗應，乃奔召婦歸。破門視炕，則血淋漓屍存，頭不見。鳴官來驗，莫測其故。遂疑姦，械婦，逮西人訊，無確證，不能具獄。御史某公窺婦雖色美，而端好無蕩意，西人尤恂訥，謂同僚云：「是獄累此兩人，冤哉！然非婦，風波故無從生。」語婦云：「爾輩小家婦，隘處室居，或近市往，亦有目逆汝者乎？有言餂者乎？亦有惡作劇迫汝者乎？」

婦訟若而人，盡繫之。至覆訊，獨得一輩，言狀殊詭。喝云：「殺人賊，汝即是也。」聲杖嚴審，竟伏其罪。問頭安在，對曰：「擲井中矣。」繫堆子卒，對云：「藏粉底矣。」繫鬻粉人，對曰：「掛門環矣。」繫館主人，對曰：「瘞空園矣。」遣役押歸，方啟窆穴，并得男子屍。役白御史，刑主人，盡吐情實，獄遂成。殺人伏法，釋其餘囚。婦泣云：「明公信神人也。婦獨遇此賊，幾不免者屢矣，今一旦昭雪，天乎！」

記曰：女子處閨中，出必蒙面，無故不至大門，防閑慎微，禮法非不兢兢。然細民家，横致侵凌，遭污辱蠱禍者，豈盡妖淫哉！力不足以敵，勢不足以抗，含垢忍羞，比比也。故匿瑕尤者，辱强暴；惜廉恥者，速訟獄；保貞潔者，捐軀命。顔色誤人，天下靡靡。嗚呼！多露，畏而鼠穿；懷春，誘而尨吠。獨非聖人之世歟！

記盜案

虞城屬歸郡，界商邱。東於江南界碭山，北於山東界單縣，其人樸質淳願，而往往受三界之累。江都洪江門大令宰是邑者二年。辛巳正月，撫軍姚公忽飛檄歸德守，責之曰：「碭、虞界近起盜賊，汝爲郡守，翻罔聞之，緊獨無耳目呼？縣官爲誰，可書報此人姓名來。」守愕，先馳大令檄，蒼黄至虞。是夜大雪瀰漫，不辨天地，凍風怒號。守、令奔馳四十里，赴界召父老詢疾苦、盜賊有無。父老焚香頂禮迎道左，啟太守云：「往歲盜聚碭山，侵掠邊境，人不堪其擾。自明府蒞任，盜絶跡，草竊不生。戴明府之德，盜實無。」守、令驗而信，歡然歸署，申白撫軍。又明日，劉姓報劫盜十七人，明火杖而入室，縛男女，拷索私藏，加刃於頸，席卷一空而去。銀三百兩，餘贓亦數百金。令惶遽曰：「盜不發於撫軍嚴詰之先，而發於安報之後，殆讎守與余爾。」飛騎赴郡，與守合謀，遂倒退日月以報大府。捕役之使四出，久之，盜不獲一人，盖盜或虞城或商邱或碭山或單縣人，分財物散去。初，商邱王令與方伯某不合，以病免，守謂其能吏，留與聽訟。至是，獲四盜，峻刑拷問，吐數案，劫劉者四人與焉。白守，械送虞令。然劉盜贓情重大而四人又非首禍，不足定讞。幕僚司刑命者云：「得大辟二人足矣。」謂令教盜供，從之。令提盜於獄，諭供辭。凡四五訊，始以因丐聚夥定讞。申府，斬梟二人，二遣發。令謂幕友曰：「願罰半年俸，尚欲全活一人。」對曰：「讞已成，使有所更張，煩勞多矣。」竟不復議。方盜之被擒也，王令研審，跪鐵練，膝肉盡脱。比至虞城，髮寸長，加梏桎手足，索聲鋃鐺，扶而後行，形殆非人。至是，悉付獄待罪。

記曰：方訊盜日，余目擊其事，令先好語云：「汝等雖劫盜，罪不至死，實供，余宥汝刑。」盜吐實，令授供辭，謂：「汝入室縶主人。」盜唯唯。「汝劫財物。」盜唯唯。「汝運接出入財物，實不入室。」盜唯唯。「汝立守門外賍。」盜唯唯。嗚呼！一户之隔，入不入，繫死生焉，而盜不知，唯唯聽令指，「不教而誅，可謂罔民矣。」然盜之横行也，撞門開，財物悉所有，淫婦女，戕主人性命，放火焚室，執其人，雖百磔不足蔽其辜，皇哀矜乎！而議者必云盜賊滋起者，德不足耳。夫自堯舜來數千百年，盜賊不泯於世，豈盡賞盜哉！譬若虺蛇，造物非欲繁其生，而種族不能殲也。故謂能修德則盜賊斂避，可謂絶無，吾不信也。老者曰：「聖人不死，大盜不止。」噫！能止盜者，其唯聖人乎！

記閹像

魏閹煽毒勝國，生祀遍天下，而畫像供奉往往留在人間。乾隆中，典史某就銓選部，閒行琉璃廠，閱書畫鋪。風來，群幅颺起，獨一幀天官像屢颺不動。心訝之，與錢數百買歸。嫌其幅腐爛，擬加潢治。啟軸頭得珠，大如豆者百八粒。

李敏達公未遇日，家貧，雅饒畫癖，偶睹名筆，必百計買歸。除夕，無升合之儲，夫人脱簪謂公云：「持此詣質庫，典錢易米，暫度新年，三日後再爲計議耳。」公得錢四百，將攜歸。途遇舊識人，挾畫一幀曰：「此我家故物也，需錢糴米，急而思售。君素嗜古，肯見留，即以市君。」展視，則一天官像。筆墨精妙，似出名手，而頤無鬚鬑物，疑太疏略，謂其人曰：「畫信佳，惜少頰上毫，恐鮮識者。余病同汝，典婦頭上簪，錢止此耳。鬻則易，否則各實所有。」其人意不足，然日既旰矣，亦别無鑒賞人可與議價，默無語，且從公行。公禁之曰：「爾勿然。余婦待余久，價無所增。况爾懷至寶如此，長安米雖貴，豈無一嵌珠人乎？」其人窘迫，計無所出，依依不肯去。

公再慰遣之，謂：「徒奈何以此易彼，非余吝不償，將焉值汝？」不得已，賣公。酬錢得畫歸，夫人迎而責公錢，公示之畫。夫人怒詬公曰：「是物寒不可衣，飢不可食。畫縱神，他人飽，汝斯飢矣。」劫畫擊公。公驚喜曰：「無爾，余富矣。」蓋畫池頭中藏明珠十八顆，一瀉傾出。拾視之，大如雀卵。公後爲兩江總督，實自典珠起。蓋二畫皆魏閹遺像，故衣履狀貌視天官，獨無須。雖未知供奉者何人，而奢侈如是！微干兒義子，其誰與歸？

記曰：閹之生也，毒害正人。其忠臣義士被廷杖、死獄囚者，不堪勝計。乃得其影像而一貴一富，兩公戴閹德多矣。

記驢賊

劉茂才狂放不羈。夏夜五鼓初殺，跨驢入城。跣雙骭，露頂，挽髮作緒，大小如錐，形裸不衣。氣雄雄然，攬繮策驢，使速走。二快遇諸途，謂其盜驢賊也，叩驢不令前，呵曰：「驢何處來？」劉不識其快也，漫應曰：「小路來。」快喜其真賊也，嚇使下驢，劉不聽。二快推劉下，一捉劉髮，一牽驢，擁入捕廳，劉始悟其快也。少頃，尉出，快指驢白尉，謂獲是賊也。尉方詰劉不跪，劉嘩與尉辯。役漸來，有識劉者，詫曰：「汝秀才也，何作盜驢賊？」尉嗤之曰：「看爾頭腦，豈有名在郊庠而不衣冠見尉者？爾不爲賊，驢固在，爾自騎去耳。」劉讓曰：「我自入市見市人，非入署見衣冠人，何必衣冠？且爾官但治賊，非治秀才也。去去，勿污我衣冠。」跨驢而逝，尉笞快各二十。他日兒童輩見劉，輒撫掌呼曰：「爾盜驢賊也。」

記曰：劉寬下車歸牛，鄉人何其坦蕩也。使劉不示人賊，快焉得賊誤之。甚矣，其自污也。雖然，秀才曠達，豈禮法繩束哉！故漁陽三撾鼓，正平罵也；青白眼，嗣宗狂也；負鍤頌酒，伯倫醉也；歌詩達旦，凱之癡也；我醉欲眠，泉明簡也；看竹逕去，子猷疏也；享軍不樂，唐衢哭也；開口便俗，雲林傲也。放狂，秀才本色也。抑古云神仙愛驢，張果、陳圖南類然。然少陵平明跨驢出；鄭相詩思在驢子背上；無本師驢背推敲，冒犯京尹仗；黄不可詩句好用驢字；魏野吟詩騎驢，誤走數里；芙蓉城主奮然跨青驢逕去；蘄王英雄暮年，亦跨驢。跨驢，秀才韻事也。夫天下惟達人曠識，不拘一格。牝牡驪黄之外，相真士焉！彼僥倖沾一命，識詩書何物？

伺候縉紳簪纓間，持手版屢進屢退，跧伏無常。鈐握一在手，禮貌斤斤，動責人拜跪，其故態耳，何足深叱？顧吾輩遇此等官，則策其驢曰：「去去，勿衝我驢。」

記尼寺

臨安兄弟二人畢秋闈，留候揭曉。十六夜纖雲不翳，素月流天，聯步偶出游，經過尼寺。兄前尋徑自便，及急視弟，弟失所在。顧寺門既閉，不得已，懊喪歸寓。沿訪累日，寂無蹤響。榜發，兄弟聯報捷，弟第六人。心益悲，逕白撫軍。撫軍曰：「此必尼姦也。」遣標下兵圍寺，搜之果得弟。閉置密室中，肥腯異常。獲兄大痛，第口不能言。曳詣撫軍，給筆命述所由。言初行遲兄，誤入尼院。尼來與語，意致款款，誘坐禪堂。久之，欲辭出。尼笑曰：「山門鎖矣。誰勸汝來？此地可入，不想得出也。」日則錮蔽深室，不令移步。食惟豬肉，淡無鹽。兼慮其竄逸也，迭次伴守。鹽粟久絶，致此肥瘠。將死，委諸園後池，斃者不知凡幾矣。撫怒，命乾池水，果白骨無數。遂置尼法，餘者蓄髮加簪，嫁人為夫婦，毁其寺。

記曰：漢成帝聽劉峻女出家，又聽洛陽婦阿潘等出家，中國始有尼。晉何充捨宅安尼，中國始有尼寺。顧瑶光奪壻之謡，遺穢自北魏矣。唐之公主爲女道士者，多致醜聲。魚元機以貪淫殺婢緑翹。南唐耿先生有寵元宗，孕子。宋梅花觀主與潘法成私通。彼非女冠也歟？盖男耕耘，女織紡，人有恒倫。使必屏絶繁華，捐棄父母，力行爲險怪。慕神仙則飼妖蛇，演真訣則通俗緣，此《謝自然》《華山女》二詩所由作哉！世人家生女，難養育則舍庵觀，爲女冠，爲尼。男婦乖違，亦聽剪髮爲尼。未幾而醜行敗露，比比也。然則名爲尼寺，教坊何殊焉！身雖尼姑，官妓無異焉！傳曰：「川澤納汙，山藪藏疾。」故僧寺、道院、尼觀、青樓，淫汚之府也。法門也乎，入者慎之。

記土產

吾邑生産頗富，而稱絶最者宜推四種：一曰洧酒。洧水出古新鄭，經流固始入潁，汲水釀酒，故名。其法蒸糯米拌麴，縫絹袋盛米入，醡壓使滴酒。有二種：曰甜者，曰清苦者。而清苦尤洌，然味易酸，惟宜冬釀，春則罷。或煮酒貯瓮，盛夏出酤，味似今之紹興酒，亦名臘酒。一曰茶菱，産泉河諸閘水中。蔓生，花白，葉似菱三尖，實蝦形，須爪略俱，仁若蓮蕊。剖殼得仁，實凡三粒。法用脂麻伴炒，以麻黄爲度。香清味腴，土人以其似菱，且宜茶食，故名茶菱。一曰鹽鵝，産華林灣者，肥美特異。灣鐃魚蜆蝦螺，鵝餐之，重或十五六斤。人家於初冬殺鵝，漬之以鹽，至春煮食或蒸食，亦可切片堆盤。色紅如脂，隱有棋盤花紋，天然可愛，曾充貢物，謂之固鵝。一曰皮絲，豬去肉留皮，置釜中，沸之使熟，勿待其爛即撈取，漚諸瓮數日，切片使薄，長尺餘，然後剁爲絲，瑩亮潔白，殆擬水晶。他郡縣者條短色黄，故遜。四物雅供清品，惜生産偏隅，嗜者絶少，反讓天津黄花魚、揚州車螯，若鰣魚、枇杷等類供老饕之朵頤，名甲天下焉。

記玫瑰 戲攢綴《瓶史》《瓶花譜》語

《爾雅》：「茹藘茅蒐。」注云：「可以染絳。」《山海經》注：「茅蒐，一名蒨。」

《儀禮》注：「茜，齊人名韎韐。」或云即今之玫瑰。玫瑰、茅蒐聲轉。然蒐音搜，不從鬼聲。晉灼云：「玫瑰，火齊珠也。」《正字通》：「玫瑰，花名，音貴。」不云可染，似是二物。《古今注》：「紂以紅藍花汁凝作燕脂，塗之作桃紅妝，以燕國所生，故曰燕脂。」《正韻》作「胭脂」，《類篇》作「䞓赮」，婦人面飾也。《史记》作「焉支」。「出隴西過焉支山」，注云：「山在丹州。」又匈奴歌云：「失我焉支山，使我婦女無顔色。」又臙脂，蜯粉也，紅藍花，又爲一種。昔王子猷愛竹，陶泉明愛鞠（菊），通明愛松聲，唐重牡丹，宋貴玉蕊，周茂叔獨愛蓮。古人寓意寫懷，托物寄興，風致往往如是。京兆孝廉癖嗜玫瑰花，嘗得一株植焉。條抽碧玉，葉抱緑珠，花時絳萼丹英，嫩紅可愛。孝廉乃把翠杓瀉緑蟻，招友人輩酌花下，擘箋賞之。花侶解人意，標格既殊，神彩亦煥發。孝廉每凌晨即起，持花盎澆滌灌漑，如微雨之解醒，如清露之潤甲。葉光油然，花光煒然，葱葱蒨蒨，鮮瑩旖旎。然是花枝榦間多生芒刺，動棘人手。孝廉能於澹雲薄日、夕陽佳月，則空庭大厦以助其情。唇檀烘日、媚體藏煙，則歡呼調笑以逸其興。嫣然流盼、光華溢目，則分膏理澤以博其趣。或欹枝困檻，如不勝風，則垂廉下帷以安其性。暈酣神斂、煙色迷離，則屏氣危坐以待其歡。狂號陣雨、烈焰濃雲，則曲房奥室以衛其生。伺喜怒、證梦醒、娱曉夕，曲盡其勤，故花亦久不生刺。明歲，孝廉計偕入都，花落他人手。灌溉不時，寶護非法。或俗子闌入蟠枝；或醜女折戴；或狗鬥其下；或鼠矢蝸涎；或僮僕偃蹇，或排幕雲集，强作憐愛者，類福建牙人。迨主人歸，花不惟失性，且迷其本性矣。見夫濃雲盛暑，皮膚皴鱗，汗垢如泥，日夕與爲緣，花安之若素。偶與一拂拭，則刺手流血，痛不可忍。若其烛氣煤煙，内酒越茶，諸凡祟花之物，堆置盈前，皆不以爲唐突。至明窗净室，古鼎宋研，邀快心友，烹茶僧與校花故事，抄藝花書，則反遭花惱。孝廉於是喟然浩嘆曰：「有是哉！花性一變而不可移也。始吾重護此花，致疾病，幾與死鄰，然不以爲勞苦者，意其不見摧於老風甚雨，不受侮於鈍漢粗婢，於以駐顔色、保令終耳。當其寒也，初雪新月、暖房雪齋，吾思所以調護之；迨其温也，晴日清雲、雨後快風、華堂竹閣、佳木蔭竹下，吾思所以慰藉之；及其凉也，霽月夕陽、空階苔徑、古藤巖石邊，吾思所以安置之。然卒不得其情，則吾始之營精舍、貯金屋之念灰矣。吾即瑪瑙爲盎、琥珀爲泥、珊瑚爲砂、赤玉爲欄，以代培養；吾即瓊葉之窗、玻璃之室、水晶之簾，以當供奉。而是花日就悴萎，傷本性，棘手流血，吾不忍爲也。」蓋玫瑰自不爲孝廉愛，傖父村夫致之去。老圃秋風，塗枝泥榦，斜欹披側，神氣散緩。不膏粉，不櫛泽，垢面穢膚，無刻飾之工，俗氣漸染，不入清賞上品。故牡丹不以爲婢，薔薇、木香亦不願與爲儕伍。

記鳳仙 戲攢《瓶史》《瓶花譜》語

橫柳偃波，員萍漾沚，有園焉，地纔半畝，垣外亘方塘一渠，署其名曰「依緑」。醉心娛目之品，蔟英跗萼，冷艷嬌香，妥貼精魂，爛若錦绣堆，友人滎陽君之別館也。君袍緑章，扣青霓額，愿與乞春。陰爲花司命，慈護群芳，故其地遂成陳皇后之金屋，石衛尉之梓澤，王駙馬之藏春塢。鳳仙花者，一名海納，一名旱珍珠，一名小桃紅。花開頭翅羽足，翹然如鳳，故名鳳仙。其子觸之即破裂，皮卷如拳，類美人之易怒，旋復迴嗔生媚，故又有急性之名。其種有紅白二色，又有紫黃碧雜色，善變化。君偶得一種，白者，榦青玉，葉碧，花朵攢蔟，嬌韻漱煙，澹妝澡雪，繞之以朱檻，灑之以金膏，呼貯白卿。嘗私祝曰：「卿雲鬟堆秋，金釵壓梦，如此好女兒，只合秦樓嬌眝，何物張老菊婢相唐突耶？」盖君寓磊塊儁逸之氣於芬芳非惻之懷，滋潤漑滌，悦花情性，助花精神，庸奴猥婢莫敢濫入荊扉。花亦妥身籬下，如崔道士院。無事，懊惱封姨，請製護花旛。而君自不待驅逐春鳥，始以紅絨繫金鈴。余曾攜坡谷小诗、白石《梦窗詞》、張功甫「梅花宜稱二十六條」、荷葉山樵《瓶史》過「依緑」，較量花事。君世尊微笑，指白卿示曰：「吾此花雖韻不如梅，傲不如菊，鬱不如木樨，冶不如海棠，丰盛不如牡丹、芍藥，使其位置塍御，若山茶之鮮妍，瑞香之芬烈，玫瑰之旖旎，芙蓉之明艷，水仙之神骨清絶，林檎蘋婆之姿媚可人，伺吾白卿其中，脆骨鬆肌，慗情綽態伯仲間。當見山矾之潔而逸，有林下風氣。彼鶯粟蜀葵，則妍於籬落。丁香之瘦，玉簪之寒，秋海棠之嬌，然有酸態。白卿既遭逢清賞，心暢神怡，弄狡獪，神通變幻尤劇。忽而靚妝妙女，忽而清慧兒，忽而艷色婢。織女玉清，石氏翾風，羊家静婉，潘生解愁，表聖鸞台，冠軍春風，東坡榴花，香山秋草，便娟嬛巧，弄煙惹雨。一日之内，頃刻之際，得一美人而众美人咸萃。君亦若隱士，若道流，若清癯僧，若韻致客，若好古而奇者。侔聲儕色，與爲喜怒，若劉綱夫婦時鬥仙術。且君老是温柔鄉，風情自貶。凡曲隝迷磴、紛紅炫翠者，必傴僂汲瓶罌，濯枝拭葉，不使縈一珠絲、污一纖埃。心惴惴焉，慮爪指之誤攖。瓣印傷痕，則折縣令之腰，屈侍郎之膝，謝罪過乃免。白卿諳君性既熟，動致嬌嗔，或縱急性，裂小金彈子抛人面，痛加針砭，君致殷勤如初。然白卿雖躁烈，他人每遭白眼頗練，余至，則盈盈隔水，笑靨迎人，心感其意殊厚。而秋江芙蓉根，涉波以莫採者，別有懷抱耳。先是有蘭花小叢，紫莖縹帶，香氣獨秀，芳菲菲兮襲余，君圃中植也。柳去章台，奈負韓君何！迨白卿至，風流跳蕩，如飛鳥依人，如軒軒霞舉，翻覺國香韻冷，隱谷空幽，未若瓊葩玉蕊，仙根猶在人間。故一時鳳稟，群女竟遜李后第一。」

記曰：「鳳仙花多子易生，人不甚愛憐，白者尤乏賞心。獨一種名頂頭鳳，榦頭數朵，花瓣特圓緊，結子亦稀，稍增珍重。更一種飛來鳳，種尤奇，花并蒂開，蓓蕾葉尖，余生平罕覩。白卿殆飛來鳳歟？嗟嗟滎陽，隤唐銷磨，耗半世精神於蘭白之場，愚乎！癖乎！或笑之，或訕之，余獨悲其癡也。秋風蕉萃，舊寵不來；春雨迷離，新愁又續。欲補採蘭之恨，早成脱白之名耳。湖州、沈園，千載徒悲，抑孰使杜樊川化而爲陸放翁哉！余每一過「依緑」，悵悵久之，爲盤桓而不能去。

記翡翠

一士人掉臂獨游，經過曲水間，愛其密林翠篠，境特清幽。繞溪行數里，逕入叢篁深處，遥見柴門掩映，白版扉繚以竹笆籬。飛塵不到，殆類精舍。門外秋水蓼花，漂紅漾碧。疑有漁舟可呼，逡巡款步，至則聞女子笑語聲，心訝人跡寥廓，何得有是？詭渴思飲，遂剥啄焉。啟扉，一女冠被服花衲，絳色裳，見士人，因内呼云：「二十七娘子江頭醉歸，正苦索莫。有客來，可共攀談也。」穿竹逕去。女出，翠衣紅裙，延士入座。屏榻扉几盡飾湘竹，製作精巧，亦非俗工，顧而樂之，塵懷一時盡滌。女小名碧玉，解詞翰，諷詠篇章，談吐風雅。撫琴動操，柔情旖旎，真無雙佳麗也。為士人設饌，玉粒凝香，金齑雪膾，異常清品。己獨嗜魚，飧飯必陳，亦不甚以勸士人。時也，斜陽墜水，岸影涵空，柳依依踠拂波心。女指示士人曰：「對此清境，令人魂銷愁永。君曷染翰裁什，為儂遣悲懷，且奈何孤負秋光耶？」士欣然，擁鼻短吟示女。女不甚暢意，乃自為小詩，宛轉長歌，態掩抑，若不勝情。其音清揚，縷縷杳入水際，游魚出聽。士人狂喜，拾片瓦，擲波擊魚。魚潛，沫騰飛濺女衣。女怒曰：「儂謂君婞雅，戀不忍別，幾誤諸姊妹鸞江之約，乃知一莽漢耳！」化翡翠飛去。回顧柴門、竹籬、茅屋，一無所存，但聞樹上一鴷鳥斫木鏗鏗，水聲淙淙而已，士人悵然而返。

記曰：天下美景無再，佳遇難逢，輒令人悶損。士人風情自誓，孤影獨標，清福、艷福一時雙畀，誠曠世之稀遇也。乃歡不禁蕩，愜忽生疏躁，動一獲愆，遂使德莫償過，以情始，以鹵終。倘亦彼門緣之説與？吾甚爲士人惜之。

記蟹

稻花香落，秋水潮歸，漁者昇鐙（燈），水滸緯蕭，承其流而障之，爲獵蟹計。聞人呼於葦中者曰：「甘鬆，横海將軍行至此，擁劍攢戈，領三千鐵甲軍，吾惜其送死耳。」對曰：「然昔髯封頡羹郡王時，鬆亦承乏紫暉，忝在同僚，曾屢箴其狂躁。渠愎諫不聽吾言，惟禍敗是速。然髯輔車也，冥數適符，將何逃如之？」髯曰：「我躬不閱，遑恤其他。吾亦惟波流上下，與世溷清濁，魚樂濠梁，安能皦黑白、判涇渭、詭世迕俗作顛頏客耶？且處潢潦而皭然塵埃之外，幾人哉！」對曰：「是則然矣。初予少年，氣鋭自負，體蘊珠胎，形同月滿，不識幾微，僨緣干進，遂致失勢。今放棄江瀆，虵虵而行，充充而處，見人影則瘝頸閉户，不敢作言語聲息。尚思梦想風雨，插翅而飛耶？」言未已，忽爬沙有聲，甚厲，勢驅波濤。二人叱吒曰：「命在須臾，猶爾横行！」一人驟至，曰：「于⿱髟思翁佳哉！去而復來，伊川高弟子竟亦在此，幸甚幸甚！」鬆曰：「雌黄兒嘉名肇錫，使人難堪。」其人曰：「幅巾大袖，被伊川之衣，吾聞諸陳公辅。况非虛謬耳。」三人聒良久，鬌忽矍然曰：「含黄伯秋老至矣，奈何？」曰：「男兒死耳，復何逃？且某口吐珠璣，文炳虎豹，剛外以蠱禍，遭時忌刻，自知不容於天地之間。鬌水晶人也，老世故，無迕無競，亦不免，何也？豈孫堅誅王叡，坐無所知與？若乃知白守黑，柔順利貞，無如甘内史之行，奈何共誅戳。儻亦陳相國多陰謀故耶！雖然，天下事男兒一身當之，瓜蔓何爲？看予奏小技，弄此老奴，然後就縛，我獲而汝二人免爾。」渔者訝其非人，撥葦視之，見一巨蟹、老蚌一、蝦一，長尺餘。悟，謂蟹曰：「材大槃槃，請入我簖。定知風味絶佳。」蟹突睛視漁人，漁俯拾蟹，螯夾其爪，皮破血流，痛而擲之，反入於簖。蝦驚，躍江中。更拾蚌，蚌亦墜水，餘小蟹郭索無數，以次散去。

記曰：趨死若騖，陳叔寶全無心肝，豈誠知命哉？狂奴態耳。石季龍之言曰：「大丈夫當磊磊落落，何能效曹孟德、司馬仲達狐媚！」夫人生世上，亦惟骨骼挺然，去来明明白白，狂而死，不爲媚而生，死亦何嘗之有乎？故聖賢死，帝王死，神仙死，英雄死，忠亮死，奸佞死，庸愚死，草木死，鬼與𤜶犹死。隋二世云：「天子自有死法。」顧其法何如耳。右軍以樂死，伯嶼以情死，正平以罵死，德祖以才死，士龍以笑死，奉倩以傷死，屈原以醒死，伯倫以醉死，叔夜以懶死，馬遷以憤死，漸離以筑死，豫讓以刺死，長卿以渴死，少陵以飽死，青蓮以傲死，文昌以盲死，東野以窮死，子厚以拙死，公孫龍以著書死，韓公子以説難死，賈生以哭死，周亞夫以餓死，叔魚以賄死，季倫以財死。豪客死義，才士死名，美人死色，君子死道，小人死貨，等死也。無腸公子獨以死爲戲，吾贊之曰「趣死」。

記蛟珠

山人善緣，澤人善泅，惟其所習也。鎮江兒夏日浴江中，没水深際，忽遇洞府豁然。壘石爲門，門數重，兒躡步入，見白髮翁須眉特古，若八九十者。青石方丈，置明珠一顆，巨逾雞卵，當翁端坐處。乘翁假寐，竊而湧出，歸示家人。家人不敢留，白太守。守曰：「爾能竊而出，復能還而入乎？」兒應諾，送置故所，翁尚未醒。守殺是兒，謂人曰：「珠雖還，安知是兒不將復竊？且翁必蛟蜃之精，修煉數千百年，然後成人形。使醒而失寶珠，恐貽地方憂。吾是以殺兒息禍，且活一方人命。」

記曰：太守誤也。殺一兒，安知不更有善泅如兒竊其珠以逃者乎？是先戕一命而患仍未除也。何如覓陶峴水精奴，予千金劍，使潛居水底，伺其睡，戳是怪而攘其珠，則兒不必殺，珠可得。

記狐丹

光山胡文良公，少落魄，淫賭崎嶇。夜歸，經過一空林，月黑陰翳，遠露火光，爚燿閃爍，忽上忽下，訝之。近，則一老狐蹲踞林杪，火自口中吞吐，滾滾無定，呿則出，噏則入，抗墜沉浮，與氣升降。公樂其異也，仰吻接丹，一吸而咽，展轉胸膈，吐不可得。狐驚，索公丹。公愕然曰：「已走入腹中去矣，奈何？」狐嘆曰：「一千五百年精華被公竊去，數歟？然是物非大富貴人不可得，非壽考人亦不可得。公福正無涯，他日幸見還，勿相失耳。」遂迷狐所在。公後研深易理，暮歲始登甲第，入詞垣。日與安溪李文貞公辯論，李不能屈。年九十餘，位終侍郎。易簀時，狐來，果取丹去。

記曰：睡之誤事大矣，厥過與色酒同科，何者？蚺以色喪膽，猩猩以酒亡身，驪龍以睡失珠。狐與驪同病，均有所失。夫失丹則遲數百年作神仙矣。或曰天上頃刻，已是人間千年，神仙正多睡梦中人耳。故盧生睡邯鄲，功名富貴四十年，而黃粱尚未孰耶！五代之際，干戈喪亂數十年，定於宋太祖之手，而華山希夷始蹶然墜驢醒也。噫！吾此中磈磊多矣，安得一睡而冥冥耶？

記魚怪

甘泉富家子瀕江居，新婚次日驀睹新婦繞宅行，私心竊異，未測何爲也，尾之。出門徑去，遠逾咫尺，趨塵莫及。女回頭忽見婿，以手招呼曰：「我不貫宿汝家，汝從儂歸，作贅婿，何如？」勸使返，弗聽，不得已與之俱。迤邐數十里，果臨其宅，弱弟出迎門，則一病赤髫兒，鼻涕洟。入室，頗修潔，不類村户人家，什物供饌精美無倫，器不知何質，光彩奪目，肴品亦多非市肆物。一住忘家。家中自是日失婿，遍索，迄無形聲。鄰或述所見，而洞房新婦步未移跬。居數月，婿忽自外至，叩所自來，云羈婦家耳。家人示見婦，驚，非前人，婦色亦娟好，然膩質瑩姿，艷光逸韻，則尹非邢媲。婿意獲儷二美，如東坡食河豚，真是消得一死，遂以外婦禮貯之。瓜期已迫，赤髫兒來迎，授青玉鞭，延婿跨駿馬，使閉目，但聞耳邊風聲颼颼，水聲汩汩，馬蹄絶響，瞬息不知幾千里也。及接轡落鐙，早登其廬。有叢篁成樹，朱果壓檐，菡萏花五色，繞屋周遭。池水淡碧，若新茶潑乳，飲之而腴香沁胸肺，清於嚼梅咽雪。判果流漿，緑蜜遜甘。入篁中時來小鳥，毛翮金翠，絳喙紅爪，音雜絲簧。樂其境，竭來得得，奄忽近二年，病瘵幾殆，女合藥醫之，既愈，爽倍尋常。然家非讀書種子，去風雅道遠，父母復爲其疾之憂，南陽府家長生庫在焉，於是使經商河南。典旅日久，心思落莫，出門尋所歡，遭女於路，香帷翠輧，未知至止。導使歸，諸傭奴輩登堂拜主婦，女亦各有所賜貽。群羡麗顔，疑妖疑狐，卒莫識何怪也。一日謂婿曰：「我二人情緣盡矣，奈何！宜速旋，勿徒勞勞，客寄他鄉。旦晚間儂抱绷裸兒哭汝於白楊黃壟矣。」言已大痛。婿愕，遵其語，尋以瘵歿。或云女性素戀水，蘭湯灔灔，日沃浴坐其中，冬夏無間，似魚怪。

記曰：天有不可知者，專以蕙蘭之艷質配醜奴，開元鶴髮翁，揚州大腹賈；人有不可知者，專以蕙蘭之艷質配醜奴，開元鶴髮翁，揚州大腹賈；豈坤靈扇牒，別有前緣歟？抑慧業文人，實不如僮廝賤隸歟？或者奇絶殊尤之美，强合則有所傷歟？不然何粉白黛緑、群雌粥粥者盡駔儈，而艷光淑質、此豸娟娟者無我輩耶？天歟？

人歟？我不得而知也。或曰絶者，造物之所忌。才色，尤造物之所珍。造物能與人高爵厚禄，安宰相之榮；豁鼻粗腰，享夫人之福。絶不畀之才色。故絶才無善終，絶色無良偶。余曰不然，造物者既已才色之，又忌刻之，是自戕也，非初心。且爲德不卒，何以爲造物？然則我宣聖之仳離，果絶四之故乎？

記狎虎

王百穀先生著《虎苑》，載虎事略備，頗饒談虎生風之趣。然古云「暴虎」、云「鬥虎」、云「柙虎」、云「獵虎」，未有與虎爲戲謔者。吉林恭茂才説一事，殊堪捧腹。吉林地方近山處，往往多虎迹。甲人等夜賭，二更向静，一火熒然。虎來，前兩爪據壁人立，探首入牖，目注對局人。局外某先已熟睡，醒而行溲，眼尚矇朧，不知其虎也，誤以爲火伴穴隙窺局，因迫而與之狎，引指及尻，着力摳之。虎負痛，聳身一躍，破牖入室。室人驚潰。虎咆哮衝突，得門竄逸。

記曰：是虎前生想其未入輪迴時，亦一賭鬼耳。不然，何遇賭即癡？人將侮弄其後庭而已猶懵不悟也。世人樂觀局，目不转睛，或者尚宜以虎爲戒。

記美男

六安某氏子，少年風標，性耽遠游。逆旅棲泊，終歲不歸。晚則專房獨宿，梳雲鬟高髻，掠蟬翼鬢，塗粉染脂，宛然好女子也。對鏡勸觴，顧影自憐，亦或呢呢笑語。客有過其户者，聞人語聲，窺之，見美婦人，疑其私倡，剥啄了鳥。少年驚惶，除簪珥華稱，滌去粉脂，啟扉，辯而出，則翩翩一少年也。客悟，大噱而去。

記曰：凡物負瑰麗之質，懷抱奇貨者，莫不私心矜持。故象寶其齒，豹隱其皮，麝護其香，蛇惜其膽，蚌閟其珠，鷸珍其翠，猩猩吝其血，山雞愛其毛，男女悦其色，其情一也。夫世道凌夷，天下靡靡，丈夫少而巾幗多，陰道昌也。吾烏知夫顧影徘徊，婦女其性者，又安必不婦女其行？流波送笑，薦枕橫陳，獻嚬而工媚，乃浸假而愛彌子之桃，浸假而斷董賢之袖，亦浸假而前魚垂泣、黄頭餧死。山陰公主曰：「諸公須髯如戟，何無丈夫氣。」嗟夫！

記鐔技

嘉慶中橐筆沿城里，聞有奏技者，往觀之。丈夫一人，婦人一人，幼男一人，驢一頭，木梯一事；瓷鐔一口，高二尺，徑圍尺餘，餘器有箱笥等物。先是婦人反背貼地，蓮瓣翘然，如玉山高并，弄鐔展轉。縱之横之，倏上倏下，一足擲鐔空中，一足承鐔轉如舊，略無傾欹跌頗。又豎木梯於雙趺，使幼男筋斗升降。既而丈夫奏百技，學百鳥鳴。舞驢，驢進退應節拍。丈夫忽怒，持刀逐兒。兒急走，奔躓撲地。遂懸其首，四肢分裂，流血狼籍。丈夫猶忿忿不已，擲刀罵婦。婦不敢辯，但啼泣哀向衆曰：「不敢仇夫，願得助錢，值兒棺木費，足矣。」俄集數貫。丈夫掇兒屍，若首、若足、若臂、若腰胯，投鐔中；錢投；梯投；諸器物投；投驢，驢倔强不肯入，執其尾而鞭之，投；又鞭婦，使投。已，乃長揖謝場人，翻身一躍，不見蹤影。傾鐔視之，乃一空洞，無物。明日，數十里外有人來夸奇技，知男婦諸物投鐔後，早鬻技彼處矣。

記足技

有鬻技者，觀人圍場紛若。見斷臂一少婦，雙足赤露，動掣牽挽，以足代手，運掉自若，雖引腕者，猶遜其捷也。倏而書，左足磨墨，右足握管，書數字，雜行雜楷；倏而紡，右足轉車，左足捉棉，抽長綫乙乙；倏而博，右足去取，左足持葉子；倏而拱，倏而斂衽拜，倏而合沙彌掌；倏而擊鉢誦佛。變幻歧出，百試不窮。頃刻擲錢滿地，婦人以膝行，以足拾，一一入囊中，裹足徑去，群訝其異。

卷四

記張孝子

張孝子名炳，里之梓人也，其生事不可知。母死既葬，猶日奔赴墓所。凡日間梓某處得資若干，必以告。或遠行梓，約得幾日歸，亦必赴墓，告而後出就業。性嗜酒，行沽必先以奠母，歸，然後飲。雖冬夏寒暑、雪雨雷風，歿其身，無閒一日。初，孝子行孝於家，人無得知。歲大旱，縣令禱雨，廣延僧道，理經懺，祈求數十日，術盡無靈。里老咨嗟曰：「令之誠，而天不哀吾民，甘澤不霈，吾其如天何？意者將有純行如張孝子，藉其呼籲，庶天以孝應我等，尚有蘇乎？」遂相白令以孝子之孝，令善。里老請謁孝子。孝子愀然曰：「我梓人也，但知行梓耳，孝何敢當？且小人有母，猶不能貸母死，長供奉菽水，依膝下。况天蒼蒼者，去人幾億萬里。縣君縉紳大人之尊，致其虔而訖無以通，又何有於我小人？」里老强之。然孝子不讀書，懵不識字，熟視佛經懺，莫作梵語。令教之曰：「汝但號呼南無阿彌陀佛六字，足矣。」孝子唯唯。叩木魚，露頂暴坐烈日中，喊佛聲哀厲彌長，餒不暇食，渴不暇飲，困不暇寐，晝夜以繼，如是者三日。膏雨滂沱，霖灑四野，歲以有收，群歸功於孝子曰：「是渠誠感也。」令乃旌其里閭。方孝子禱雨時，予猶未成童，拉朋往觀，見其白須垂垂，年在五六十間，貌樸誠。雖鮐背翁，若兒童輩，咸指示傳語曰：「是張孝子也。」

記曰：凡有可陽慕其文而勉强從事者，致名雖不久要，未必不盜竊片時。獨忠臣孝子非出於至誠，則人必不相信，而名卒莫之歸。吾邑自許忠節公，偉生勝代，充光史册，千秋凜然，忠臣信不虛。而城西則漢孝子丁蘭祠在焉。一孝一忠，炳耀卓卓，談者動相誇尚，粲齒牙之清芬。豈非天壤間惟此至行感人益深且永乎？夫丁之去今二千餘年，且非邑人，人猶冒謂吾邑有孝子。溯厥遺行，則肅然心敬。使其遇張孝子於同時，敬又當何如？乃孝子没未幾，而談者寂然。丁祠自前令譚公重修，坍塌者僅餘斷磚零瓦。嗚呼！誰非人子歟？當其有孝子之行，初不自知孝子之名；及其成孝子之名，則已傷孝子之心矣。然人非不豔孝子之名，究無一行孝子之行，故徒浮慕孝子之名，實則心無孝子之心。不然，遥遥數千百年，止一孝子丁蘭？而過祠下者，無一念感動，則夫人之孝行，概可知矣。昔齊女含冤，六月飛霜。今張君籲帝，三日霖雨。是孝者雖未足以感人，要無不可以格天。盖天之愛孝子，誠過於人之遇孝子也。吾嘗游城南，有豐碑題周孝子墓。問諸里人，鮮有能述其事者。則人之敦純行而淹淪無名，可勝數也哉？

記祝孝子

祝孝子，康熙間人，以負販爲生，事母孝，故邑呼祝孝子。殁後，鄰有以元旦迎福禄神者，門甫啟，見祝短襟草屨，背黄袱裹，疾走如飛。驚問曰：「爾非祝孝子乎？何急急如是？」答云：「往報新孝廉耳。」塵無停趾。鄰忽悟祝殁數年，且時方歲旦，何得有報孝廉事？是必爲天使矣。

記水災

壬午夏，直隸河南、山左右淫雨彌月，道上車馬阻不可通。村農乘船升屋爲炊，婦女幼稚栖遲樹間。時余在京師，聞吾邑之南山數起蛟，近山居民屋廬、雞犬、老弱漂流一空。凡水所經過處，沉没死者尤不可勝數。盖水既夜至，洶湧漲漫，頃刻滔天，屋圮牆摧，人哭水嘯，勢無所防，無所逃死故也。葉某家有竹一園，挂浮屍四百餘人，主人施棺木瘞之，後於泥淤中所得財物償浮數倍。浩濤横波，洪水湯湯，屍蔽流而下，日夕間動千百計。男女老弱三五六七人，緊束一緪者，往往而有觸目慘魂，立視無救而已。水落後，其幸而不死，仰無廬，食無粟，檢家全活，十無一二焉。六安麻埠地一巨富，倚山樓居，燃燭於案，夜水驟湧，案隨漲高，爇梁，棟楼爲焚毁。先是，新蔡匪民知固始膏腴，錢穀淵藪，將以中元節潛劫邑城，然後計爲變。而先一日，漲水暴至，截其來路，使匪民不得成其謀，旋就撲滅。吾邑幸免於屠割之毒者，蛟水力也。是時，河南撫臣憫諸路水荒，固始尤甚，飛檄光州牧，飭親勘灾，爲恤民策。邑令某僅擇高阜罔地，雖遭淫雨，實不被蛟患者，導牧粗歷數處，且先督胥役馳喻父老，有敢以水患籲呼牧者，刑無赦，遂勘不成灾。流離哀啼，飛鴻遍野，情壅上聞，殊可恨也。

記劉嘯臺

劉嘯臺先生性諧謔，不拘繩尺，趣語從心，弗假思索。曾咏《竹枝詞》百首，雕繢弊俗，盡態極妍。然率鄙俚無足取，而邑士夫輒稱誦之，殊可異也。嘗有故人欲貸先生物，遣傭致書。傭固昧昧，乃名先生於門，而叩先生之居。先生笑應曰：「即我是也。爾主人所貸物，誠有。」窺其意，又甚躊躇。忽云：「他人則不可，爾姑從我。」從之，至一曠園。指石臼使戴，且戒傭：「爾主人需用急，宜速歸也。」傭不識字，不測其意，遵其言，盡力至家。主人駭而大笑：「是物奚宜至哉？」傭怒，摔臼於地，答云：「微主人命，劉先生固不允。壓肩幾折，反以爲戲耶？」他日，見先生，白其故，相與一噱。

記曰：先生逸事艷述者多可笑，此特其一耳。然或謂先生實樸吶，與人語，紅漲於面，殆長者也。豈傳之非真耶？要之，先生文爲吾邑冠，且倡率爲詩，後鮮有繼者，先生誠風雅士也。惜乎，余生也晚，雖稍知先生，未親緒論，無以爲徵。其子若孫又不能讀前人書，縱談失真，毁誣實甚焉。夫人生而困戹於時，無力與命致顯達，縱抱文章卓軼今古，公若卿視之篾如，何論傖夫？余獨悲先生以文雄一世，身受奇窮，且湮没於後。慮其無以知也，爲書其逸事，兼寄昭雪之意爾。

記東陵侯

東陵侯値秦末之亂，失故爵。時移勢殊，種瓜於青門。食不兼味，衣不完襦。漢興，天地重闢，新天子攝位，廣求賢之詔，旁羅俊乂。侯獲舉於鄉，與試典。用甲科出身，選令廣粤。維時官封疆者，開府則有若平陽侯参，中丞則有若曲逆侯平，方伯則有若絳侯勃。諸公皆宿勳耆德，息喘暮年，昏不視事。曹渊嘿，日事醇酒婦人。陳錢穀不知，兵刑不知。周則質木敦厚，無爲而已。侯是時尋資格，領諸郡首。潛乘其隙，冒剛果之名，而陰竊兒女子之行。用讒甚於大僚之側，加聽信焉。由是假弄威權，黜陟群僚。群僚亦以大府信從，敢怒而不敢言，怨聲蜚騰。司閽人小迕侯意，將加大杖逐之，懼而求救侯父。父不敢顯言，爲誦虞士師之词曰：「臨下以簡，御眾以寬。」諷示之。侯怒升堂，逮閽人至，責之曰：「爾才信幹矣，佳甚。所請託者，予已允其人，姑宥爾罪。」閽謂其真也，叩頭謝。旋呵云：「爾才信幹矣，然予恩終不全貸也。」杖之至四十，又呵云：「爾受人請託之恩，不可無以報，加四十以謝其人乎！」臀（肉）無、腐骨出而後已。荷校二百斤，吼而退。回顧乳媪抱子於側，年十五矣。口呶呶，言不可辨。目光微，一綫露如指掐。其行也，不扶則傾。

記曰：窮措大一行得志，吉莫靴著於足，趾高氣揚，呵叱如雷霆。顿忘昔日之艱難，何其褊也。侯再起貧賤，無功德可述。遭遇大僚老懦憒眊，故得肆其行耳。假虎豹之威致卓異，岂所谓良有司哉？《诗》曰：「我躬不閲，遑恤我後。」倘侯困躓久，陰受挫辱，有所激於中，聊快意歟？

记烏龍

江西上清宫，俗言輪日輪役者，皆神人。息縣某鉅公與張真人有舊，經由龍虎山，遂謁真人。獻茶一秃奴，貌甚獰醜。鉅公摩其頂，戲曰：「爾毛將焉附耶？」秃艴然怒形於色，獰目視鉅公。公辭退，真人謂曰：「公得罪一鄉人，知之乎？」鉅公驚錯，曰：「秃奴，公邑之烏龍也。公與戲，未省其顔耶？將行不利，若何？」公求救，真人書符使佩之。行纔數里，疾風厲雨，蒸雲走電，烏龍長百丈，攫人飛來。鉅公危坐肩輿，戰慄猬縮，丧魂魄。龍繞輿數匝，相持徐久，不敢近。卒拿輿盖，破空西去。迨歸鄉日，故宅淪没，家徙他處。盖龍既不得志於鉅公，怒引淮流，攻其墳墓居處，波居民甚衆。今息縣有烏龍集，是其遺址。

記曰：怨毒之於人甚矣哉！鉅公一言之微，幾殞其身。雖不殞其身，已危其家。彼恃便捷，專以口給弄人，博一場之調笑，而人之隱恨切骨髓。勇者奮不顧其身，怯者没齒不忘，思乘便因計中傷之。甚矣，爲樂無幾而致身於險也。夫龍性難馴，翙與狎侮。吾願輕薄傲忽者慎勿皮相。士妄言加人，力不能拔其角，徒攖其鱗。嗚呼！渠知若輩中誰爲烏龍歟？

記茅山法

茅山學法，世俗傳是語，未審果句曲茅山否？舊家子周某避罪遠竄，問途以往。言山極險峻，攀藤捫葛，然後得升。其中男耕女饁，风俗樸古，法不輕傳，傳便不容得歸。周質身为傭，其家男婦大小兄妹主奴共榻寢處。周每升榻、滅火，輒有牆一堵，隔絶不通。居久之，嫂忽謂周：「得無覺異否？」周語其所見。嫂曰：「去榻下一塊甓，則可矣。」如言，果與姑陰爲夫婦，家眾不知也，漸得姑術。他日思歸，與姑謀私奔，諾之。瀕行，贈雨傘一具，戒使將渡江，聞具有聲，即張之。勸與同逃，對曰：「汝但至渠處，儂自至爾。」恪遵其訓，至江張具，而姑墮地，急謂周以指出傘上。有霜刃飛來，截指徑去。遂挈姑歸。

縠雨節過，插秧者水田皆滿，偶乞飲於數田夫，亟叩之，都不爲一顧。陰掇榆葉裹襟裾，口咒而擲田中，化魚潑刺。呼曰：「爾輩與插田，盍釋秧而捕魚？」衆驚多魚也，烝然罩罩，倏曶去來，不得一魚，始訝。榆莢浮出時，周去已遠，而田禾蹂躪盡矣。

一人結廬田中，爲看瓜計。周與乞瓜，其人吝不允。殷勤久商，不肯一應。潛咒袖中巾，拋之，化兔齦瓜。喧曰：「兔嚙瓜矣。」其人果見鉅兔，黧色，蹲食瓜。怒執大杖，逐擊兔。兔脱中瓜，破瓢迸流。兔再嚙他瓜，再擊再中，瓜破，凡三五擊瓜破。兔躍而脱，獲之，乃一幅布巾耳。

記曰：擲米成珠，翦紙化蝶，仙家妙術，何其幻也。而傳必於茅山者，意者三茅君、葛仙翁祖孫、許邁、陶貞白诸仙真，尚存遺跡歟？乃家傳仙術，而室女被人盜去；已化龍津之劍，徒飛善胜之刀。吝法炫法，究不能終閟其法。多陪一女，吝何爲也哉！

記白某

白某，世尊天方教。陰念身雖華夏，派衍西方，盍弗一歸故國，瞻驗里閭？遂裹糧聚積，走不知所往，終日西行，數十年無變志。所歷國土，不識經幾千萬里。一日至無人之境，天光蕩蕩，大野漠漠，鳥飛斷絶。孑身獨往，四無人蹤。忽見高山秀嶺，古寺蓊林。援蘿躋葛，階級纔窮，便就寺憩焉。諸僧衆鳴鐃伐鼓，梵音嘈雜，與中土無殊。飢則升園樹，捋葉之似柏者啜之。己亦效，尤覺有清香，啗數片，果腹無餒意。僧叩来由，徑以情告。僧曰：「子誤矣，天方國土非在此地。自此以西，已極天無人，子盍東歸？徒自勞苦。」贈柏葉一囊，導使行。白從其勸，驟興歸思且急。然自食柏葉之後，覺心地清爽，氣滅塵濁。身輕一葉，健如飛鳥，囊葉未空，早入玉門關。有市牛肉餺飥者，聞香撲鼻，饞心頓起，買之且行且食。餅盡，步重，無復往日輕捷。再餐柏葉，則惡心欲吐矣。半年後至家，去始二十，歸已七十餘。翁數月而殂。

記曰：心之堅者，天可階而升。苟爲不然，雖跬步不可往。愚哉白某！已登極樂國，化形爲飛仙矣。塵念復萌，牛肉敗道，豈李贊皇食料羊未盡歟？吾甚惜之。

記聖廟

嘉慶丙子除夜，延聖廟居民聞金石絲竹之聲，雲路街聞鼓樂聲，凡三夜不絕。廟古槐百餘年物，以無故自焚，是夜火光燭天。明年，吴瀹齋先生狀元及第。

記天門

道光甲申除夜，西鄉李孝廉太翁起迎竈神，見東方天門開，金書「李錦芳」三字，光色燦然。明年乙酉，李果捷秋闈。其宅後先塋不遠，居鄰或夜聞鼓吹，聲響殊幽邈，不類凡樂。堪輿家咸謂是有吉地，然尋之終不得其穴。道光乙未，李應挑以知縣用，簽發甘肅省以勘災。赴鄉間，山水暴發，被淹斃。大吏上諸朝，入恤典，蔭一子縣丞。

記木魚聲

塔院寺去城南里餘，其南木魚山，寺門本與相對。舊傳昔有僧，穴山爲室，擊木魚誦經其中，死遂封其穴葬之。城中夜静，輒聞魚聲聒人，尋改寺門爲西向，聲果絶。

記鼉聲

鐵佛寺佛座下本一智井，舊有鼉聲甚鉅。僧夜諷課，輒以鼉鳴當刻漏。梵音互答，如是數十年。僧圓寂後，鼉亦寂然。

記首烏

縣署大堂煖閣下，舊傳有何首烏一株，枝葉蔓延於城東牆之隅，歲久或化形爲人。

牙胥某遇美婦三五結伴夜游，心訝焉，逐之，至西成橋而滅。謂即首烏也。

記人兒樹

人兒樹僵立城北蔬圃中，不知何年物。異本連理，中隔巨井，形似鐵木，久不發枝葉，亦無朽爛。敲之，鏗然作響，俗呼人兒樹。云：「昔樹未枯亡時，當春葉生，狀如老翁之痀瘻，故名。」

記忠節祠

許忠節公，明武宗時爲江西副使，殉宸濠之變。嘉靖改元，賜謚建祠。祠前白石狻猊二，屹然相向，年深作怪。或夜越城垣，盜食田禾，逐之即遁，後遭雷殛。今雖痕迹宛然，而擊破處翕然復合。

又祠中有白瓷童子，高三尺餘，夜入鄰廚盜食，或逐之至祠下，擲刀斷其首。今存龕側。

記無常

吾邑城隍廟神祀漢將軍紀信，明封忠祐王。其十王殿前女無常塑像甚美，傳是西關某家女，塑神時游戲廟中，匠遂摹其狀。女歸旋歿，屢著靈驗。鄉約呂明住城裡之南後街，夜邀賭局，監生方某與焉。二更後自攜明燭出厠，聞蓮步纖纖經過其前，衣屨一如廟像，手執緑頭籤徑去。頃刻拉老婦人至，就地忽忽有聲。方素狎謔，膽頗壯，語戲之。女怒，掣籤擊其首。毛髮陡竪，驚號倒地。室人聞聲出視救醒，述所見。初，呂明有妹住邇東鄰，明日知以是夜歿，即方所見老婦也。

表祖姑母陶自言爲女無常，每數日一往役。與叩冥中事，秘不肯言。惟云：「冥法最嚴緊，泄之恒受杖責，是以不敢言。」一日方食，忽云：「差事來矣。」遂死去。須臾復活，謂奉命勾村人某某，已鎖置西間矣。或陰求其處，見髮繫蒼蠅二頭，狀酷急迫，乃縱使飛去。姑倒地曰：「爾縱余所逮人，是殺余也。」久之始甦。問所逮，曰：「幸逃未遠，疾步擒之，已解入冥中矣。」

記曰：冥法所以補王法之漏也。使果有沃焦、石下、熱腦、阿鼻等地獄，宜顯以示人，使有所慄懼，無罹其法。奈何秘不使泄，即泄且嚴致罪，是與罔民何異？甚矣，冥王之冥冥也！

記狐

茂才呂某家僑一狐，化形爲婦人，若二十許，漸致饒富。嘗有不速之客驟至，莫具盛饌。狐曰：「勿憂！潘翁家新婚，延觴肆筵必夥，貸而設之，可也。」俄頃提榼至，魚肉盈簋，熱氣蒸然。相去五六里，家人疑不如是速。狐曰：「至時，伊家娘子正仰俯椅上，此際想未醒也。不見信，能將彼來，大家一笑何如？」果捧椅至。觀其仰俯之態，盹睡方熟，因勸送歸。家人素呼狐爲仙，有戚某曰：「不過一毛狗耳，何仙之爲？」毛狗，方言狐異名。是夕留宿，既解衣就寢，狐忽排闥入，謂欲煙否？以火遞之。某注目良久。狐嗤曰：「看人不奈煩，認真否？人耶？狗耶？」有鬻田者，吕貿之，缺價四百金，商諸狐，狐許諾。偶啟秘櫃，白鏹充牣其中。私心竊喜，遂移袱臥守焉。他日，狐問所需，對曰：「不勞過念矣。」迨取用，空諸所有。狐責之曰：「爾以櫃中物遽已所有耶？」仍貸如數。狐後歸霍山，留一婢云：「渠嫁婿矣。」迹絕，婢今尚存吕處。

葭莩之戚胡氏，因狐致富。私念於狐富者，往往於狐貧。計非殲其族類，恐不免此禍。先是，狐屢言性不耐鐃鼓聲。適母死，村俗：凡喪葬事，則延道流於家，設齋建醮。非是，不爲致孝。喜曰：「計得之矣。」預置巨瓮。道流至，謀諸狐曰：「暫避瓮中數日，事訖，然後謝罪，可乎？」狐曰：「諾。」以次入瓮。問：「有未入者乎？」曰：「皆入矣。汝壓磨石其上，勿留罅縫，則耳不聞聲矣。」應曰：「諾。」磨壓之，又泥封之。問：「好否？」曰：「好。」旋積薪圍瓮，火爇之。狐嘩：「瓮何故爇？」對曰：「猶未甚耳。」少頃，火猛起。狐齊呼曰：「我等辛苦富汝家，不思報德，反欲焦吾類，天良在乎？」不聽。既又好言慰商曰：「汝之爲此謀，不過慮吾等將爲汝祟，願乞殘骸，出即遠徙，可否？」不聽。倏而穢罵，倏而哀懇，雖有忍人，鮮不動其惻隱之心，胡知添薪而已。一日夜，瓮中寂然，覆視之。或從旁嘆曰：「胡人一炬，可憐焦骨。」

記曰：狐異類，變幻百端，與人交以信。順之則如願所欲爲；逆之則飛磚拋瓦，或爇火，或擲蔑，禍不旋踵，立至。然非遭其忌諱，可以情遣，可以理論。性雖與人殊，而人亦往往不能及。從來能福人者，無不能禍人者也。獨責狐也哉！彼受人深恩厚德，不知感而必以戕賊誅滅之爲報者。中山狼，天下皆是也。狐不善居功，蹈狗烹之覆轍，悲夫！

記憤

吳湛山先生爲秀才日，落拓無行。婦翁某，息之富人也。婿三：長入貲，授從九職；次亦食廩粟；獨公以不事生産，淫賭廢業，翁不禮焉。一日值翁懸弧辰，祝者盈閭，姻屬蜂屯蟻聚。其錦衣燦爛，肅客揖而入，登降阼階於庭者，長婿也。婦則坐於堂焉；青青子襟，方巾濶步，而嘩然於書房者，次婿也。婦則置於廂焉；三女以公故，俾厠竈下，婢司羹湯事。公往昄，屏不使見客。且呼老嫗奉飯一簋，以後門入賜之。公方受食，夫人憤而出曰：「爾爲丈夫，不自立，不能爲床頭人争一口氣，乃厚颜欲食此耶？」傾之，公大慚。夫人遂誓翁所：「不入座而入翁門者，有如是篕！」徑以公歸，筑室，閉公讀。出無户，通隙納粥，身以紡績佐膏火。薄田數畝，傭耕事亦以身任。如是三年，一出而捷於鄉，再捷春闈，入詞垣，後至福建巡撫。輒嘆曰：「微夫人之力，不至此。」

記曰：夫人當窮厄時，一蹶不振，遂俯首帖耳，嗒然喪其魂魄，如老驥之伏櫪者，何也？賢哉夫人！一憤而相夫子成名，爲封疆吏，子若孫掌銓衡、官通顯者，於今爲烈，何其盛也！古樂府云：「駱駞無角，奮迅兩耳。」人特不自憤耳。彼犢鼻著而一錢不與，高車駕而牛酒獻懽，千古同揆。嗚呼！婦翁之與富貴貧賤，甚矣哉。又公之曾孫某爲余言，公梦神人持白骨一具，謂公曰：「爾周身皆賤骨，吾爲爾易之。」後遂致顯貴云。

記蜂

周翁習君平之術，賣卜於邑之大佛寺。年逾八十，長耳重聽。與語，霆轟電掣無聞也。一日，余召剃髮匠，翁適至，遂命去耳中耵聹。舉鑷得物，方疑巨穢，睇審乃一瘦腰蜂，紅如凝血，逡巡間，鼓翼徑去。亦一異也。

記魚

華生所居宅後一廢園，秋日聞蟋蟀鳴。因伏牆側耳，探穴潛窺。然園舊覆瓮數十，瓮中忽魚潑刺聲甚厲。呼人起視，眇無所睹。使掘地數尺，得魚一尾，長尺餘。訝之，擲諸簷下瓮。瓮承溜雨，宿滿。至明日，則魚水俱空矣。亦無他。

記母病

壬午禮闈下第後，遂留京师。明年春，母氏病篤。家隔二千餘里，渺無音問。三月出闈，忽有以口傳至都者，急束裝南奔，繭足至家，母已於四月初五日見背矣。是夜宿德州，梦余執油傘，行風雪中。瀰漫天地，幕不見人。西望巉巖峭壁，母遥坐澗側，障袖拭淚，疾呼不應。然可望不可及，悵恨靡已。家人云：當母病革時，輒暈去。爲兩人引至一殿，見牛頭馬面卒旁列無數。一王者據案坐，謂曰：「爾在陽世，乃是一好人，此時尚不宜來。」命引之去。方出門，遇先祖父，驚曰：「汝何爲至此？」驅使速歸，且云：「我將見王，爲汝請。」醒後述之歷歷，家人以是冀母或愈。而明日竟以長往，時年五十四。嗚呼！罔極未報，百死莫贖。使入冥有路，吾欲一叩王者焉。

記病喉

丁丑冬，余病喉瘡甚劇，纍日輟食飲。忽梦入古廟，尼僧輩三人來迎，年皆七八十歲，黄綢衲黯黮無色，荷囊策錫，向余膜拜，意殊慘悽，若有所募化而未暢其意者。陡聞蒲牢一吼，響徹九霄，蘧然而寤，病已退十之二三。盖家母以是夕焚香白衣大士前，願施送大悲咒三千張，其靈感之速如此。

記梦

余生非夙慧，梵筴釋貝，初不究心。然身與僧緣，屢形梦寐。憶髫年時，梦丫髻一童子呼曰：「菩薩喚汝，且速。」遂導使西南行，所履谿石齒齒，蘚苔滑屨，淺水清澄，涉衣不濕。石上菖蒲纖纖如髮，蔥緑可愛。迤而西，謁城外一祠，則梓潼帝君像。侍女美而艷，撚梅花一枝授余，意甚愜密。展轉遂寤。又梦陟古殿，彌勒佛像金色爛然，凝目注視，睛光耀爍。龕側置銅鉢一具，巨若數石瓮。左右廊，鑰閉不啟。其東第一房，署「華光長老」四字。躡步徑入，有沙彌六人，據地禮拜，若以余爲室主人者。旋謁一龕神，云「顔魯公」也，貌獰甚。但見黄沙漲瀰天，浩波滚滚，一文昌閣截峙中流。余攀援欲登，不果。回顧市墟鬧如，趨焉而醒。按長老著有《畫梅譜》，殆高僧也。余生性冷冷，與世寡所諧，世亦以是鮮與游。昔程上舍爲余卜數，得詩云：「如來爲鄰西域生，一字流傳萬法宗。失迷東土折秋桂，只緣生在此刻中。」余别號懺生，因共訝異其語，意若相符合。倘前因而信，余或一枯僧歟？

記周翁

縫人周翁，某年以病歿。其子忠，於除夜迎神。門甫闢，而翁遽入。問家中平安，言語動定一如生時。叩翁所棲，答曰：「余西城角第八家耳。」徑出門去。明日，驗其處，惟衙署土神祠，實與數符，然未敢輒信。久之，梦，語忠云：「吾耳近爲雀糞所填，不肖子何一省視，掃除積穢，使余清聽。」驚而往，果然。遂敬祀焉。

翁家面城東，雪須盈頰，鬑鬑長尺餘，年七十矣，身不滿五尺，樸訥無華，信長者也。方余爲童子時，屢過其門，輒見翁精神弈弈，豈料其爲神也哉！夫人生而富若貴，華屋巍煥，艷妾美婢，僕數十人，頤指氣使千輩，未幾而歿，已寂然。吾烏知其冥冥中作何究結？賤藝若周翁，豈料其爲神也哉！

記兒頭

市民某生兒三歲，頭與身大。一僧過而求市兒。叩之曰：「渠中有金鴿二隻，吾欲剖而得其寶耳。」母不忍，僧悵悵去。數年，頭無故縮，兒尋斃。又村婦産一兒，一頭兩面，眼耳口鼻同具，四臂四足，男女各一體。怪而殺之。

記水怪

道光二年壬午五月間，邑南山數起蛟，水勢暴漲。鄉民於洪流中見一物，犬首蛇身，長數丈，驅濤湧没。不識是何怪也。

又郭陸灘去城南三十五里，近河爲市，民數百家。然地雖卑下，而素無淹没之患。至是，忽有物，黑脊高聳，横障巨流。傾刻水陡湧，氾濫入市，一蕩無餘。

記井

外舅徐東原先生家，庭院一井，多年未淘。庚辰夏，忽有物浮出，漂蕩溶漾，閃動不定，鴨青色，一大瓷盤也。家人投竿撈之，則螺旋而沉，頃刻仍浮出如故。汲水者無不驚視，然終不可得。

記千年桑

物之壽者，往往致千年。然石寒而泐，鐵鏽而剥。是堅雖金石，有時而毁裂也。木，火而燼，金而札，土而圠，水而漂沉汩没，激射嚙食，烏在其能千年也？戴君持片木示余，而矜寵其秘，指其紋理，仿佛成蝙蝠形。曰：「是千年桑也。」且謂是木也，産楚蜀之交，傾巖欹崖，紆澗縈壑，竦乎巑岏之巔，汩乎泉源之底，根絞乎怪石，不知幾千百年。匠氏爲宫室，求大木，搜巖剔壑，擲諸水潦之波。漱湍滁瀨，蕩洌衝冒，轉騰突没，以入於江。久久乃挺拔而出，霞披霆裂。材其器，爲宗廇棁楶栭桴榱槁。林立峰崒亦不知幾千百年，然後棟折榱崩，牆圮屋傾，風敲日炙，鼠竄蠹齕。形神既憔悴矣，薪不焰，器不斤。友人寶而貽余。余不知愛，棄置一旁。工睥睨其側，嘻曰：「是固寒氣凝成，外凋内貞。梓匠工師，涸精瘠形，枯其心志，旁求弗獲者也。君安所得而泥沙之。截斧其腐，留其良焉。」遂相以爲千年桑云。

記曰：古人十年樹木，桑之利二：葉飼蠶，材中弓韇。《爾雅》：女桑，桋桑。檿桑，山桑。桑辨有葚梔，凡五種。千年木，惟茂先識之。其烹千年龜事僅見《搜神記》《世説》。千年桑不易覯，而余獲睹其異焉。使非匠索諸灰燼也，幾希。倘亦有數存乎其間耶？然則涵貞弗燿，而示人以璞者，不其危歟？余既祝桑之幸而見珍，又以誇眼福之廣也。

記閻吉甫

閻上舍吉甫家本素豐，有園林花竹之饒。道光庚寅，以疫殁。初疾篤日，有美婦人至，云：「君事已不可爲，身後物宜急辦理。妾受恩深，故豫報耳。」閻訝云：「興汝素昧，盍言恩耶？」對曰：「妾故君家園蝶也，偶戲花間，爲婢輩捉弄，鑷壁上幾死，君憐而放之，爲是戴德。然君事雖萬無如何，容妾宛轉更圖之，三日復命。」至期果來，云：「君命勢不得生矣。」遂死。

記曰：蜂蟻跂喙之屬，類能幻形爲人，或快恩仇，稗官家多寓言。余初未之信，今閻生事特真。人固有因畏而致之死者，見蜂則撲，爲其尾之螫也；亦有因愛而戕其生者，見蝶必捉，爲其翼之冶也。然而，報德不爽，性非殊人。方閻生無恙日，共博徒争逐，呼盧摴蒲，累擲千金，産業蕩幾盡。若輩囊嬴金，揚揚而去。語人斥不肖子，詬及祖若翁。嗚呼！渠亦知垂斃之曰，閭無人踵，而報恩者獨一蝶也歟？

記吴笑士

吴生笑士，德安人。失怙恃之年尚在繦褓，既長而永思不已。屬戚誼中有爲其親繢真容者，生痛曰：「吾亦人子也，獨不識吾父母。」是夜，梦翁媪立榻側，謂曰：「若欲繢若父母乎？盍視我兩人？」寤而若有所睹。初不悟也，如是數四，心訝之。生素學繢事，精白描，遂摹以示人。識生父母者驚曰：「此爾父母也，但某處不似。」夜梦翁媪曰：「若繢若父母某處不似乎？盍熟視我兩人？」明日摹以示識父母者，則大驚曰：「此真若父母也，無一處不肖。」道光庚寅，余過德安，遣人以刺招之，旋拜余舟中。眇一目。與語，醇謹人也。

記閻竹苞

長垣諸生閻竹苞就鄉塾爲童子師。一日晡後適館，見有雲鬟高髻而宫妝者，先據己座。生退，逡巡户外，微示使覺。意默忖是必東人眷屬也，何冶服乃爾？念未已，聞呼生於室云：「爾盍室而儂語汝，顧乃作是次且態爲？」生知有異，且心好其艷麗婉媚，姑近趨之。女離席云：「語君勿詫異否，妾故秦始皇時宫人也，已籍王母爲女仙。近時男仙隸東方朔，女仙隸王母。王母以妾與君有宿緣，遣使侍君。此來，驅之不去。時至，挽之亦不留也。」生疑信參半。顧念非禍己者，遂歡好焉。居無何，朋輩有知者爲生謀曰：「此精魔假因緣之説蠱足下，不早圖，禍且不測。近有王尊師法律精嚴，盍往投之？以情告祈，爲祛除。不然者危矣。」生頷之。猶未發也，女已知。笑謂生曰：「爾勿聽外人言，徒自擾。妾固曩語君，此來雖驅之不去也。」已而，嬲生者益衆。生不得已，往尋王尊師。值女於途，怒云：「爾爲秀才，真甘心居三等者！妾奉王母命，雖尊師將如何？」挽生歸，責生曰：「爾何苦爲人言所亂，即不見疑，妾亦豈能久駐？恐他日窮百計欲一見妾，將不能爾。且爾曾不費一錢而得如此美麗婦，猶何所不足？乃欲速之去。如爾真太瞢瞢者矣！」生謝過，女亦情好如初。是夕，月明竹樹，風聲在窗，有小鳥鳴喳簷際。女忽摯生入室，訴曰：「世所謂人間百歲，天上頃刻，妾今始信之。王母已遣使迎，迫矣。與君三千年情緣，不謂盡此一夕，奈何？」生求爲計，慘然曰：「曩固明語君，時至，雖挽之，不能留也。但數月來，妾腹微覺震動，情知懷君遺孽。竊與君約，果男也，彌月後當奉以見還。如生女，從此永别矣。」天明，唏噓遂去。馬生者，與閣爲表戚，悉其事，爲余述其始末云。

記凌泰恭

凌泰恭，安省定遠故家子。清標玉立，弱冠補博士弟子員。父凌翁以生器業方遠到故，遲其婚。凡有求婿者，却不許也。鄰黄翁業儒，闢圃一區，有林泉花木之樂。女四姑娘年及笄矣，美而才。翁以愛女故，選婿例尤峻。兩家以是咸失婚期。而恭數以看花詣翁所，輒見女，女亦慕生格調。因侍婢，生潛通好於女。女促生媒合，生不敢顯白父也。黄翁微測女事，重愛女，勢不得已，先媒於凌。凌翁故矜門第，且不願兒與婚儒素。顧生與女事，又頗泄漏。翁知之，嚴拒，不允有違言。女偵知翁意不可摇，遂自縊。恭别娶李氏女，期歲，孿生二子。初，黄翁痛女死，移怨媪防範不嚴，日駡撻媪。媪不堪憒，亦自縊。翁鰥居落莫，思女怨媪，且憐憫媪女俱匪命死。又自念零丁孤苦，老而失家室，悲從中來，日夜泣。四姑娘忽歸省父，與父语，若平生。問父，始知母已死。女言初死赴冥，冥吏以其枉死，屏不收録。故女因無管束，得以是歸，而母則不知死所之。凌翁方宴客，歡嘩盈庭。猝有黄衣急足至，執符逮翁及恭。翁自信素不干預人家事，何從致此？登門役必誤爾。比驗符，則金陵都城隍批詞，顯然黄媪呈語，載敘歷歷，方知被媪冥控。然距女媪死時，事已越三年矣，至是始發云。數日凌翁暴死。恭所娶李氏女亦美而賢，且稔知黄女魂歸事。翁死，大懼，徑詣黄翁求救，翁不納。李跪訴語翁，言辭懇切，翁始諾之。李再拜女靈，呼四姑娘，與交語。四姑娘云：「此吾母所爲，與儂無與也。且人亦孰不貪生惡死，當儂失守郎君時，固有取死之道。然彼時使有一綫生路，亦何肯竟死？且翁如存一分仁心，亦何忍顯示辱拒，必致人使不得生？使因儂重累老母死。姊休矣，容儂尋母商之。」明日，李再至。女曰：「母怒不可解也。且城隍神陰律森嚴，無情可恕。雖儂母女之死知非郎君意，然微郎君，何所由致死？姊休矣，譴且行及二子。」李有叔某者，素習訟，聞其異事，來視婿女且致吊唁。謂恭曰：「此大易爲爾。汝但縷陳一詞，白汝冤，坐母與女誘汝狀，都城隍必鑒其罔，而汝脱矣。」恭唯唯，叔遂代捉刀。未幾，恭死而李亦死。李女益駭，急抱二子走臨四姑娘，呼曰：「四姑娘，姊獨不念郎君舊日情，且亦不憐儂？况此事與儂無與，應與儂無怨，刓二嬰兒？殺兒則殺儂矣。且姊母女雖二命，今益以叔三人償，冤似可解矣。如必殺兒殺儂，則是益重之冤，冤冤相報，將何時已？且姊所爲死者，爲不得與郎君夫婦耳。願與姊約，請移姊合葬郎君所，成夫婦禮。儂於妾婢之列，甘自退置，惟撫存二子。儻如姊之福，兒有可成立者，姊請擇其一，使專奉祀姊，即爲姊子。惟善圖之，且釋憾於二子。」聲與泪交迸。四姑娘良久云：「次子非凡兒也，爲儂善撫之，他非儂所知爾。」先是，黄媪死時，以呈詞訴縣城隍，神示批云：「節而不貞，不准。」母女無計，展轉三年，始達金陵，再控都城隍處。城隍云：「凌某既不能約束子弟，又不能保全名節，迂拘恃傲，爲富不仁。准提訊。」比李以辯辭至，神大怒云：「李某事不干己，飛辭插訟，一體提究。」故李與恭同時死。都城隍者，故明椒山先生楊忠愍公也。黄四姑娘説。

記朱丸

光州某路拾一物，非肉非皮，員如弹丸，色渾朱。映日視之，血痕縷縷。示人，無識者。以足蹴之，不破。揮以斧，如故也。擲諸置水缸中，則旋轉上下，駛運如飛。越日偶視，已化形爲守宫。纯赤，四足三爪，修尾，大逾拇指，潛伏水底。某以指敲缸作聲，欲震動之。其物忽怒，躍見人，作迎噬之狀。狀獰惡，大爲駭異。纔十五日，已尺餘。聞人至，便騰起獰噬，不待敲聲矣。一夕，風雨震雷，頓失所在。按：旌陽許徵君所斬孽龍者，本爲慎郎浴江中，因誤吞朱果，遂變孽龍。物殆其類歟？

記石村翁

光州未升直隸日，固始縣隸汝寧府屬。石村翁吴望子先生者，本舊家子，爲諸生，猶未婚也。赴試，歷汝寧界，道渴，因就庄索飲。一笄女出應客，吴徑以情告。女頷之，且數目吳，既而以漿至。與語，始知其巨室。是日，全家赴親筵，而己獨居守，故無人與留。女美甚，吳亦美少年，兩美相悦。語久之，女挽吳登妝樓，遂有私。臨別，女囑曰：「父母鐘愛儂，君歸，但以媒至，事無有不諧。」剪一繚髮，予之曰：「此以誌也。」已而女望吳久無耗。適有媒求女者，女不得已以約吳生事白母，因白父。父亦知吳舊族也，乃先媒登吳門求婚。吳封翁察知其事，大怒，撻子曰：「是淫奔之女，烏可以爲婦？勿辱吾門。」却之。媒適數百里，往返數四，若語哀求，封翁終無回轉意，竟無以應也。先生固名士，旋登乙科，選江西弋陽縣令。一日，方升堂訊案，猝見女披髮慘泣，至案前，搴衣訴語，以是昏憒瞀亂。大吏謂先生不習吏治，奏改教職歸。蓋封翁拒媒後，女遂自縊死。先生晚號迂吏，名梦渭。工書，鐵筆精妙。

記張輯堂梦

張輯堂廣文梦經過巨第，雖扉朱黯黮，而堂皇壯麗，固是王侯邸宅。閽者曰：「蘄王在也，莫欲謁見否？」張是時方宅外憂，對曰：「素服不便，曷由敢謁？」閽曰：「子第見之，王勿怪也。」遂與偕至聽事見。王豐頤微須，鬢始二毛，年五十以來，兜鍪威嚴，鎧金爍目，然言語温和，與應答久之。默念清風關之戰，久蓄疑抱，今可面語質王矣。爲王述之，王顧懵然，若不解所言。張因自陳曰：「啻王與金人戰處，約去關三五十里，其地無可名。史臣執筆，特據關之可名者書之。疑當日戰處，實不在清風關也。」王忽霽顏首肯曰：「此説甚是。」張遂辭退。王猶送語曰：「汝以後遍告同人，須作如是説，吾當日戰處實不在清風關也。」張遍查史册，既無此筆，而生平從未設是妄想。梦語歷歷，誠一奇也。

卷五

記孟縣某

孟縣某年少多力，驍勇善戰，數從李自成爲先鋒。甯武關之役，率賊攻城。城忽闢，親見周將軍躍馬獨出，挺槍正擬其額。將軍赤顔長鬚，面帶黑子，勻如棋布星羅，精彩怒發，真天人也。某大驚失措，拍馬狂奔，逃歸故里，數十年不敢與聞賊中消息。年逾七十，偶與戚鄰邀，赴會場觀劇。道路喧演《鐵冠圖》，某固不知是何劇名。比既至，衆以某年且長，讓其當場立。立甫定，方注視間，忽見周將軍挺槍突出，正擬其額。某大叫一聲，倒地挺然。衆急扶救，氣已絶，死矣。嗚呼！某不死於真周將軍而死於僞周將軍，安知非將軍之靈爽，實憑優人以殲此賊耶？安得天下鎮帥如將軍者數人，分布討賊，又何患賊不滅哉？

記犬異

邑南山之楊林渡，居民多李姓。有夫理田而婦在室治午炊者，炊既熟，往呼其夫。一木工寓其家，聞廚有推門聲，甚厲。隙窗潛窺，見所養白犬以首帶案移灶側，登案人立。揭覆，食釜中飯。已，又食蔬羹且盡。落足踏地，仍以首移案，置故處，爪閉門而去，意甚暢。迨農歸，啟釜，飯無留餘，蔬羹亦如之。大怒，詬婦，將致捶撻。工急呼曰：「勿爾！我知之。」爲述所見。犬獰視工，悻恨而逃。數日不見，遍尋之，無得也。一日，工告歸。日既西傾，山行無侶，遂持斧自衛。甫至中途，白犬起於坡田，爍炬目，咆哮撲工。工猝不及防，怯其勢來兇猛，不數拒而犬竟仆工於地，面手遭其齮齕。正危急間，工覺有物梗腰際，陡生記憶，取斧劈犬。犬斃，工亦力盡，夜深始蘇。蒲伏至農家，叩門呼救。農夫婦出視，則一血屍淋漓，驚以爲鬼，大呼驅逐。工白故，農往驗其處，白犬殪焉。相與擕歸，剥而烹之。犬跳躑釜中，有聲。覆數落，壓以巨石，久始寂然。意其就腐也，啟覆，則骨肉無存，惟黑水一鐺而已。

記梦蘭

余八歲就傅，即與華琪生建寅上舍同問字於鳳翔周先生壽。嘉慶丁丑冬，應光郡童子試，與華同寓。是時，郡刺史爲漢軍王公遥峰祁，閲卷者五台徐公德夫潤第舍人，暨公子松庵大中丞繼畬，時尚爲孝廉，皆名儒。凡三試，華與家春綬庭蘭族叔迭爲卷首，而余三置第三名。每試收卷時，刺史坐堂皇，必呼余三人侍案側，奬勵交加，所以期還大者。稱譽備至，謂屢試童子軍，無此次得人之快意也。將發長榜日，華晨起，謂余曰：「適得一梦，兆未知何如？梦家嚴應門立，余侍側。有人手捧蘭花一盎登門，致餽遺者，嚴君不納。其人怫然，轉而西走，入一王姓鄰舍，徑造其室，恭敬致花盎，置髹几東角上，再拜而去。余時心頗愛好之，從而往，而花竟非余有也。」予曰：「此梦果然否？」華云：「我生豈誑語者，汝不信耶？」予笑曰：「若然，則子名不得居第一矣！案首王庭蘭，五字顯然，尚復何疑？」言未竟，送報人至，果符所梦。明年春，學使者史望之大司寇師案臨，予與春綬皆入泮，華竟以郡第二名尋俗忌除落。刺史爲援例納國子生，應鄉試。春綬由壬午成進士，官至江寧方伯。予忝於道光元年辛巳恩科，獵鄉薦，以乙未科選教職，保縣令，需次蜀中。華竟潦倒，上舍生終身。嗚呼！一郡試童子卷第一名耳，尚有定數，天下事何者可以倖致，乃敢冀非分、生妄想耶？

記愚翁

宋多愚翁，向以爲寓言，乃知信有其人。宋今爲歸德郡，商邱其附郭邑。土地平曠，周圍數百里，除閼伯臺、三陵臺、宋高宗幸山諸處，皆人工所築，絶無岡巒丘陵起伏之致。余秉鐸其邑七年，有村翁數叩余曰：「世皆言山水，詩書亦載有山水，畫工畫山水。水信有之，吾所嘗見，不知世間果有山如詩書所載、畫工所畫者乎？」余笑應之曰：「汝跬步不越户庭，終身在鄉閭間，勿怪乎執拘墟之見，謬於所習。但恨吾無挾山之力，移致汝前，信無以破汝之愚矣！」

記鳥聲

李國揚，鳥聲也。俗傳國揚不知何許人，販茶六安，客死不歸。其妻化爲是鳥，黔翼紺喙，形似鴝鵒，啼呼之聲甚苦，吻際往往出血。朅來飛鳴麻埠、楊家店等處，晝則呼李國揚，夕則呼天黑了，音甚了了。茶春始至，迨買茶客散，而此鳥亦不知何往。及余來蜀中，鄉閭亦有是説，細審乃是子規。昔蜀人思望帝，聞子規鳴，皆曰望帝也，故蜀人以子規爲望帝所化。合俗説，乃知鳴者自發其響，而聽者各譯其音，亦如割麥插禾、阿公打婆之類，俗説紛紜，方言傳訛，無足深辯云。

記清官亭

江右吴禹門應連宧蜀二十餘年，所莅有政聲。在仁壽日，嘗爲余言：「曩奉札委收督轅呈詞，有馬姓母子訴云：『縣修清官亭，司閽者勢銀六百兩，普攤邑人。伊家僅小康耳，夫援例候選百夫長以修清官亭。司閽者自媚其主，非邑人意，不應輸銀。』逢官怒，遂收卡比追。余笑謂同人曰：『比追修清官亭銀，是亦佳话，可與比樂輸走馬應不求聞達科共爲故事矣。』川省風气，凡一官到任，無論其政事之何如，清官牌扁、清官傘衣、德政碑、清官坊，一概科派民間，往往德聲未聞，而怨讟遠播。其實皆司閽人先授語書差爲之，樂事者籍以斂錢，并非民間意，而此事遂成到任漏規。余雖不敢求異於人，自顧無補民生，每莅任伊始，必先戒閽人，不准爲此謀，民間偶有議及者，亦嚴行禁止，故歸裝無此鬱林石。抱愧時賢，能無赧然。」吴与余爲辛巳同年。

記索書

茂才李銕樵捷桐先生工書法。有少年子，持六尺大幅索書蠅頭小楷者，先生笑而存之。越日便來索取，先生以原幅還之。少年愠曰：「本索楷書，何故曳白？」先生曰：「汝要蠅頭小楷，我書更小於蠅頭，汝眸子不明，自視不見字耳。」又有執摺股扇索書者，囑寫大字正書。先生濡染巨筆，爲書一『有無』之『無』字滿扇，還之，曰：「此字與扇形適相稱，更無遺罅處，汝莫嫌不大否？」

記亡女

内江某上舍有女及笄，許字王孀婦子遲賦。于歸，忽染暴疾。孀婦奔視之，已際彌留。目既瞑，孀婦痛哭而返。生家殮置庭事前之一小室，舅某守櫬終夜，明日葬諸野。越三年矣，有劉某者，自嘉定攜一妾歸，鄰共嘩劉之攜妾即生之亡女。生聞異，不勝駭愕，訪視，果其女也。時余奉札收督轅呈詞，生具控并祈嚴治妖術，爲院批所駁。王孀婦繼控，後不知若何辦法。

記後湖

吾邑後湖有三：一在今新門内，一在陳家巷北毗盧庵前，一名七井湖。湖前後周圍共有井七所，故名。明知縣戴之一別業也。相傳國初時，忽曉霧彌天，一龍夭矯湖中，擁万魚飛去。今已爲居民所填，漸就湮塞。雖甚旱，未嘗涸。湖心甃井巨於夏屋，色白而味甘，旱時往往露出。王姓某云曾淘井取磚，其中橫木如柱，承一壺，非鐵非銅，轉之可動，而取之殊不可得。久久，聞波浪湧起，聲駭而止。

記褚蘭亭碑

褚河南潁上蘭亭世所共知，而固始蘭亭記載無及之者。上舍雷勇語余云：「德福寺壁舊嵌古碑，塵薶不可辨字。忽大雨，壁傾碑壓，遂爲齏粉。親於碎石中，見有『褚遂良』三字，不知何代人。又有『茂林修竹』『清流山嶺』等字，蔟不成句，不知何碑也。」上舍粗識字，不解文法，故不知其爲褚河南蘭亭之一。但寶物遘此慘劫，殊爲不平。惜寺僧又將零石掃擲城濠中，無從撈取爾。

記沈節母

孺人許氏，沈登輔之妻，石農茂才六雅之賢母也。十七于歸。歸三年，生石農。又五年而嫠，石農甫五歲。當是時，叔幼子稚，翁媪年且老。家固貧，仰事俯育未亡人一身。其艱苦雨酸風、飲冰茹蘖，境所不堪，泊如也。翁豪飲嗜客，客至，頗留與飲。孺人作刀匕，供雖蔬藿，必馨必潔。故邑謡云：「醃韭花，視沈家。」媪姓卞急易怒，怒劇益燥，孺人輒一語霽媪威，媪慰告人曰：「吾家孝順婦也。」翁媪鍾愛叔。叔少，病瘖瀕危，苦不服藥。孺人輒先飲以分其苦，叔飲藥而愈。叔長娶婦，翁媪語以泣曰：「汝非嫂，何以有此身？况有此家，皆嫂之賜。」叔亦泣。娣亡，遺二息，孺人拊之，一如拊石農。小姑之適他姓者，亡遺一息，孺人復收拊之，一如拊娣子與拊石農。族甥許光甲幼孤，孺人召與石農讀，課光甲一如課石農。故姻黨稱慈母者莫孺人若也。孺人仁以行善，鄰瞽婦貧不自給，始終賙濟之，賴以存活。他施與率類此。嗚呼！孺人節孝仁慈，殆全人也。道光甲午，孺人年七十，守冰霜者四十餘年，例得請旌於朝。石農既援而得請，乃表其閭。王濟宏曰：「石農與余少事沈儀山夫子，華琪生上舍、吳橘生觀察於時同筆硯。嘉慶戊寅，余補博士弟子員，又與石農同出大司寇史望之先生門，宜傳孺人。觀察輯吾邑《闡幽録》，搜掇貞烈節孝靡遺，編次名氏，顧軼沈孺人事。上舍爲語，觀察遂補撰《沈孺人記》。余讀《沈孺人記》，觀察乃勇於爲義然，而孺人節不淹矣。」

記張貞女

嗚呼！女子之不幸也，聘未嫁而夫亡。未成爲夫婦義，不必拘從一而終之節。從一而終，女子之義行也。女子之窮也，夫竄，而聘女無於嫁義。待夫歸，從一而終，女子之義。女之所以貞也，義之從貞之變也。吾義貞女張矣，盖崑山玉衡分司、春農玉藻司馬之從妹也。貞女襁褓，父以聘於劉瑞亭之第三子維翰。維翰稍長，率不檢於行，懼而逃，不知所往。瑞亭使人訪之，不得。既又遣人四出，偵諸遠方，亦終不得。女年既笄，亡其父母，乃就養於誥封夫人姑母之適王氏者。王夫人貞愛女也，使之讀書。

讀書女又明大義。然而姑母春秋高，崑山兄弟相謂曰：「妹明大義，永守貞，將光吾門楣，奈何久以累姑？」乃迎以歸。瑞亭官嶺南，道遠路梗，婿又終不可得，蹤迹邈然。瑞亭曰：「以吾子而誤人淑女，情不堪。於義，吾弗忍也。」乃婉而致辭於張，女浸知之，竊私泣曰：「嘻！翁誤矣！翁義不忍誤女，然負女義矣！女義從一而已。劉之歸，女之幸也，義從一而已。劉而終不歸也，女之窮，亦從一而已。女不適人矣。」崑山曰：「妹年五十，而守貞之志益篤，吾義之。吾憐其不幸而憫其窮，顧謂春農，將索傳於文筆，以慰其志也。」王濟宏曰：「妹，義女也，貞也。兩兄之善全其貞也，義也。」

記盲婦

盲婦甜兒，邑大姓吴家息婢女也。幼以盲廢。年十七，嫁張某，同寄生於養濟院，明年舉一子。張疫歿，婦夜縊以殉。爲母所覺，救之，勸其撫遺孤。未數月，兒復殤於痘。泣語母曰：「兒宿孽深重，所遭若此，是天不宥兒也。兒不可以生。」遂絶粒。

母百計勸之，不聽。餓七日而亡。此嘉慶中事也，紅樵觀察時爲諸生，徵余同作詩紀事。

記張節婦

吾邑羅家集保某氏，年二十五。夫亡，遺三子。夫兄張堂，里保也，素行無賴，逼賣氏。氏沉水者再，投繯者四，他尋死者數，咸爲人所救。鄰婦勸其潛逃。不得已，遂攜三子行乞他鄉十餘年。堂亡，然後敢歸。子已稍長，始爲人牧牛。积餘貲，乃佃人田，耕種以勤。皆母督責之力也。家業現稱裕如，氏年已七十六矣，尚未請旌。嗚呼！如氏者可謂苦節之貞。余聞諸胡萬林、倪家修所説。惜忘其夫何名，與氏母家何姓耳。道光二十八年。

記節婦

徐母丁氏，年二十八歲，夫苞以暴疾亡。母撫子匯川、澤川成立。守節四十七年。年七十四卒，未請旌。

張母桂氏，從九銜張錦雯之妻。年二十九，錦雯亡。撫子甲第，入武庠。守节四十五年。年七十三，甲第病歿。母痛子，不哭不語，三日而絶。未請旌。

馬母海氏，回民馬宗喜之妻。年未三十，夫亡。守節六十餘年。年八十八歲卒，未請旌。

李氏，武生馬鎮國之妻。年未三十，鎮國亡。七十日，生子英奇，撫之成立。守節三十四年。年六十六歲卒，未請旌。

張氏，李棠繼配。年十八，棠亡。氏撫前妻之子巨萬成立。守節三十四年矣。現年五十一歲，未請旌。住張廣廟保。

王氏，花家集保沈蘭梦之妻。年十九，蘭梦病瘵，氏割臂肉療之，旋亡。氏爲訟於官，立嗣子應試。應試一祧兩門，年二十一歲歿，婦李氏、范氏。一姑二婦同居苦守。姑守節三十年歿，氏現年皆五十餘歲。未請旌。

記蝗神

趙恭毅公申喬宰商邱日，忽召快胥某，以牒授之曰：「爾出郡西門，持此赴水池鋪。遇有肩負褡褳、疾足如公差狀者，投之。聽其作何言語，速來告予。」快如命。俟至旁午，果如公言，踉蹌走至。胥呈牒，其人笑曰：「是矣。歸語爾縣主，雖然，我終要饒他一頓飯。」胥歸致稟。公廣招城中紳户之豐裕者，造飯，遍鋪郭城。甫訖，飛蝗蔽天而來。餐飯聲風馳雨驟，傾刻俱空。遂飛去，禾黍一無所傷。公一代循吏，爲今日，神異事頗多。

記新婦

歸德郡有迎新婦者，花輿引出，則美人雙落，衫履相貌無有稍殊。是時，賀客盈庭，群爲驚異。延新人父母認之，亦無以判尹邢也。舉家惶駭，莫知所措。不得已，爲設青廬，同合巹焉。而兩美意致温婉，爱若姊妹。婿奔走承奉，情好無猜。家人漸以安之。居久之，一尚處室，而一不知所往矣。爲狐爲妖，莫測由來。特婿心每逢花晨月夜，不能無生感憶云。

又有一娶而得三女者。初，母家製奩勝送，惟備一女之需。至是，扶女入廬，啓嫁櫝則衫裙釵釧，色色具三人裝。迎母認女，母曰：「吾眸子眊矣，看朱成碧，淆何能辨？但記吾女腰際朱痣小有分別。」驗之，則守宫一點，同注顯然。由是，有女同居，三英粲兮，魯鼎真贋，莫計誰何？一女移步則貼地金蓮，香印六塵，行必攜手也。一女舉匕箸則品水櫻破，飯必共牢也。一女揭鴛帷，則象床枕被，寢必同酣也。新郎君畏如狼虎蛇蝎，不敢一入洞房。家人深患之。或曰：「人生三魂。二女，新婦之魂也。」或曰：「新人七煞。二女，煞之化而爲厲也。」有黠者教之云：「姑無論鬼狐妖魅，既未致害，當無惡意。但人體質重，物體質輕。凡真人臨卧處，壓留泩痕，鬼物必不能爾。盍試以棉褥？出不意，掩而執其無印痕者，灼之以火，應有異。倘誤灼真女，不過成一瘡痏而已。」其家如言，熾炭一爐，猝撲僞女，投諸火。果青煙二道，霎即散滅。真女固無恙。歸德郡凡迎新婦者，於新婦所坐處，至今先熱炭一爐，以壓之。

記夙因

吴少宰鑒庵先生，生三日，不乳不啼。母王太夫人梦一老婦，衣藍布衫，謂曰：「是兒有貴相，惜帶隱疾，吾爲汝醫之。」按摩推拿久久，曰：「愈矣。」王太夫人甫驚醒，少宰已啼而索乳，如常兒。

美存少司馬，少宰冢子。初生之夕，祖雲亭公正任潼商兵備。道梦一襤褸乞兒，闖入寢室。公叱之，對曰：「我，余二也。」公驚寤。婢輩適以生孫報，心頗不懌。遣人偵之，果有余二。向同伙伴一人，寓居署後土地廟。日行乞市間，有餘即以濟其同儕。所得錢惟市香楮酒醴，焚奠福德神。一夕病危，其伴哭之。余二謂曰：「勿爾！我將投生貴人家，與汝長别。好自焚修，以造來世因，勿徒苦也。」言訖氣絶，而少司馬即以是夕生。少司馬官京師日，捐修棲流所數處。歸籍後，又置悦生堂三處。宿世結習，隔生不忘，可以知少司馬之爲人矣。

瀹齋大中丞，少宰公次子，以嘉慶丁丑大魁天下。傳其降生時，滿室盡蘭花香，故中丞一號吉蘭。父子三人，皆生稟夙因。湖南譚春溪廣文，爲少司馬丁卯科典試湖南所取士，爲余述之。

記孫庭蘭

汪錦川素與孫庭蘭交善。汪赴光州郡應童子試，孫卒於家，汪不知也。郡試既罷，歸經岳忠武廟。吾邑每歲六月初旬，衆以忠武生日演劇酬神，茶棚鱗次，觀場塞途。汪買飲看劇，孫忽入座款談，相與道契闊，旋出家書一函，浼爲寄歸。汪方訝其去室密邇，且從未聞有遠行消息，云：「胡不歸，乃爲此狡儈游戲？」時曲終人散，擁擠聲嘩，孫忽不見。歸，以托函置架書中。乃翁呼與問郡試事，絮叨既久，夜亦就深。明日，甘舉以語父。父大驚曰：「自爾赴郡後，渠早登鬼録，爾所見毋乃是其魂耶？」急索書次，則寄函邈然，惟楮錢一紙，漫無字痕。未幾，汪亦病歿。

記鬼語

嘉慶十八年癸酉，滑匪不靖，忠武楊侯領兵自固原來討平之。先是，城關箱有業酤者某，每傾酒墣，輒有紙灰糝雜，心頗訝之。乃置水一盎，令行酤者擲錢水中。是夕二更後，一急足擲錢，未没而紙灰上浮。某猝捕之曰：「爾操何妖术？幻紙作錢，累詐吾酒。今既相值，莫能釋也。」急足謝云：「勿見執，實相告語。我非人，乃鬼胥耳。此地不出三年，當有大難。冥吏輩群造檔册，故遣令酤以消清夜。今蹤跡既爲識破，不可再來。但汝亦不應久戀此土，徒遭鋒鏑以歷劫運。即語，以代償酒債矣。」言已而逝。某明日遍告戚鄰，咸謂清平世界何妄作鬼語？無肯信者。未幾，牛亮臣、曹文成等據邑以叛。雖旋就撲滅，而官兵賊匪屠戮靡遺。獨某以鬼語遠徙，幸獲無恙。

記紅樵殉難事

咸豐四年甲寅夏六月初二日，武昌失守信至川中。既而得探報，賊入城。青撫軍麐縋而出城，楊鎮帥昌泗以兵擁護之走長沙。崇撫軍綸、武昌守走不知所往。江夏令先奉檄走鄉鎮勸餉，未歸。布政使岳興阿死之，署按察使糧道李卿穀死之，鹽法道曹棫堅死之。已革制軍台湧奏入。奉上諭：「所有武昌城内文武官員下落，着楊霈查明具奏，欽此。」李號紅樵，與余爲總角交，同筆硯，相知最深。由四川長寧、金堂、華陽令倡編保甲有效，爲徐梅樵制軍保薦，升瀘州知州、雲南臨安府知府。調湖南岳州府、湖北黄州府。未蒞任，委署荊南道，升糧儲道，調署按察使。武昌經再破之後，大勢糜爛，不可收拾。長江數千里，駛船往來，江南北沿江郡縣盡爲賊踞。漢口、漢陽府諸處，賊築土壘、浚壕，爲固守窺武昌計。武昌以殘敗孤城，四圍皆賊，危寄其間。居民顯與賊通，文武員弁順逆叵測。按察使衙署焚毁，借民房居之。關防淪遺，刻木戳鈐文辦事。吾料紅樵早蓄死志矣，特虞死事。後賊踞城久，檢屍無徵，傳聞異辭，莫得其詳。何以暝忠魂之目，而堅人言之信？長隨李恕者，成都人，侍紅樵。自武昌逃歸，目睹死難時事。八月二十日，來余拐棗街寓，縷述歷歷。然後信吾紅樵之果死，而耗之確可以證將來史傳之訛。是時，武昌兵尚有一萬二千餘人，分派防堵。把守要隘者，多三里一隊，五里一攢。數十百里營盤遠近錯落散處，呼吸難通。城内餘兵無幾，率飢困羸病，不耐戰守。紅樵分守保安門垛口四百餘堵，垛置一人守之，共四百餘人，其實皆非戰兵也。六月初二日，賊突自青山至，洪山塘角諸營先潰。楊鎮帥統兵三千餘人禦賊大東門外。賊兵望見官軍，揚聲肆罵。官軍未戰先奔，奪門入城。賊追至，無人門者，賊遂入城。城之陷，非攻圍之力也。先是，崇撫軍製火藥炮位，爲防守備者甚多。至是，咸賊所有。青撫軍聞賊，乃縋城而出，與楊鎮帥合。楊鎮帥收散卒擁護之，同奔長沙。崇撫軍不知所往。紅樵是時正守保安門，去大東門遠。登陴共守者，候補令俞恒淳知勢不可爲，共誓死。余（俞）令曰：「公受國恩，城陷，義當死。顧淳侍公久，蒙眷遇，公死，淳義不獨生，甘以死從公，即以報國。」已聞賊入大東門，紅樵歸寓，將就死。俞曰：「淳小有未了事，請先歸，了此再來從公。」歸寓，遣其子出奔曰：「爾亡命，爲宗祀計。城陷，我不得生。我死賊平，爾來收余屍。行矣，勉之！勿少留，勿爲賊得，爾不可徒死守余。」李恕侍紅樵望闕叩頭，謝守城無狀罪，兼拜宗主。取金臂釧一只，授幕客王鶴樵，囑曰：「城陷，我爲監司，義當死，館後池乃吾畢命所。煩致語館主人陳君，我死起我屍，即藁葬我池旁隙地，掘坎就深，誌勿迷失。他日，王師收復城垣，賊去後，我家人倘來尋吾屍，幸得吾真骸骨，主人所賜。箱笥物業非所念，惟吾半生心血尚存某篋，好爲吾秘藏之。賊不之毁，將以貽吾家人，吾死瞑目。」言未已而俞令至，紅樵喜曰：「君果信人，吾有死伴矣。」遂相與攜手赴池。賊駛集，李恕倉惶走。王後，稽首館主人，致遺言而逃。紅樵多内寵，高姬其一也，尤美而賢。當卸荊南篆時，諸姬以次偕兒女子輩，先遣赴夔州。姬獨留請與隨任武昌。紅樵守城，倍極勞瘁，姬不憚辛苦，日夜服侍惟謹。賊勢既逼，預購鴉片等物，至是殉焉。老嫗一人，攜自成都來，亦死。此李恕所目睹，紅樵實投池，從死者俞令一人、高姬一人、老嫗一人之實跡也。嗚呼！紅樵可謂從容就義者矣！俞令忠義士，高姬烈婦，老嫗義僕。殉難同時，厲節終古，忠貞義烈，生氣凜然。余爲賦詩哭之，詳述始末，以當記事。

記蜈蚣逐蛇

族弟培坤居邑南山之王家河。一日，獨游竹林。忽見木葉飛落，群卉齊偃，一丈餘巨蛇吐舌睒閃，禦風而奔，標駛弩激無其速也，遁入小嶺澗水底。一蜈蚣，長尺餘，金頂赤爪，越嶺追逐，如火箭百枝，左右電掣。若預知此蛇之淪水者，抛撇勝躍，竦身一擲，輪盤漩没。傾刻，黄煙坋起，泡突若沸，紫紅鉗緑之氣，滃滿澗溪。濆渦沫瀑，而蛇屍已浮游水面，斃矣。蜈蚣竟不見其出。

記嵩石聖像

登封某游嵩山側，見二童子相争。一云：「你爺爺不如我爺爺。你爺爺不怒，我爺爺有威。」某聽其言異，就詢之。一童子云：「適飲犢溪次，苔掛犢桊，犢憤擲苔。苔落地有聲，剖苔得石。聖像天成，面赤如血，須長如髪，端坐庄嚴。聖神豪傑，不怒而威，齊光日月。妖運魔劫，享祀不忒。好以示彼，而彼乃以相争詬也。」其争語者云：「昨放烏犍，困卧巖穴。欹石作枕，枕忽破裂。一像躍出，天造地設。面黑如鐵，鬚毛蝟磔。卓立挺挺，刀執偃月。雙睛蟹突，氣像猛烈。有威可畏，應鎮鬼孽。彼安得以彼之爺爺而傲我之爺爺耶？」某乃慰之曰：「若何爲争？盍以爾之爺爺示我，我能爲若平章之。夫赤面不怒者，關聖帝也。黑面有威者，周將軍也。是人間之正神，虔誠供養，猶虞得罪。若等以牧牛兒曷敢褻瀆？褻瀆者必獲重譴。」約易以錢百數。童子喜於得錢，遂舉以奉某。某攜歸，置龕敬祀之。爲質瑩澈如晶，温潤如玉。珊瑚顔紅，翡翠抱緑。黄截鵝肪，烏黳鯽沫。法相天然，神彩秀發。大小輕重，先後符節。是誠造物之瑰瑋，非鬼工所詣極也。夫嵩嶽精靈之氣，實維降神。吾烏知天地間先孕此石像，然後神聖相應而生耶？抑神聖既生之後千數百年，其精忠義烈之靈爽，特偶貫注於此石耶？且烏知亦有小關將軍與無，更爲何人所拾取否耶？

記觀音竹

南山之崖產生茅竹，其粗如巨碗。同巷居民半製竹器爲業，往往剖竹作箋，節現觀音大士像，圓相莊嚴，華鬘具足，墨痕精細，白描佳品也。惜竹工無識，不知寶護，貪售竹器而漫施斤刀，難得完軀。余累戒其加意珍護，許償以倍價，彼昏不聞。訖無以報命。嗚呼！大士能百千萬億化身，普度一切苦厄，乃不能免絲分縷解之劫耶？

記八分石

余少時曾得一小印石，質雖不甚佳，而天生分書「净居」二字。筆畫甚顯，有漢《尹宙碑》意，後不知爲何人竊去。道光二十八年冬，攜家入蜀，道過倉子埠。雨行亂石中，得一小石，天生分書「都」字。其筆畫之遒古，更騰「净居」二字，亦一奇也。嗣因過新灘，賃屋移裝，石遂不知遺落何處。

記天開門

道光乙酉除夕五更，李太翁迎神，親睹天門開，余曾記之。光州劉君爲余言：「州有某生精數學，以數卜之，道光五年除夕五更時天門開。届期邀友人，夜飲以俟。比至五更，生已沉醉，友執壺續酒，入廚覓火，重熱之。見大地雪光，明如白晝，醉眼朦朧，心以爲月也。迨雞聲催曉，天色重黑，兩人相謂刻時已過，豈天門不果開耶？生數學向多奇中，友所深信，亦甚鞅鞅。忽悟除夕之夜安得有月光？倘天門開而人醉未醒耶？」合太翁所見與劉君所言，年時正符，豈天門真有開時耶？

記天開眼

劉又言道光己丑暑熱甚盛，與戚鄰三五輩宵行趁墟。度深林，疏星歷歷，午夜將殘。忽如霹靂一聲，仰見天開豁縫。尾狹東北，首闊西南。約長數百丈，横闊亦數十丈。毫芒萬道，閃爍四射，如練中嵌水銀世界，滉漾不定，勢欲下垂。未食頃而天暝如故，雄雞喔喔矣。噫！古云：「天開眼。」天果有開眼時耶？

記蛇蛋娘娘

族人樂詩翁自言少好游，曾客粵西，所見有秦椒生樹、松開蘭花之異。蛇蛋娘娘者，本人家幼女。偶拾一卵，花紋斑然。心愛憐之，裹置袍袖間。卵久爲人氣所薰蒸，破生小蛇。女日飼以食飲，如調籠雀。蛇性馴善，頗解女意。女繡則蟠結坐側，女行則曲履步塵，如嬰兒之戀慈母。蛇長，漸一出游，女戒之曰：「汝雖孽遺，須具佛性。況藉儂覆育之功，當聽儂教訓。今授汝戒，汝出游不可戕害生靈。害生靈者死，儂不汝宥。」蛇俯首若敬聽狀。逾年，蛇長丈餘，野性漸萌。出游或經日不返，或逾旬日歸。始而鄰卵告空，既而雛雞以次有亡失者。固疑是蛇，告者紛若。有小兒爲蛇所逐，鄰詬女甚，女婉顔以謝。鄰去蛇歸，女責之曰：「汝蜸蠦毒種，依草澤乞活。幸儂孳生豢養，戒律頻申，冀以消汝夙譴。奈何數違儂戒，殃物及人，胡可赦也？」蛇仰首視女，吐舌無聲。女怒，嚴妝騎蛇背，以針刺蛇腦。蛇斃，女亦坐化。土人驚爲神異，塑像建廟，敬奉香火，女大著靈應云。

記脱褲菩薩

翁又言粵西某翁，家本素豐，勤修好善，廣施與，濟人之急。凡有告以匱乏者，必竭力拯救。年逾數十，拯救者多以富，而翁因以益貧。富者鑒翁所由致貧，鮮能佽助翁。翁性介，尤不受人助，日不自給。家人散亡，翁孑身潦倒。苟有所得，尚捨己以從人。天寒體裸，敗絮無計取擁。一丐者致翁云：「翁，善人也。乞兒腹無粟，身一絲不掛，飢凍且死，善人如乞兒何？」翁顫栗，唏噓答云：「我病與汝同，惟多一褲耳，將奈何？」引丐者至無人處，脱褲予之。謂曰：「汝速去，我從此不游人間世矣！」隱入積柴而死。棧主人鬻柴盡，出僵屍一具，相驚以嘩。識者曰：「是善人某翁也，胡爲腊於是？」然翁雖以貧死，好善樂施，義聲播傳遠邇，人所共信。衆相與廣募醵錢，爲置龕移屍，泥塑金裝，號爲「脱褲菩薩」，香火浸以日盛。翁説此二事時，余方四五歲。至今記之，但不憶其是何郡縣耳。

記漁翁遇鬼

息縣漁者，夜泊船蘆花深處。二更月上，有客登舟，乞火吹煙，相與絮聒。客曰：「此間蛇哭狐嗥之區，翁獨泊此，將勿畏鬼物乎？」翁曰：「鬼係過生之人，人乃未死之鬼。况吾年垂桑榆，餘生無幾，與人遇則人也，儻與鬼遇即鬼也，何畏鬼物之與有？」客曰：「達哉翁乎！翁不畏鬼，盍視我人耶，鬼耶？」顏狀頓異，翁驚而仆。客躍入水，如崩巖墜石之聲。

記洪五一案

懷慶殷君聚五，道光丙戌科應會試，卷落某編修房。閱卷偶困，梦疾足執刺云：「吾官請汝。」遂與從行。至署，官正據案視事，見編修，喜曰：「君來好，此間洪五一案，速爲辦之。」編修唯唯。言次，階下有襤褸小兒數百輩，若申訴狀。瞿然醒，默念洪五一案是何説也？頃復梦至其處，官帶怒呼曰：「敕汝速辦洪五一案，何敢遲遲？」適同房考某太史過與攀談，編修醒，告以梦。太史曰：「君試卷莫有冤抑者乎？盍加覆閲？」順檢案卷，則洪字五號。笑曰：「案在是矣。」編修曰：「余數翻覆其文，實不合格。」太史曰：「君妖梦若是，姑呈薦條，合格與否，事歸堂司，子案辦矣。」編修不得已從之。薦堂數日，去留確無定耗。迨揭榜日，彌縫既折，卷已中式，名則殷君也。殷自忖向無救活小兒事，况數百之多？意必先人隱德引見。後以知縣即用，簽分湖北，需次補崇陽令。旋以事改請教職，歸部銓選，得歸德府教授。咸豐二年賊破歸德，殷與難。

記闈房鬼哭

嘉慶丙子科鄉試，同村家兄卷落鄜城令馮茶人山東歷城人，名仝先生房。是年，典試者爲瞿子皋昂侍讀、胡書農敬編修兩先生。初以正場卷庚韻詩誤押九青廷字，詩中骨

「鯁」字誤書作「鯁」，先生雖爲改正，但置副車。及八月二十七日，始得二三場經策，大爲賞識。喜極，親攜闈卷，呈堂力薦。兩主司曰：「經策文可進呈，惜額數早定，録實刊成矣，未便輕易。君可就本房文卷，爲撿置一處，以成全此生。」先生乃移六十六名卷，抑副車。家兄登正榜後，謁見。郾城先生曰：「汝豈有陰德事耶？方置名副車日，予房每夜輒聞鬼哭，箱中卷唧唧有聲，如遭鼠鬧。迨易正榜後，鼠不嚙，哭亦寂然。」

記小園賦題

嘉慶戊寅，余赴光州，以童子科應院試。吴漪園比部勸入試詩古場，余戲語華琪生曰：「八韵賦非余肄業所素習，儻得擬庾信小園賦題，定當壓倒公等矣。」琪生嗤曰：「學使者，汝自爲之，當惟意所欲爲。」比明日入場，題下，果如所言。賦大爲史望之師所嘉賞，拔置五屬第一，補博士弟子員。道光元年辛巳恩科赴秋闈，房考單出，余謂諸同人曰：「使余卷能落邵大令房，必合中式。」及榜發，訪諸梓人，果貼名單，余卷實落子山師房。子山師，名堂，江蘇青浦縣人，刊有《詩古駢體文》等集。一題一房師，響應若是，數固素定歟？抑機有先動歟？

記隔水命案

邑東鄉某，夏月蒔秧，偶攜鐵鍬一柄，導引田水，路過姻戚某翁莊舍。翁適在場，兩人相與隔水問答。絮叨既久，議事齟齬。某忿呼曰：「若非溝水間阻，則一鍬劈汝死矣。」言未畢而戚翁已倒地。其家報官，驗之，腦有鍬劈傷。顧某實未涉水，兇器亦所攜歸，人所共見。官令涸溝水，果有人攜鍬而過，鍬痕足跡顯且就深。某竟無詞以辯，照例科，以故殺抵罪。或曰：「某一言而動殺機，冤魂乘之。戚翁雖非某所殺，而實死於某之一言。」是兩人者，殆亦有夙孽歟？

記瞽目重明

尹太夫人，故尼也。還俗後歸尹太夫子，生座主竹農師，雙目忽瞽。迨師以嘉慶戊辰科登進士第，改庶常，太夫人瞽目頓明。師後以侍御史出守福建建寧府，歷升山西巡撫，調任，終湖北巡撫。高風亮節，骨格錚錚。當官湖北按察使日，楚人懸額黄鶴樓，頌之曰：「風清楚甸。」可以知其政聲矣。

記明經報德

萬荔門方伯貢珍，江蘇無錫人。丙戌成進士，官户部，以京察出守歸德府。迨余司鐸商丘，方伯已調開封。宅憂回籍，歸德人尚有能談其夙因者。初，方伯封翁以諸生赴應南京鄉試，路遇某明經，傾盖接談，相得甚歡，晚同逆旅。而明經以是夜暴病，封翁爲延醫治湯藥。數日增劇，明經辭曰：「先生以試事往金陵，今試期已迫，顧乃爲僕耽留，恐誤先生，先生行矣。僕病勢不復起，誤先生，僕死目且不瞑。」封翁曰：「科名分外事耳。知心友人生胡可再得？公善自攝，倘因以就痊，如天之福。如有不側，余科名雖誤，而甘以柩送公歸，公其勿虞。」未幾，明經歿。封翁盡出橐中金，製櫝斂之，護送其家，哭奠而返。返時，試場已畢。太夫人生方伯日，封翁梦明經至，歡如平生，曰：「曩承恩惠，今來報德。」輾轉寤。適報生子，則荔門也。

記許忠節公

許忠節公逵，年少膽壯。讀書一樓，夜既深，偶爾回顧，見背立一鬼，頭大如箕。公戲之云：「小鬼好大頭。」鬼答云：「無頭尚書好大膽。」倏不見。公後當武宗時，由山東樂陵令，以守城功薦升至江西按察司副使。與孫忠烈公燧同死宸濠之難。嘉靖中，追贈禮部尚書。鬼已預知之矣。

記元燈

康熙辛卯科，河南省元閻庶子戒過先生錫爵素以文章自負，方秋試出闈，自度不作第二人。製龍燈，大書「辛卯科解元」，使僕人夜執之，引以入市。柘城高芸軒先生玢遇之，詫曰：「一省豈有兩元，今科捨我乃尚有誰耶？」拉與各誦闈中文。高謝閻曰：「拜服！拜服！元燈竟在君處，老夫不能不讓君出一頭地。來年禮闈，斷不肯相下矣。」是歲，兩先生同賦鹿鳴，閻果第一。次年，應南宮試，高以第二人登進士第，閻與爲鄉會同年。嗟乎！文有定價，作者如閉門造車，閱者即應以合轍。爾時元燈未墜，聲應氣求，往往能然。然而此風殊已古矣。

記戲語逃賊

文筆迴瀾，吾縣八景之一。其塔卓立河岸，高欲拂雲，遠見數十里，久爲史水冲塌。我生之初，故址業已無存。乾隆中，祝蘭坡觀察曾約同筆硯友數人，肄業塔院。夏日課畢，晚相劇談，謂：「倘有梁上君子，謬爲吾儕所縛，將何刑以治之？」一最謔者云：「無須用刑，吾等各以手爪搔其足心，三日三夜輪轉不休，彼必癢澈心骨。奇癢更勝於奇疼，麻姑爪不較勝方平鞭耶？」言未已，一賊自樓板衝出，鬨門而逃。眾以大嘩。觀察曰：「此賊護癢。」

記神力移碑

茂才關先生，偶忘其名，精易筋經之術，具大神力，莫與媲耦。嘉慶初，自駕輕車，載行囊，赴汴秋試。道經一荒刹，熱甚小歇。欻有强徒七人追至，將以行劫。先生曰：「公等勿爾！我輩有緣相逢，曷試一作戲劇？劫不晚也。」乃約指廟前碑謂：「有能移尺咫者，車與物攜之去，我不吝爾。」碑高丈餘，計萬數千斤。群顧愕然，試之，無能動摇。先生嗤曰：「公等嬌不肯用力，弱女子耳。吾爲贔屓，公等且作壁上觀。」先生運兩腕執碑，如執圭狀，攫手一擲，碑入廟院，植立不頗。先生曰：「吾能使之入，復能使之出也。」遂入廟，以碑擲出，安置故處，顔色怡然，謂七人曰：「何如？」七人大駭，羅拜於地。先生曰：「公等恃爾伎倆，乃敢肆行江湖。天下之大，如某輩者豈止千百數，公等第可作膏刃游魂耳。」休休駕車徑行。

記推車翁

世宗時，四方初定，響馬餘賊尚有肆行江湖者，封疆大吏往往出重金就聘。一時豪傑送迎眷口，保護行囊。歐陽生，天下第二條好漢，善用秦叔寶雙鐗，海内知名，爲吴湛山中丞保家客。其左臂被賊中傷，減神力，掉獨臂尤從横莫敵。一日走河南道，裹被徒步，提鐗獨行。遠聞車聲轔轔，見車所過處，轍深數寸，意非重壓千斤，莫致也。健步追之，而車行更速，旋轉如飛。抵秫林，車聲忽止。迂曲里餘，林盡。推車翁適停車道旁，出火具，燃筒吸煙，貌甚閑暇。心訝其異，乃相與就坐，借具傾談。車載鹽約七八百斤，因叩以車何無聲。翁曰：「余厭其秫林泥淖，阻轍不快。姑以兩腕執車靶，駕空而至耳。汝何問爲？」歐曰：「羨翁神力，真天下健者。翁不知我歐陽生也？」翁徐云：「久聞大名，今日幸會。」窺其意，若甚輕者。歐陽生爽然自失，掉臂而去。

記拳棒賊

拳棒師某，技勇精絕，天下無敵，一時豪士之有名者，多出其門。翁殁後，門徒四散，子亦旋亡，僅遺女孫尚習其藝。客以厚幣聘女，請爲保賧，載重貨以行。走山右，猝遇騎馬賊九人，攢箭射女。女出不意，馬上以弓擊箭，箭皆墮落。弓弦適爲箭所斷，截髮續弦，翻身射賊馬。馬仆，賊大呼曰：「是吾師射法也，勿復爾。」群下馬，羅女前詢之，果女孫。九人擁女下馬，并謝客曰：「自吾師殁，天下太平久，閒居無理。吾等偶集於是，聊作戲劇，不意竟值姝女。是吾師有靈，不許吾等作此醜行，玷辱師門也。誓將痛自洗滌，永不復作此勾當，以謝吾師，姝女誌之。客行矣，前途纵有不虞，其技皆出吾等下，不足一决雌雄。有姝女在，客其無恙。」九人羅拜女前，痛哭而散。

記陳翁殪賊

懷慶陳溝，地以姓名。世傳拳，勇藝名天下。陳翁父子三人尤絶倫。長子乃翁所義養，勇倍父若弟。戚王翁，家巨富，業傳兩百餘年，居室宅院深沉，牆壁堅厚，賊盜所不能入。一日，有客七人登門求見翁，所叩者正王翁也。翁察其來勢兇猛，料非善狀，答曰：「客小止，俟吾呼翁出。」翁遽奔入，大呼：「閉門，暴客至。」而客已隨至庭事，門閉不得。入内室，翁急遣健僕自隙門出，飛馬求救於陳，相距三四十里。陳翁曰：「七人者，知名久矣，皆數十人敵。然盡吾父子之力，尚足以禦之。戚有急不可不救。」遂以二子至。客據庭事，相持久之，無隙可乘。翁測其技，止此耳，非勍敵。謂二子曰：「此等殺之不難，但須得一路入。」言未已，長子偶見中室設一桌，甚巨，可三人立。指謂父曰：「彼桌非路耶？」持刀飛騰而入，躍居其上，父與弟隨之。格鬥一晝夜，七人俱殪。懷慶路自是無劫賊。

記農器擊賊

懷慶某豐翁，明時已稱巨富，傳家近三百年。儉樸不華，無浮薄之行，故長守富。居宅亦起自明世，正室有樓五楹，壁厚數尺，門扇錮以鐵葉。樓上聚敗鐵破農器鏵鋤之類，堆積幾滿，初不測先人置此物何用。一日有騎馬賊至，翁呼家人齊集，登樓闔門禦賊。賊移巨石撞門，堅不可開。壁而登樓，樓上人齊以破鐵等器擊賊，賊中輒死。相持數日，救者至，賊一無所得，跨馬載屍而逃。乃悟先人所聚，大有深意也。

記樵者

樵者某，入山樵採，經過石壁。但每一過壁，必握巨拳，伸臂，奮力向壁一擊。練拳既久，臂力遂不可當。一日擔樵入市，見鬻拳勇者，皤其腹，擊聲如鼓。號於眾曰：「儻有能擊吾腹，致吾不任受者，吾師視之。」且招帖壁上，示死無悔。樵者目視久，無人敢攖。揭帖入懷，撥眾而前，伸臂施拳，皤腹洞然，鬻拳人死矣。眾以樵者有帖可據，無能作難。樵者徐徐擔樵而去。

記樵者

樵者某，天生絶力，兩腕各舉千餘斤，健步如飛，神色裕如。製鐵擔，長如丈八矛。負以入山，攜薪而出，輕亦三數百斤。行歌往來，虎豹竄伏。一夕，月白如晝，某杖擔獨行。偶至澗側，有物蠢蠢，不辨面目，白毛茸簇，摩肩徑過，軟若吹胞，左臂之力從此減八百斤。

記蓮花人頭

錢文敏公維城曉睡初醒，揭帷，乍睹滿地蓮花。方驚異間，則滿地人頭。公自是得病，遂不起。公長媳某氏晨妝未畢，忽擲梳大呼三保。三保者，其小僕名。狂奔出户，即欲赴市肆。已家人閉之，三日不絶聲而死。洪幼裹以爲公在刑部日，主辦金川案，或有過嚴之禍。

記妖梦

咸豐二年正月初四日，少女梦頷骨一具掛帳鈎，色白如雪。忽人語云：「我寃骨也，索帳爲人所謀，篋上帳薄其據也，户外六七人坐草聚語者皆佐証也，此去年八月間事，案归大人審辦，小姐爲我白大人，以雪我寃。」骨扣床欄切切有聲。即視篋上，果賬簿鋪焉，已長尺餘，寬尺厚，寸許。户外青草且滿，果六七人草間聚語。」驚而醒。余時未入讞局，後亦無徵，殆妖梦也。

記劉水媄案

蜀人好訟，狡而實愚，非真能健訟者，事往往出情理之外。已劉水媄，金堂民劉詩和之女，年十五，許聘縣胥杜元子爲養媳。元妾劉氏與元逾五旬，止子高德。劉遇水媄頗不惡，然水媄小家女，鄉鄙習性，思母數逃，杜元輒遣人數尋媄以歸。其母家詩和亦數以媒妁言，議仍歸杜。咸豐四年正月，媄欲歸寧，姑劉曰：「爾翁奉縣牌，方遠行役。爾如寧母，應俟爾翁歸，遣人護送爾。迢迢二十餘里，爾烏得以弱女子孑然獨歸耶？」媄不懌。次日，天初明，媄裹小袱，攜以逃。夫堂兄高聰自役所至，猝與遇，急呼嬸曰：「劉妹逃。」劉起追之，挽以歸。呵責媄，媄不服，姑拾地上燭簽長尺餘者，擊其頭顱三、手背一。女忿，推姑倒地卧。鄰徐天明適過其閭，爲掖姑起，責媄拗。嫂聞，亦來與勸媄，歡如初。日色西斜，媄忽呼腹疼，面白唇青。姑與嫂以爲痧也，爲治痧，疼增劇。杜元役歸，詗知之，延醫處藥。藥未沸，媄絶。此正月初八日事也。詩和雖鄉民，族口衆多，杜元遍延之。二十餘人來，細檢媄屍，色青黯，無他傷痕。杜元欲鳴官，劉族有解事者沮曰：「媄死於病，非死於傷，鳴官何爲？」議厚葬媄，息事。越四日，葬媄既畢，劉散，事良已。媄舅秦邦通、邦道家小裕，初延之，以媄刘姓女，已疏親也，不肯往臨謝。邦道粗識字，好爲人作主謀，嗾詩和貸杜元金。杜元曰：「爾女實死於病，非死於傷，我貸爾金，是以賄和也。」卒弗與。邦道之謀不行，乃益嗾劉眾詩相、詩銘等，謂媄死寃，鐵傷鱗體，鳴官檢驗。爲起訟草，助錢四十千，以爲訟費。實以詐杜元，倘得杜元懼而行賕，眾潤其金。劉喜其助，竟鳴官訴寃。金堂令鄭春圃進士，名東華索結詞，以四月十一日驗之，屍青烏，頭顱部位雖致命處，傷痕甚淺，皮未破，傷不致死。媄非死於傷，乃死於毒。詢毒所由致，其姑移女榻，碗有餘滓，則鴉片也。始群知媄以鴉片死，信非死於傷、於痧。鄭以媄懟其姑，推姑倒地，罪應死，服毒輕生，戕當其罪，飭杜元屍棺領埋。邦道計益無所施，會劉眾錢不敷費，仍以謂邦道。邦道知賄終不可得，弗與錢，并索前助，致相毆。劉群搜邦道，得初訟草，首諸官。鄭縶邦道，謂唆訟有據，其實非果，治邦道罪也。邦通見邦道事敗，且將治罪，乃以母蔣氏名唆詩和抱告，訟諸府。六月十二日，役輩以夜行赴場緝逋，至漢州界之落金壩，遠見燈火簇擁，其走甚疾。以爲此咕匪也，燃鳥槍驚之。槍發而燈光墮地，人影紛散。競逐之，三人獲。竹轎一乘，繫臭豬肉一方，鞋一兩。揭簾審視，則赫然一死屍，繩縛百結。以火照之，有識者杜元之死媳劉水媄也。懷露紅紙一裹，取視之，死者訴詞三：一訴臬，一藩，一制府也。皆鬼語。役以白杜元，遂以白令。令再飭杜元，檢屍掩埋。訊三人，則秦邦通，一扛竹轎者，一伴行人。兩釋之，繫邦通，究治其母。蔣氏乃赴臬轅，以劉氏先與杜元姦，杜元納爲妾，水媖數發其私，故劉氏致死水媖以滅口。控再以劉氏逼水媖爲娼，媖不從，故致死水媖以泄忿。控諸制府，皆邦道筆。章下成都府，飭審實，嚴治杜元、劉氏罪。孫立亭大令初至蜀，未悉蜀民之狡，潛心研訊十餘日，得其梗概。邦通、邦道狡實甚，無從定讞，會奉檄去，府以委余。余專提刑仵某，密訊之。據云：「媖實死於毒，非死於傷。曾以銀針探入喉嚨，針實烏黑色，可據。所控鐵傷鱗體，皆誣也。某如報驗不實，甘以死償。且邦道控某受杜元賄，某雖賤役，亦有身家兒女。杜元，役也，非有重財。某非有受杜元恩，何肯以全家性命報杜元？」余審其誠，以証諸詩相、詩銘、戚鄰、媒妁輩，異口同辭，堅言媖懟其姑，推姑倒地是實，非死於傷，實死於毒。以訊邦通、邦道，邦通無言，邦道始猶狡辭鳴寃。是時，大憲方有所避忌，意在速結，息訟則已。故余以律圖示邦道，邦道乃知其姑誠無科罪法，已兄弟以疏親致水媖蒸檢之酷，實罹重罪。紅漲汗流，頓首乞恩，具悔案結。夫藉尸詐索，捏詞瀆控，屍遭蒸檢，誠有之矣。乃開棺移屍，使死者懷呈赴省轅，自鳴其寃，誠未有之奇聞也。水媖以正月初死，遲至六月十二，屍未腐，亦奇。

卷六

記蘭香變臭

武葵軒刺史衛，初爲河南府別駕，言署後竹林一區，地約數畝。葉深緑密，門久未開。有竹屋數椽，荊藤礙路，穢不容入。意欲葺治之，以爲偃息之所。時過中秋，一日，呼典茶役啟鑰臨視。忽聞奇香撲來，清浸心脾。意以爲此八月也，焉得有蘭花香氣？尋之不見，正悔遲爲料理，孤負幽深。典茶役云：「彼屋曩爲狐穴。」言未已，臭氣忽至，奇過於痾，令人發嘔，不可傾刻留。悵然而返，葺治之心頓闢。

記虎變婦人

仁壽相嘩以虎患。虎至攫婦人、嬰兒去，骨血無餘跡。山居者不得已，日暮閉荊扉，積柴圍護，高丈餘，無罅。而虎攫如故，不測所從至，何時去來。獵者日競於道路，逐虎，虎無蹤。一日，見二虎曳尾游嶺側，鳴鳥槍，群追而前。虎越嶺，獵者亦越嶺。虎不見，見二婦人各負一小兒臨水浣濯。問之，不答，獵者返。或以語余，余曰：「惜乎！獵者既已得虎，而不之擒也。二婦人，虎也。小兒，虎倀也。」

記謔語受擊

外祖吴翁諱世璋，以疾殁於家。戚某與遇諸途，翁謂曰：「今日甘家廟會，鬧熱甚，汝盍與我偕以往？」甘家廟者，祀東岳帝。俗以三月二十八爲帝誕日，醵金錢，演劇酬神，男女雜遝萬餘人。戚以翁語誕謔，侵之。翁怒，以掌擊其頰，戚暈絶倒地。

某適過，見其若遇邪狀，救以漿。稍蘇，詳述其故。救者曰：「吴翁死，爾不知也？」戚大駭異，歸訪，翁果以三日亡。

記紅光流金

余秉鐸商邱日，道光甲辰夏秋之交，忘其月日，陽烏欲暝，有物漾空。長尺，闊三四寸，兩端稍狹，形若椿實，色若飛星，飄瞥晃爍，移旋殊遲，經過屋角，勢將下沉。兒女以嘩，余所目睹也。房後即府北街蔡茂才應春家，人共見墮入其庭院中，尋之無跡。頃，媪攜余小女自鄰舍皇遽奔歸，謂：「適行至署，壁有紅光丈餘，閃動流轉，光芒不定，市人共睹，應墮吾院中，故歸尋之耳。」明日，歸郡人嘩聲如沸，一如媪言。有四十里外鄉人來赴郡者，言昨有紅光，長數十丈，自東南流入西北，應落郡城中。噫！此何物也？始余見之，纔尺，金光不耀。而媪與女據云紅光長丈餘，鄉人來又言長數十丈，何其異也？蔡生雖巨富，爲人淳樸，豈其家厚福有未艾耶？此事余親見之，祥徵無疑。茂才弟同春，明年入泮，秋闈中副車，旋登賢書。

記牡丹天

先母吳太宜人言，在母家日，嘗於夏月正午，赤曦麗天，晴光萬里，青氣在空，忽見滿天盡作牡丹花朵，五色錯雜，光彩奪目，藻繪炫耀，牽蔓移時。雖寫生妙手，無此富麗。生平不復再睹，真奇觀也。

記木蘭塑像

去歸郡東南八十里古營廓鎮，隋女子木蘭故里也。元封孝烈將軍。土人醵金錢，爲將軍建祠祀之。丹雘既竣，議所以塑像者。或以爲當塑男子像，兜鍪袴褶，戎裝宜；或以爲當塑女子像，珠璫繡襦，閨閣妝宜。言人人殊，訖無定見。忽有少年軍士，跨馬經祠下過。繫馬祠前樹，周行祠宇，徘徊瞻顧，謂土人曰：「此祠，廟也。何無莊嚴神龕？」土人以實對，軍士笑曰：「何須他謀，君等但熟視吾像，即以吾像莊塑龕上，可也。」言畢，出門策馬去，欻忽不見。衆始悟曰：「是必木蘭現身示像也。」如其言，召工塑之，頗著靈異。廟前後兩楹：前楹將軍像，戎服櫜（櫜）鞬；後楹女子像，雲鬟花黄。

記謝氏姑

謝氏姑，商邱人。年纔及笄，父母先後亡，僅遺弱弟。姑誓不嫁，撫弟成立，爲娶婦生子。而弟亡，姑與弟婦撫侄。侄成人，爲娶室生子。侄又亡，姑又偕侄婦撫侄孫。侄孫甫生子，侄孫輒亡。姑仍統侄孫婦撫侄曾孫。侄曾孫成人，娶妻生子，而姑年已七十餘矣。姑撫弟、若子、若孫、若曾孫四世，皆以織紡佐炊飪，守貞全義，矢終不渝。姑可謂奇女子，誠完人也。商邱太史李自爲作傳以傳。姑死，衆爲請入祀典。商邱令某懵不解事，每歲春秋戊日，輒遣僧會代主祭。謝氏子孫鬧曰：「我家姑貞義完人，奈何縣以秃奴臨？」群毆僧去。訟諸歸德太守，改遣候補官。

記燕子銜藥

李氏子病瘵，將致不起。梁巢雙燕呢喃去來，李泣語之曰：「燕兒哥燕兒姐，爾巢我屋，有主客之義。我病如是，爾何不銜藥救我再生乎？」一燕子欻銜物墮李前，拾視之，藥也。以示醫，醫不識其物，禁。李不敢服。李竟死，燕子飛鳴宛轉，彌日不出户。李既葬，雙燕飛去。

記裘恭勤公

裘恭勤公行簡為直隸總督日，永定河開，公積憂勞，致疾不起，薨。逝後，如君王夫人夜坐房中，忽聞風濤洶湧之聲，而恭勤適入，相與問答如平生。夫人泣，公曰：「爾勿苦，我已爲永定河神，稍遲當迎汝。」言已，遂出户去。公十一公子肅軒元穆貳尹爲余言。貳伊，王夫人出。

記洪月舲

茂才洪月舲先生，一作樾林，名蔭恩，揚州人。嘉慶初，曾爲奎將軍記室。將軍經略蜀匪，以事正法。先生時在粤東，聞難，草鞋入蜀，爲迎其柩，往返幾萬里，送至都中，經營喪事而歸，故當時有義士之目。年少放縱，曾以千金聘歌妓。精琵琶，色藝雙絶，專房寵愛若珍寶。後爲其夫屢索，又費數百金，卒以搆訟，格於例斷離。先生坐窮困，冬衣麻布單衫，無寒慄之色。偶致千金，仍隨手揮霍散去。胞弟江門先生勳爲吾固始令，慷慨好施，與有義聲，中州需次人員多被沾潤之澤，至今人稱爲真令尹。余感恩知己，生平第一，惜無後。瘦生弟子爲月舲先生孫、浙詩人吴澹川先生外孫也，窮愁潦倒，寄居虞城，不知今健在否？

記周汝凱

周汝凱，余少與同筆硯，性耽花癖，所居户城庭院蒔種皆滿。常爲人司理花事，以意裁剪，删葉籌枝，雖出人工矯揉而經營慘澹。屈蟠既久，草木亦受約束，往往得畫意，具天然之致。非胸涵丘壑、筆妙丹青者不能也。言：「嘗爲戚人留飲，沉醉夜歸，見一人高坐屋檐，足躡城埤。爾時醉眼朦朧，踉蹌趨走，竟由其袴下過，心以爲賊，倖其不知，未爲所苦也。比明日醒寤，始悟焉得有此巨人？爲鬼無疑。夏日，病瘧甚劇，既熱後寒，噤悉暴。每噤，輒見尺餘老翁，須髮皓然，坐衣架上。知余噤發，渠必拍膝跳躍，狂笑不已。噤愈暴，拍笑愈狂。瘧愈，翁遂不見。殆必瘧鬼也。」周爲人醇樸，有古風。子興鋼，道光庚子鄉試，中副車。

記伯祖遺事

先伯祖鵬九公，好濟貧苦，廣施與，居邑東鄉之譚家湖沿。每歲暮，默計鄰婦之貧者，購估衣，人賜絮襖一領以禦冬。佃户張鎬婦分得一領，因致小裕，人疑襖中所絮不知何物也。張鎬二子國璠、國瓊數年致腴，田四百擔。國瓊援例入國學，稱富户。除夕之前一二夜，公攜錢，潛户竊聽，每聞嘆息聲，量所需，置錢户限，敲門剥啄。應門者啟門得錢，而公已遁，不知何人所遺。公陰行善，往往如是。魏姓者行丐市上，公責之曰：「爾年壯力强，亦復何事不可爲，而乃行乞？」對曰：「某少學小藝，苦無資本，故致此。」公探袖，存錢百數以授之。曰：「爾姑攜此，倘不繼，予將厚給之。」魏善製竹器，得錢，購竹數竿，製竹藠。竹藠易鬻，一藠利饒數百。藉公百錢，後乃致千金産，至今猶有人道其事者。

記冒雪寄貨

歸郡某，闢小室，鬻洗僻巷。歲既暮，大雪擁門。二更人静，一推車翁披雪寸厚，入室求寄，車載甚重。某却之曰：「我室隘，不可以寄翁貨。寄翁貨，不遭人竊，人亦將以我爲竊，我不可堪。」翁曰：「我有急，當去，貨暫寄此，我行自取之。」某與期，翁曰：「一月。」某不可，翁示廿日。某曰：「期汝三日來，不然翁自推去，别寄他人室。」翁不答，推車置室隅，輒去。過三日，翁竟不至。逾旬、逾廿，以至逾月，而翁不果至。越年餘，某心動，謂：「翁終不至，載何物耶？」啟視之，有錢三十千。某因以裕，一富三十年。

記李翁寄煤

弟子李聘三祖翁居貨市肆，有客載石炭數船，寄鬻其家。炭利不贏，客去。客去，炭無繼至者，價日起，翁始悔失客居址。已而，利十倍。陰念客竟不來，利實止於是，不鬻，價將落，不如鬻炭獲利，客果至，以價付之，當無愧於客。越數年，客終不來，翁漸以饒。道光乙酉，余主講生家。生已補博士弟子員，旋食廩餼。

記「海」「淮」字訛

《孟子》「孫叔敖舉於海」，叔敖楚人，非海邦之人，楚水無以海名者。《左氏傳》「寡人處南海」，「海」字須連「南」字，自古未有專以南水爲海者，「閩海」謂之「南海」，「廣南」謂之「海南」。叔敖當日所處，應不如是之遠也。竊疑「海」字當是「淮」字之訛。叔敖楚之期思人，期思正臨淮之岸，淮水有冲突期思之淮，古今無遷徙。「淮」於「海」，聲相近，字體亦易訛，「海」字應爲「淮」字無疑。然而以一人之杜臆，無所徵於古，書籍無考，言雖近似，疇能信之？

記閼伯購料

歸郡閼伯臺，一名商邱，上有閼伯祠。每歲正月初七及孟夏上丁日，郡守率僚屬親爲致祭。地雖土阜，無崇山峻嶺之觀，而名徵商代，上應天文。郡附郭邑，即以是名。郡去亳州一百二十里，亳爲商賈輻輳區。一日，有客詣棧主人，自言商邱閼相公，述居址甚詳。購木料可以中旗杆之材者二株，酬以重價，且謂主人代尋工役爲運。致之，役如所言，編查其處，無閼姓。叩諸廟祝，始悟商邱者閼伯臺，相公者閼伯化身也。郡人悉其事，群醵錢爲神償料值。餙以朱漆，列植臺前。余司商邱鐸，數陪祀典，猶及見之。干霄挺立，特異他材。

記陳凝遠

道光戊戌，秋試既罷，落卷發學署，余撿得一上舍生陳春臺文。氣體醲郁，胎息六朝，詩策尤徵本源，每於敷敘中夾以記室評語，具有學識，非同鈔撮，心珍賞之。陳爲商邱巨姓，訊訪無知者，意頗鞅鞅。歲十一月，一生投刺來謁，則陳名。喜極延入，貌若冠玉，絶好女子，長吉所謂「頭玉磽磽眉刷翠，一雙瞳人剪秋水」，不虛也。與語，言辭温和，有大家規。叩以所藴，果涵茹顔劉，皈依徐庾。乃翁陳勳貳尹與余舊識大梁，遂不勝惓惓，有朝定兒詣。盖生祖名一本，官粤東，貳尹隨任久，婚於蘇。之宋，産生，又以生需次江右。故生雖逾冠，未諳里門，名未通族，人亦無由知。生今來歸，翻以故鄉爲他鄉，舉目無親。陳固閥閲巨族，與生房稍疏，豐於財者數户，率嗇於施與，視生落寞，無贍顧意。生以是言增於邑，余廣爲延譽登名，郡伯收入文正書院，月課輒冠曹，膏火優倍他生，籍此佽助，免作客慮，專意帖括藝學。使者催考檄至，生竟繳部照改名凝遠，就試童子隊。許信臣編修案臨，補入郡庠。明年，食廩餼，并攜與勷閲他州郡試卷，文名斤斤日起，張曉瞻方伯、錢心壺給諫尤加青目。二十五年乙巳，余膺薦牘，去商邱，生賦詩贈行，稱受業。劉鵠仁學使謂余曰：「陳凝遠乃甘心不爲翰林者，書法醜劣乃爾，不肯專心臨池，如功令何？」生他藝皆精，惟書法不敷所學與貌，顧亦自憾。生非所長，任意涂抹，與蚯蚓争拙，卒以書不得入翰林，如鴿仁言。己酉，以選拔生登賢書。庚戌，成進士。引見，以知縣用，簽發湖北。是年，廣西亂。又明年，粤匪竄入湖北，武昌城破，生殉難需次。嗚呼！生本館閣中人，流爲風塵俗吏，當其境，不當其才，死重泰山，顧韓愈可惜，余終與作元相語。

記城内起蛟

吾邑高踞寖邱之巔，藉邱建城，周圍三里餘，素無水患。嘉慶六年辛酉，余甫八歲，五月二十五龍洗墓日，大雨傾注，平地水深没腰。相傳有蛟起於雲路街大成坊橋，蛟乃老鱔，不知何年爲鬻鱔人所遺，竄伏橋下，居人往往見之，首大如碗，自是不見。蛟所起處，其地必汪爲深潭。是日，此蛟由大成橋至忠祐王廟，乘風雨飛昇而去，不害居民，殆善行也。先是，北城垣下有水口一道，城内積水潛行地中，趨匯水口，出城歸壕。偶爲草薦流塞，故城内水深如此。馬生龍驤被淹而死，俗有陽溝淹死人之謡，馬生果當之矣。生有女，年方及笄，色美而艷，爲媒者所誑，其姑逼令爲娼。女不從，自縊。余親見之。

記杏花日影

嘉慶辛酉，余就館師於武生祝珮家。書窗外老杏一株，粗於巨桶，緑陰匝地。館師他出，同人輒布坐閒談。是年八九月間，杏葉忽變爲花，作西府海棠數朵，紅艷可愛。是年日蝕，忘其何月，凡房室樹木人物之類，皆見雙影，即樹葉印在窗上，亦復如是。余生平所經，未嘗再睹之。余所居宅門與朱氏質園斜對，曾借地讀書。其中園有玉蘭一樹，高約兩丈餘，丁香數株，頗茂。某年九月間，玉蘭忽開花，滿樹如玉，皎臨風前。迨花盡，則樹萎矣。次年，丁香亦如之。

記李笠翁

湖上李笠翁，著有《九種曲》《笠翁一家言》《笠翁詩韻》等書行世。世傳吾鄉稻草集有李太史笠翁者，本屠人子，曉起趁市，擔肉架，官至不知避，爲官所責。李慍甚，謂人曰：「官是何等人？從何得來？」或以告曰：「官乃民之父母，從讀書得來。」李曰：「讀書乃可以得官耶？官責人，人乃不敢與較耶？」或曰：「汝奈何敢與官較？與較，罪益甚。」李鞅鞅歸，釋擔請父，願讀書，不願屠。父曰：「吾家世業屠，賴以生活，無讀書種子。爾屠人子，奈何讀書？爲屠且餓，讀書餓且死。」李懟父曰：「父但允讀，兒甘以讀死，無愧心。」鄰有爲童子師者，從數十人，終日伊唔聲甚鬧。李潛往詣師，跪請受業。師曰：「讀書，童子事。爾壯，不可以讀。」李答曰：「讀書童子遂不壯耶？壯遂不讀耶？師但收讀，徒願執炊。」師喜其執炊，勉留與衆讀。李初識字，頗鈍，艱苦甚。纔數日，一人兼數人之業。越年，更他師，始學爲文，多奇闢語。未幾，游邑庠、登賢書、成進士第，皆一戰而捷。選授翰林，居詞舘有年。日與官輩語，久之乃喟然曰：「始吾業屠，不知官所爲，故願讀書作官。今知作官屠人，業乃更酷於屠猪，吾不可以作官。」遂引病歸。日戴笠子與田父野老游，聞官至則避去，故自號笠翁。或曰：「《笠翁詩韻》乃此笠翁所輯，世以重於彼笠翁之名，厥價易售，故嫁彼笠翁名以行。」然而此笠翁遠勝於彼笠翁矣。

記僞藥避劫

道光十年庚寅，余客武昌。十一月初六日，更鼓初起，忽見東北天紫氣騰空，市人以嘩，咸曰：「塘角回禄。」未食頃，光氣銷滅。明日，偕同人往訪之。縱橫皆里餘，居民室廬蕩然，碎瓦堆積尺餘厚。其地本舊叢葬處，商賈等平家列肆，遂成鬧區。焚毁之餘，尚存古墓數座，厥土亦赤埴墳矣。中有市房一所，赫熖不侵，巋然獨存。叩之，則藥局也。與同人私以爲此必鬻真藥者，不售人以欺，有符好生之德，故以真獲全。言未已，有客在旁聽之，睨而言曰：「君等謂彼乃以真藥全耶？余知之。余秋曩賃舂於彼，月光夜皓，風林習習。有問答過市者，一曰：『此間紅羊劫數，彼市僞藥者，欺人不少，當首屈一指。』一答曰：『爾但知彼之以僞售欺，而不知彼之以欺痊人也。夫醫家處方，方不應症者十有八九。病人飲藥，病不至死，飲藥致死者，十有八九。如使藥真應方，則引淺入深，引生入死，人不死於病而死於方，因以死於藥，此地居民早靡孑遺矣。惟彼以僞售藥，陰德浩大，與他家異。故飲他家藥者，十八九死。飲彼藥者，獨痊。彼藥雖不足以活人，而僞不足以殺人。世皆以爲醫方靈，乃不知彼實藥載僞也。醫因是處方，必謂主人購彼藥，兼以分惠，爾不日見其門如市耶？吾帝非不重惡其僞，而特宥其以僞留痊。世間十有八九人在者，悉彼僞藥之留餘也。吾等何得漫以應數，遠帝心耶？』」余聞客語，毛骨悚然。謂同人曰：「真乃致毒，僞而獲全，其然耶？其不然耶？」彼去塘角里餘紫金庵，梓樹一株，老影婆娑。是夕一火飛來，百餘年物焚毀無存者，又何説耶？

記誓神完案

蜀人好訟而信神，雖官斷平允而負者終不服，誓神乃已。官亦樂於神道設教之，可以息事也，聽不之禁。蓬溪縣民楊玉海、青湘、青梧叔侄三人以乾隆五十年分業。業堰水三座：上者名高笋堰，其次中堰，其次泉石下堰。高笋堰勢高，餘二堰勢注，中下堰水須經高笋堰下流。玉海得高笋堰田業一分，青湘、青梧兄弟得中下堰田業二分。堰雖三段，水只一河長流之水。故玉海等分業時，各執合約一紙，注明高笋堰餘水三人均用，上流下接，不准阻塞。又云其有堰坎洪水崩折，三人合工均挑，不得私堆云云。玉海分業以嘉慶二十一年買（賣）於王正和之祖王登瑛，契注所買高笋堰一座，餘水楊王兩姓灌救田産。青梧、青湘子孫又以道光三十年，將田業二分賣於貢生鐘瑞廷。瑞廷遵舊約，車水灌田。而王正和乃執契注餘水二字，禁不與。且以夏水陡發，堰垠冲刷，并不通知瑞廷，私移堰垠，佔據中堰之浸水井與堰身九丈餘，更築新垠，遂相搆訟。會署任令蔣少園若采詢諸農人，以爲餘水者，餘剩之水。况王係堰主，不當以賓奪主，斷歸正和，餘水亦應以二分歸正和。訟未結，蔣卸任去。本任令馬子緗寶書至，瑞廷復訟之。馬以田業既係三分，堰水應析三股，况關注高笋堰餘水三人均用，坎折三人合工均挑；正和契又注楊、王兩姓灌救田地，瑞廷應堰水二股，正和應堰水一股，餘水與否均置勿論。堰垠飭令折新還舊，以符原約。王族頗衆，恃强健訟，鍾亦心畏之，依馬所斷，仍遵諭，讓水一股，儘王車灌。正和佔二股，鍾佔一股，垠還舊約，以爲足饜正和之争心。已，正和乃復一訟於郡，再訟於藩，三訟於制府。適天使蒞蜀查辦案件，正和訟諸行轅，劄藩委審。余乃束裝馳蓬，提取全卷，查據兩造紅契、先年分關合約，質以鄰証等供，細加尋繹，餘水二字終無理據。依照原斷，判令兩股歸王，一股歸鍾，至王所築新埂折還舊埂。鍾瑞廷頗爲心肯。而王正和之子王天佑，頂黄執香，攬輿呼寃，其悖謬狡健如此，余將以法繩之，有廖明璠、李修廉者公爲懇和。初，余提訊時，兩造呶呶，詬争不已。王蹷鍾云：「爾能誓語城隍神，謂高笋堰埂非界新埂處者，我還爾埂。」鍾亦云：「爾敢誓神，謂高笋堰水我不應灌者，我全水讓爾。」至是，果如所言，争遂解。余雖以其非法，然非是無以解争端，姑如息懇，具禀詳覆。夫以訟搆數年，官歷三任一委員，費數千百言語文字，不能剖結此案。對神一誓而凍解冰消，宿忿頓蠲。天不言而歲功成，帝不言而治功成，官何力之有焉？

記詩像義山

常州吴碩甫大令特徵與余虞城相識，一見如故，遂定交。爲余言家有小像譜，前明人筆所繢，盡歷代名公像。以余深有似於李義山。夫以義山之奥古沉博，絶非余所能萬一。顧竊謂世之撏撦義山者，徒摹擬於字面之穠麗，而昧於命意之深微，非真能爲義山後身者也。道光己丑，吴巢松侍讀督學山左，蔣子瀟明經、褚仙根應椿茂才時在幕。蔣以余詩册呈侍讀，褚代爲跋語云：「華而不靡，艷而不冶，真得義山神韻者。昔馮定遠論詩，以温李爲宗，獨得正眼法藏，接跡風騷，當有傳人矣。」一像一詩，兩君之言如是，貌似耶？神似耶？余之不足爲義山，微余自知之。惜余垂老無成，不能盡讀義山所讀書，以自成一家之學耳。

記吴碩甫

碩甫天才放逸，豪氣凌空，狂歌痛飲，旁若無人。每醉後，輒放歌「天下英雄，使君與曹，餘子何堪共酒杯」一語，音調慷慨，淵淵作金石聲，響遏流雲。本與虞城令江門洪翁爲故人子，嘉慶庚辰建子月二十六日，迂道來省，至自河壖。明年正月二十一日，辭别赴都。將行之先一夕，江門翁爲設餞筵，洪幼褒上舍符孫、裘肅軒貳尹元穆、同村家兄暨余俱在座。酒酣，碩甫忽放聲大哭，淚灑四壁，見者黯然。江門翁素性曠達，至是亦爲之不懌，同爲勸止之。而碩甫猶嚎啕悲哽，情不自禁。言曰：「是會也，主人老矣，余輩四五人，年雖壯健，星散四方，各謀所生。今夕歡晏未央，來朝飛蓬獨轉，莽莽天涯，詎相見期，余淚所以誌也。」樂極悲來，愁嘆終夜，雞聲破曉，登車別去。自是鴻杳魚沉，不相聞問者二十餘年。江門翁以是夏六月歸道山。肅軒夫人，江門翁之姑母，亦終於署，肅軒挈柩還新建。秋，余登賢書。幼褒赴京兆試，不第，留都一年，明歲復鎩羽。此後遂斂翮秋風，不作長安夢想，以老記室，客游梁汴。家兄於丙戌歲用挑等選得教職，司考城訓五年，因事故還鄉里，辛丑病廢。先後如碩甫言。道光甲辰，余任商丘教諭，碩甫忽以名刺至。先年癸卯，余奉學使者檄，送諸生應録遺試，見幼褒於汴邸。幼褒爲余言：「碩甫春三月省妹於宋，驅車過汴，相與問訊，因不知余亦在宋，交臂錯過，懊悔返蜀。來年當再至，容相見也。」余乃知碩甫先仕錦州吏目，鬱鬱不得志。今欲圖一縣令，東飄西瞥，告貸不足。阿妹陳許與摒擋，爲成全之。萬里蜀道，策衛遲突，意有在也。握手一見，相與道離悰，罄款曲。鬢雖未皤，腮輔縐生，非復少年豐潤。盍碩甫與余同降甲寅，年各四十餘。感故人之憔悴，知余乃垂垂老矣。是時郡方試士，八屬廣文雲集。余喜，爲留健飲者，與醵飲。飛觵乍起，屢謝杯杓，燭未見拔，玉山就頹。噫嘻！碩甫往時勝氣何在，竟耗減於薄宦光陰，一至此耶？越數日，别去。迨余荐掣入蜀，而雪泥鴻爪，無從尋其蹤跡矣。

記洪幼襄

幼襄，上舍第三，稚存先生之子。狂而癡，故有洪獃子之目。其實非真癡，以癡玩世，而寓狂於癡，以隱其狂名。似癡，實黠。天分絶人，能承稚存先生家學。詩、古文、駢體，具體卷葹閣，饒有父風。自言生平所讀書，遺忘頗多。惟前後兩《漢書》、《昭明文選》、《聊齋志異》三種尚可背誦，不失一字。余戲以《聊齋》試之，雖提以二三字之爲句者，接誦下文，舌濤滾滾如翻水成，信如所云。嘉慶己卯，哲兄孟慈飴孫爲湖北東湖令，幼襄由任赴都，應京兆試。買車架箱，大馬皇皇。行至蘆溝橋，執鞭人有意發難，連鞭速馬，奔馳如飛。爲邏税卒所執，詐以逃税，意欲索其重賂，拘留税廳，怒令啟箱驗貨，將以窘之。洪不服，嚷曰：「我箱非貨，乃文與書。汝如欲讀書，匙故在，給汝，汝自啟鑰取之。」盖他物至關，關役驗載重輕，無不居奇舞弊，獨書非役所耐見，故不肯收匙。洪時坐税局門限上，忽發大聲，摇頭拍膝，朗誦

「古之爲關也，將以禦暴；今之爲關也，將以爲暴」，文藝沉鬱頓挫，慷爽淋漓，口操吴音，鈎輈格磔。役莫辨一字，不省所爲，瞪目相視，鑾不可耐。役與鬧，鬧愈甚，誦聲愈高，觀者紛若。誦已，輒揚言曰：「我上舍生也。辛苦二三年，始遇例得一入秋闈，獵科名。作官，將治汝鼠輩。日夕盼盼，如老宫女之望幸。行數千里路來，汝乃阻我，不令至國門，使余廢業失時，將何以應場屋？顧日影欲落，我且襆被於此，伊吾達旦，作寒號蟲矣！」言未已，誦聲又大作，聲震屋瓦。司關者聞鬨出視，悉其赴試舉子，呵役善遣之。役終不敢啟鑰撿箱，洪登車去。初，洪江門先生令吾邑，余以童子試受知。旋因事改補虞城，先生招余游虞城，幼褒來作記室，住分東西屋。一見扣余屬籍，余應以河南。洪吴音曰：「中州河南耶？湖北湖南耶？」再答以中州。幼褒瞪目視天，忽作傖語曰：「河南人知甚卵？」余詫其不近人情，言不雅馴，屏弗與通。居無何，乃悟河南人非果無知者，數詣余謝過，且請定兄弟交。余爲蘇秦語戲之，而幼褒無以自剖也。幼褒長余十年，遂事以兄禮。余學長吉，句有「猱猱泣月魑呼風」一語，幼褒好誦之。道光癸卯，余於役汴城，與相見於旅邸，爲别二十餘年矣。傾談契闊，幼褒忽以手踞案，努目鼓腮，一字一頓，風字音特拖響曰：「猱猱泣月魑呼風」。年逾六旬，而老有童心如此。

記血食觀音

蜀人信神，神易靈，亦易與。往往有今日頑石，明日即爲靈神者。石工斤斫肖像，耳目口鼻彷彿形似，不必全體具足。早有香楮酒醴求福祈靈，拜禱於前，而正神殊增落寞，實爲怪事。其酬神，草鞋一兩，紙糊靴鞋各一雙，或剪紙作眼鏡，費錢雖多不過十數文，交足矣，大約呼役夫等所爲。亦有盤承小魚一尾、雞一隻、肉一方、酒一杯者，酬畢，攜歸而已。更有殺雞酬神，雞血灌神頂，淋漓頭面。雞毛濡血，以粘神口。剁雞爪二隻，挂神左右。污穢狼籍，遍滿座前。乞兒牧豎所不堪，而神以用靈。道光己酉，余始入蜀，至簡州，道左築室登登憑憑，土木之工數十人，各執所役，忙迫實甚。意此非旅所，即築居室，亦不應急急如是。叩之工人，工人曰：「此神靈事，應非遠人所知。曩有一觀音菩薩來示梦富室曰：『我宜血食此方，爾爲我置龕建廟，我能福佑爾。我已自至，不可忽也。』富室明日驗之，果觀音像一軀，塵霾泥塗，坐蓮花龕，庄嚴不誣，遂以醵金創造，我乃應役。彼香雲繚繞中，婦孺稽拜即梦中菩薩也。」余視之，尺餘高，金裝整齊。又明年，再過其地，則棟宇丹雘，翬飛鳥革，非復曩時草創。昔來觀音已血毛涂滿，竟如市所鬻小兒耍物毛猴兒矣。觀音歷劫，一至於此。草鞋纍纍，如瓔珞下垂。紙靴鞋、紙眼鏡、雞爪無數，充滿梁棟間。吾不知觀音大士須此等物事何用？夫大士禋祀遍天下，雖婦人孺子，齋供俱素，而蜀來觀音竟食雞魚肉酒者，抑又何耶？

記莫梅亭、龔少蓮

莫梅亭崧，浙之蕭山人，自號蕭船生。初攻制舉業，數試不售，改學申韓家言。道光壬辰，子瀟客光郡刺史署，司筆墨事。梅亭佐刑幕，與余一見，歡然如故舊交，云從子瀟處數讀余艷體詩，心竊慕之，不料果相見之恨晚。余詩無師法，不足言詩。而梅亭顧愛好之，想亦三生香火，别有因緣也。辛丑夏，余司鐸商邱，新太守胡實甫先生蒞任，余以屬僚禮謁見。舘舍諸吏胥喧言：「幕賓至。」甫降輿，則梅亭也。相揖道故歡洽之懷，形於顏色，謂：「十年闊別，一旦聚首，從此可以長相見矣。」余每一入郡齋謁太守，梅亭必留余款談，既久始出，率以爲常，而太守亦以是爲余青目。梅亭自别光郡後，專心古文，詩非所詣。然閒一作韻語，逸趣横生，風致自别。偶出舊著《客游記艷》四卷，索余弁言。弁言者十餘人，梅亭輒不如意，但留子瀟一敘。謂余曰：「此空紙數頁，惟待足下補之。」爲弁言已，而梅亭果喜曰：「余此書籍兩君敘言傳矣。」余尤不善古文法，梅亭顧愛好之者，一如愛余詩也。梅亭在歸德購寓宅一區，運工修造，以意參差，起園林，疊石爲假山，穿曲水成小渠。激水自石罅中流出，濆高數尺，引起如綫，水落池中，作散珠拋濺，殊極思致。性好客，調和羹膾，皆出己意。飲筵所設，盡五代窨口物，古色爛斑，令人目不暇給，所盛味必不負其器。故延客亦必與其器，稱非此則不示以器，只徒倆遇之耳。二十一年乙巳，余以薦牘去商邱，音問遂邈。己酉來蜀，迢迢數千里遥，益不可得見。然中心藏之，思曷但已！適捧大吏檄緝寇眉州，謁刺史。刺史先以事赴省垣，司閽者請曰：「主人事率與幕商之。」遂趨幕齋。見幕几瓶荷一枝，斜攲新葉，折作數曲，有畫意。意此公胸襟如是，當不俗。未幾，揭簾出見，宛然梅亭也，無一不似，但吴越音小異梅亭，多中州語。

幕者，龍少蓮禮也。與語，大款洽，一如梅亭。頗豪氣，能古文辭，喜談兵。公事急迫，蒼黃别去。比再見成都，遂與訂交。嗚呼！吾久不見梅亭，見似梅亭者，即梅亭也。少蓮好獎譽人材，遇所愛，逢人説項。余故碌碌，與人無短長，絶口不立語言文字禪，聊以藏拙。自與少蓮遇，遂以是有知余能文者。余雖不足當文字名，以此受人知，實少蓮開之也。少蓮今客錦州，司刑席，楊縝亭刺史倚其佐理。少蓮與梅亭皆近幕之錚錚者。

記雨工臺

去汴城東南隅二里，有繁臺，即師曠吹臺，今爲禹王臺。或曰：「是雨工之訛，非禹王。」雨工者，女神。初，學使者多病瘵死，不知所由。有某公者，風骨卓立，以道學自負，督學中州。甫蒞任，家口尚留京師。公燃燭夜閲文卷，更既深，一舉首，見美女子侍案側，古妝鬟髮，明艷妖麗。公訶之，謂曰：「爾何爲來？」對曰：「妾來服侍大人。」言語媚生，目波流注，一縷穠香直從頰齒漬來，沁入脾竅。忽覺心動，恣爾上下，蕩不可禁。公轉念默忖：「此妖物也，奈何爲所迷惘？」猝以劍砍之，落其一臂。女嘎然一聲，破欞而去。拾視之，泥臂也，宛有血痕。明日，檄祥符，令遣役廣搜城内外廟宇中有塑女神像失一臂者來告。役尋至雨工臺。神臂闕如，果如公言。具以白公，公令以臂合之而符。遂毁其像，改塑高適、李白、杜甫三公像，爲三賢祠。每歲九日爲汴人士登高勝游處，學使自是少病瘵者。

記紅姑娘

汴城曹門有女狐紅姑娘，端麗明慧，好着紅色衣，故人以紅姑娘呼之。一老卒，年六十餘，每夕值宿城樓，飲酒酣卧，女輒來嬲其睡。翁不耐煩，猝執其臂，嚇以刀曰：「殺却。」女懼甚，顫聲曰：「翁勿殺我，我願爲翁女，不相負也。」卒惻然心動，釋之。女自是日以百錢饋翁，翁得錢遂買酒醉。有時困卧，女來視其衾褥，以手撫之，然後去，孝事殆過於真女。卒亦怡然，忘其狐女也。有少年健兒，聞其事，謂翁曰：「渠爲翁女，我願爲翁婿。盍牉合焉？事翁當如子。」女怒曰：「砍頭兒乃敢肆狂言，穢爾姑娘耶？」健兒日夕詗女，欲掩逼之。一夕，卒未歸，健兒潛伏翁榻。女來省翁寢，遽爲健兒所捉，酷不放手，强與狎。女哀之曰：「已入汝手，尚何能逃？但此翁衾也，何可與汝共綢繆？請與同至奴寢，作長夜之歡，何如？」健兒信之，然慮其迍（遁）去，仍曳其袪。引至一小室，屜窗繡闥，蘭蕙盈階，花香溢入榻際，羅帷錦被，生平未睹。是時，健兒早沉醉鄉，力不可支。甫臨榻，玉山遽穨，鼾聲四起矣。比淩晨，有登厠者，見一人横卧屙側，糞溺不辨頭面，尚呶呶作狎語，某以足踢醒之。昨日所見蘭蕙錦繡，皆溷物也。自是得口臭疾，日逐市廛，雖相去數十百步外，令人掩鼻，輒不可近。

記七姓聯猪

堪輿師某就聘巨室，代爲尋龍脉。終年，既無以應命，歲暮告歸。道出山徑，日色向曛，遠無人煙。不得已，投山寺宿焉。寺故無住持僧，乞兒七人占以爲家。七人者，敦兄弟之誼，孝友甚。汪姓居長，六人遂舍己之姓而姓長兄之汪。晝乞夕歸，各出所有，掃葉積薪，煮鐺作五候鯖，飲食醉飽，樂以陶然。雖家庭之愛，不啻也。歲逼除夕，頗儲年料。素以乞餘，公養母猪一口，博碩肥腯。盖七人雖以乞度活，襤褸澣濯，與常乞異。重以汪兄御弟，循循法度，乞亦有道，故能居積。見某至，相與問詢，知爲地師，甚敬重之。夜既深，風雪大作。明日凌晨，雪封徑迷，萬壑一白，鵝毳舞空，天花細散，自是彌漫墮地，輒無已時。某愁嘆窘迫之狀，不可名言。諸乞請曰：「天時如此，先生愁嘆亦復何益？儻不以乞輩爲穢，酒肉尚堪供養，寒山破寺暫度殘臘。一俟春風轉煦，快雪時晴，再卜行期。」某無耐何，聊從其言。元日既過，上元又來一雪，兼旬始復。林表明霽，雪欲消融。某日，徘徊寺門，但見群峰合沓，蜿蜒迴抱，齊拱寺左右，大爲有情。巒頭砂水，氣象深厚，信佳兆也。而寺非結聚之所，日夕尋覓，忽得穴數武以外，意大暢快。欲歸獻諸東人，道路云遠，又恐不中東人意。隱念諸乞孝友如是，實感其誠。遂以謀諸乞曰：「某以遭遇天道，勢逼處此。厚承嘉惠，深愧無以爲謝。不意猝於寺外相得吉穴，儻能葬是，不出十年，定獲巨富。某相地有年，自信不謬。諸君亦有可與謀者乎？」諸乞對曰：「乞等少失父母，故漂泊行乞。七人同病，何堪此福？」師曰：「無須他計，但得血肉之物，爾輩姑以父母禮葬之，應無不驗。」諸乞笑曰：「我輩惟此一猪，可老母呼之。母豈可殺而埋諸？」遂一笑置之。是夜，猪果死。某大喜曰：「天生是穴，殆爲是猪也。」聳七人葬以母禮，嚎呼痛哭，焚楮奠祭。某爲開穴，下猪葬，一如法。此時雪消徑現，告別而歸。七人如故乞，越年。市有設腐醬園，主人日見七乞往來，誠樸殷勤，非僅游手終身者。謂曰：「爾弟兄年將壯盛，徒以乞廢，而不思所以自立，宜其餓死，無人憐憫。爾盍舍乞而傭，我以值雇汝，不較勝死於乞耶？」七人頓首稱願。園主人籍其勤，日有起色。數年，主人無子，欲退閒。乃乞七人曰：「我垂髦，何戀此勞勞爲？姑賃爾等，爲創業基。爾等但如故力勤，勿將以怠惰。他日皆能致富，厚此業，殊不負人。」七人傾所蓄雇值，以爲賃貲，同心齊力，腐名日盛。後遂奉主人，以厚值購其居。未至十年，富竟不可以數計。相傳爲七姓聯猪汪家云。

記屋上火高

族叔虞書翁家邑南山之王家河，爲人性伉直，好與人排難解紛，品騭不平事。其地去鍾家嶺數十里，鍾翁世富。忽有狐作鬧，日夕不寧。鍾翁謂狐曰：「王家河王翁處，有樓五楹，空無人居，依山起址，閒廠明亮。汝盍不移家於彼，而鬧我爲？」狐哂曰：「翁何言之謬也。王翁有盛德，彼家屋上火高三尺餘，我等胡可以居？且我等所寄亦非肯妄禍人者。假使翁家兒女輩不日以駡訾相加，我亦曷爲使人不奈煩？翁勿怨我輩，但能禁爾家兒女，我自相安矣。」翁細訪家人，果如所言，遂禁之。狐亦寂然。

記牧羊、持算

牧羊某素不識數。凡數物，雖自一以至百千，但以一箇一箇云云，排次數之，能不失一。主人使牧羊數百群，某朝以一箇一箇數而出，暮以一箇一箇數而入。有失群者，則大嘩曰：「某一箇某一箇少矣。」羊毛色亦能辨之，極力尋以歸，主人終年不失一羊。

又有善算人，手不持籌，一人執數薄讀之，雖讀且速，讀已，而彼數已成，不爽微杪。又兩人可謂專精之至，極於神妙矣！

記作料教授

道光辛丑，中州計典。歸德閻舒庵永泰教授以年登八十四，入計數。未揭榜之前，郡守胡碩甫先生自汴省還署，招余與崔梅溪司訓，謂曰：「閻先生殆不免，方伯以謂予，而予數以爲請。方伯曰：『其人八十四，年老而惛，兩耳重聽，且爲人供刀筆役，胡可容也？』予曰：『教授年雖高，精神矍鑠。品與學，歸人士所欽愛。供刀筆役，守實未聞。方伯顧何從知之？』方伯笑曰：『此作料也，舍是，吾無以供烹調，守勿多言。』」因是相與嘆息。余作而言曰：「大人者，陟人不惟德，而黜人惟其年。教諭不爲閻教授惜，而深爲亞聖危。假使孟子在今日，當亦難逃此厄矣，彼獨非八十四耶？」郡伯囅然曰：「據汝所云，則如來佛祖亦墮此泥犁獄中。」

記到河心死

攝三臺縣章晉洲大令爕爲余言：表兄某孝廉意欲買妾，而妻不允。其妻妒而悍，威振閫外。雖戚友輩以計勸之，百折不回，誓死不渝，孝廉竟無如之何。適妻病，延醫調治。孝廉錯亂用藥，妻服藥而死，孝廉遂伸其志。會禮部試士，諸同人計偕北上，孝廉輿馳驛往。途中，妻形屢現，諸同人亦共睹之。行抵鄭州，諸同人相與沮曰：「明日將渡河矣，尊閫生爲悍婦，死爲厲鬼，屢現形魄。如是，勢必不甘心於爾，爾不可以渡河。如渡河，某等亦不願與爾同舟共濟。」孝廉尤不服，徑至滎澤口。將臨河壖，猛見其妻已早在舟中。孝廉怍而返，遂不渡河。諸同人謂曰：「諺所謂不到黃河心不死，今始信之。」

記燐火求雪

又言：尊人房師之封翁王太夫子，就館黔撫刑席。夕，於署齋忽見燐火飛滿牆壁間，欻忽去來。隱念時冬月也，何尚多此螢火？明夕，亦如之。時遵義府有告反案者，擒獲七百餘人。由府道臬使處，業已定讞，梟斬四百人，絞遣二百餘人，方申中丞。封翁大悟，乃焚香默告曰：「誠知是獄必冤，爾等皆反黨祖考來求庇耳。但此案余必細心研核，期無冤濫，爾等不必再來。」讞成，梟三人，斬四人，斬候七人，絞遣十四人，其餘裹脅無辜一爲洗雪，飛燐果不復至。迨部覆到日，封翁辭館。東人雖懇誠挽留，誓不可回。封翁六子科甲聯綿，稱盛族云。

記落花如梦圖

敖讓泉明經廉臣爲余言：元配周氏，福建漳浦令周培之妹。生而貌美肌香，能書，善詩畫。歸明經，伉儷之情甚篤。歸八年，而病既危。明經日夜爲調藥，寢食俱忘。困頓倚衾側，忽遇故人劉茂才坤田問曰：「讓泉，爾婦歸爾幾年矣？」答曰：「八年。」周太息曰：「八年一梦耳！可嘆。」時劉亡已久，梦中輒不記憶。傾，一人執畫卷一册招呼曰：「讓泉，爾來看此圖。」展視則楊柳綠穠，桃花紅嫩，參差三五樹，一美人欹睡其旁，作嬌惰之態，降英滿地，横題「落花如梦圖」。驚而醒，方疑不祥，周泣訴曰：「人生虧心事斷不可爲。儂江南鄧秀才也，死一婢，折人一足。今生無過，前生事發矣。」言訖遂歿。明經仿績「落花如梦圖」，以誌悼亡之意。嵩與九觀察、王雪嶠大令諸公題詩甚夥。此圖，余親見之。

記白衣大厲

吴孝廉就館某部郎家。一夕，二更既盡，館僮睡寂，人馬無聲。孝廉開門獨步，月白如晝，忽見一白衣人自馬房出，高過屋檐，長約數丈。大怖，狂奔閉門，抵以桌凳諸物，登榻，蒙被而卧，戰汗淋漓。次日逼午，尚未啓户，館僮以報主人。主人至，大呼始應，孝廉猶作顫縮之聲。延東人入，語以所見。東人神色懊喪，顔變如土，嘆息曰：「此不祥徵，於今三見矣。一見於先祖時，先祖旋以事正法。再見於先君，先君遇變，一如先祖。今此三見，余禍且不測，先生無恙。」是年，部案發，部郎一如所自言。

記孝廉捉妖

某孝廉春闈不第，裹被自負，徒步旋歸。走至山東道，猝睹一人踽踽而來，自言自語云：「主人老不解事，使予尋請捉妖人。青天白日，捉妖人何在，予能尋請耶？」孝廉資斧既竭，躊躇無計。聞其人語，呼謂之曰：「爾語云何？」其人以實對，且曰：「主人之愛女爲妖所磨，驅遣不肯去，乃使予廣尋捉妖人。予實未聞有捉妖人姓名，故切切私語。」孝廉腹且餓，計欲藉誑一餐，謂曰：「微言出於汝口，入於余耳，幾使當面错过。我即善捉妖人也，汝以余白爾主人。余至，妖斯得。不尔，亦當遠避去。」其人大喜，導孝廉走三五里。甫至主人莊，狂奔大呼，入而報主人曰：「我請得捉妖人至矣。」家人聞呼，雜沓群出，聚觀捉妖人。主翁盛服肅客，稍通問訊。孝廉作江右人語曰：「我孝廉，貴溪县人。少讀書龍虎山，與上清宫張真人友善。真人諸法師皆輩行，故我盡得捉妖術。凡爲某某家數捉妖誅之，妖何能爲？」語加粉飾，神色飛揚。主人信以爲神，升諸上座。爲闢静室，布壇場，諸所需物應命如響。孝廉仗劍做法，口語喃喃。顧孝廉實無法捉妖，所誦率以周易代咒語，意圖一飯，應不應，誠非所計。而主翁切欲治女，侍奉惟謹。子侄輩以次巡邏，惟恐其去。越兩日，無徵驗。欲藉故遁，無隙可乘，窘甚。三日凌晨，以告便登厠，辭主人，謂勿相從。登厠既久，主人疊爲遥瞻，遁益無罅。忽訝厠隅積草蠕動，揭視，則一白猬也，潛伏跼縮。孝廉大喜，呼謝曰：「蝟兄，爾乃肯爲我作脱身地乎？」裹以巾幅，繫藏腰際。歸室，召主翁囑曰：「今日妖來畢命，凡門枋窗櫺當嚴密封錮。是妖變化通靈，雖鍼鋒微孔輒能竄逃，爾輩萬勿潛觀。但聽我劍響三拍，妖無遁所矣。」主人惟命。始聞孝廉與作勸慰語，既而有格鬥聲，已而擊撞聲甚厲。孝廉以劍拍案，罵曰：「孽物！爾不自投罈中，乃欲待我親縛耶？我梟汝首矣。」如是者凡三擊，群闖入視。孝廉作狀力憊，以手加額曰：「妖物伏矣！伏矣！」插劍拄罈，唧唧有聲。相與歡賀，裂紅布覆之，扎以綵縷，封硃符數道，使人舁諸五里而遥，掘坎深丈餘，瘞其罎，妖果寂然。主翁酬以白金數十兩，飽飫三日，孝廉以歸。

記司空還金

金大司空，談者遺其名。爲孝廉時，貧甚。告貸數金，徒步入都，將應禮部試。行至直隸道，金已盡，緼袍一襲之外，餘單布褌而已。不得已，脱褌賣之，得錢百餘文。日垂暮，雇驢一頭，揚鞭得得，跨抵逆旅。數錢付驢翁，謂曰：「勿策歸。此驢頗勝他騎，明日我復乘。」呼主人至，囑曰：「我雖隻身，然腰攜橐金，主人當處我以静室，勿爲穿窬所苦。」主人大言曰：「我百餘年老旅店也，烏有是。儻有絲毫遺失者，我與倍償，客且安枕卧。」司空罄褌值，沽酒市肉，飲食醉飽。將寢，復申前語，叮嚀主人。主人不耐煩，謂客何如是瑣瑣者爲？亦申前語應之。司空閉門，頃之，鼾聲大作。迨雞鳴促駕，諸逆旅車馬登程，以次鳴鐸而行。司空大呼館主人：「余被竊。余昨夕如何叮嚀，主人唾不顧。今褌且被竊去，腰繫二十餘金，同歸烏有。無褌與金，不可行。行，餓且死。」主人至，與辯無賊，觀者紛若。金曰：「我，孝廉也，赴試春闈。況天寒如是，豈有不着褲能行數千里路者？」衆驗其無褲，信果被賊。群詬主人，主人語塞，償金與褲。金至都，以是歲捷南宮第，選授翰林。越數年，典試他省差，旋過故逆旅。呼前主人至，酬以白銀二百兩，且告以故。謂：「我當時若不誆爾金，行餓且死，何以有今日？我固無賴，主人實盛德，此金所以報也。」主人叩頭，受金而退。

記祥符城隍

懷慶某茂才赴汴秋試，餘暑尚熾，息坐道側，啜茹消渴。旋風適起於前，某乃提壺，瀉滿一盂，奠而祝之曰：「爲神爲鬼，請喫我一杯茶去。」旋風盤迴稍停，滾滾飇塵而散。既抵汴，安寓未久，忽一健卒持名刺來投曰：「奉我官命，敦請某先生臨署一敘。」問何官，答言祥符令。閱刺名，非是，且素昧平生。而卒述官意，諄懇甚迫。不得已，具衣冠，試往拜之，卒導以行。行至一衙，非祥符署。主官出延，則冠帶章服悉遵前朝制度，心增訝異。官春煦盎面，肅客就坐。謂曰：「君勿見詫。我非令，實祥符城隍神。曩以公事入懷，道出君前，蒙以杯茶分惠。爾時病渴内焰，得杯茶如飲瓊漿、咽甘露，頃頓清涼。冥感未已，聊延一飱，以報舊德。知君長者，惠然肯來。藉述交誼耳。」已而，杯盤雜陳，肴珍備舉。神曰：「此皆買自民間，非冥中物，君可下箸，我仍陪以清茗。」既醉既飫，生告謝且叩科名。神曰：「科名自君宿分，但場屋中須刻意爲文，操觚慎勿率爾。文字既合，科名斯得。」是歲，生竟報罷。次科復至，神如故以卒延生，相與道契闊。談至前科失利，生曰：「尊神亦有誕語時耶？」神曰：「非我誕語，矬屋辛苦，人生自有定數。我向以實語君，君必挾策而歸，三場欠九，日毷氉，名必移遲，一科緩中三年，是我誤君矣。今科高登桂籍，快賦鹿鳴而去，請勿復疑。特自此一别，黄河路遠，人神道殊，恐相見期難預再卜。」揭曉，生果雋。此後不從入汴，如神所言。

記白龍行雨

道光二十八年戊申，束裝入都。行至山東境，日既西傾，烏雲陡長，頃刻之間，雲散如裁。一白龍自雲際拖下，長約數丈，粗於巨棟，繚繞徐久。日光鱗色，照耀如銀。重以素濤逆流，濆花雪漫，與晶甲萬片滉漾輝映，真奇觀也。瞥目一瞬，縮纔盈指，蚴蟉天矯，又似飛電掣虵。斯時雲開青露，龍亦不知所在。越二日，天晴如故，略無雨意。三日至董口，甫抵旅店，襆被既展，風狂大作，燈滅室暗，怪雨獰來。初更轉點，雨歇風停，漏屋淋榻，室與院深俱數尺，輾轉終夜，莫可言狀。明日，展軨起程。自董口至新舊濮州，縱横百餘里，平地水没車箱，紅芋引藤，與荇菜參差。車如小舟，蕩摇波中。馬騾駢耳，屢欲伏地。數覓引道，人亦不知水深。所際真一生未遇之雨也。

記黃風旋河

道光元年辛巳秋七月，自虞城赴汴。車走蘭儀堤上，陡覺天昏地黯。黃風從南來，揚沙擁塵，蔽虧萬樹，顛簸拜舞，作勢披靡。黃河水旋起數丈，粗於夏屋。衝濤激浪，飛灑如雨。礮轉輪馳，揚沫徑渡。而塵蘙所過，車上略無纖埃，亦一奇也。

記寢榻自起

癸巳，出都結伴，共車五輛。行抵商家林，龍雨猝至，冰雹所墮，圓如轉丸，色如硨磲。已落復颺，又似擊球。雨勢既歇，日剛過午，而潦深没軌，車不可行，遂駐旅店。房本三楹，間以版壁，分作兩室。家兄喜其一室獨宿，襆被安榻。二更初轉，業經就寢。於朦朧之中，若聞有人語咭噥。時也，鐙光未滅，忽見縮小如豆。寢榻無故，自欲倒起。大怖而號，榻落有聲。振臂披衣，趿履竄出，呼店主。人堅白無異，乃移被同室，寢成孔安。

記大風失道

丙戌赴都，暨紫庭、同村兩家兄暨余三人。至亳州，賃車一輛。行抵雄縣，節逾二月中旬。朦朧初月，白黯無光，似帶風色。此時尚未風也，酣寢梦迴，雞聲促駕，頓覺襆被壓人。呼燭就視，則榻既沙埋，衾褥俱滿，寒氣驀然增劇。一夜風狂，沉沉睡不知也。黎明，風稍緩，天地塵昏，幕不見人。公車數十輛，紛出諸店。有議渡固安河入南西門者，或言出涿州、良鄉道入彰義門便。已而，衆車攬轡固安而去，余執鞭人堅以過蘆溝橋入彰義門爲辭。策馬入城，出其北關，行甫里餘，風又大作。但見沙磧茫茫，黃塵滾滾，野鳥不飛，挺獸滅跡，叫號衝突，曠無人煙，上下四旁，莫辨路徑。竭盡一日之力，南轅北轍，東騾西馳，彌漫混沌，走不知所往。迨月落風息，雲破星流，遠望板屋蕞聚，鐙光熒閃，知是人家。驅車就之，乃王克店也。去城十里，爲文山吊古處。其地非逆旅所，叩門索宿，主人辭不留賓。哀與婉商，費制錢貳千餘，始允投舍。馬力云疲，人腸饑轉，破窗屋小，月暗鐙昏。兄弟三人枵腹相對，面垢不浣，驤神屢訴，寒飆慘慄，羇苦終宵。明朝發軔，登車而北。越今垂三十年，每一追憶，肌粟塵凝。

記河内疑案

崔梅溪言河内申勉旃孝廉有弟子某生，應懷慶府試，結伴數人，同寓樓上。一夕，諸同人於樓下門葉子戲，某生已寢。二更向盡，共見生下樓而去，遂不憶其未歸。明日遍尋，得諸三里而遥，屍横道側。報官驗視，周身略無傷痕，衣履如故，惟一絮裩失。去數日，胥擒種菜園人至，訊之。云：「絮裩拾諸途中，不知何人所遺，實未見屍。」控經累年，官閲數任，終無端緒，遂成疑案。梅溪曰：「予數以叩諸刑幕，咸歸之於鬼。顧驗既無傷，人何由死？死何由三里而遥？鬼耶？人耶？讞何以定耶？」

記冤鬼逐官

貴州孫進士翹江，道光時補河間令，前生事發，傳者以爲異事。初，孫於乾隆中以進士宰肅甯，有某室女既聘未婚，其夫家以有所嫌控諸官，官欲曲護之。幕友某見女體豐，疑其姦，私嗾令。令雖不以爲然，而語雜掩映。女恚恨，自縊而死。事隔六十餘年，前卷尚存，宿冤未雪。孫以再生作令舊治，兩世相逢，女勢不輕放。時形迷惘，訴諸縣城隍神。神適女夫，藉語署人，禁女曰：「我爲縣城隍神，故是爾夫。令有孝行，故得再以進士爲縣令。且當日疑爾，意出幕友，非官。爾自死於輕生，不可以仇令。爾如不利於令，我不宥爾。」女嘩辯曰：「幕早治以抽腸。官爲縣主，不應以冤人。且言出於官，非出於幕。爲官冤人如是，不可以爲官。爲官，我不釋令。」太守知其事，申諸制府。制府以孫爲令有賢聲，且用神鬼杳冥事去賢宰，非法，乃調孫令易州之廣昌縣。蒞任未幾，而女復至廣昌。罵曰：「昏官！爾又在此冤人耶？爾不可以爲官。爾如爲官，我終不貸爾。」孫大怖。不得已，改掣福建。孫在河間日，訪諸老吏胥某，幕友實病痢死，故女云治以抽腸。

記書毒荊川

唐荊川先生一代名儒，與趙蓉湖輩應隔天淵。或言世俗所演「古玉杯」戲劇，所稱唐表伯者，即荊川也。曩閱姚平山《綱鑑契要》，載「殺巡撫王忬」事細注：忬有古畫，嚴嵩索之。忬不與，易以摹本。有識畫者，爲辨其贋。嵩恚，誣以失誤軍機，殺之。不著識畫人姓名，是與否當亦有因。洪幼裒曰：「古畫者，《清明上河圖》也。鳳洲既抱終天之恨，懷不共戴天之仇，思有以報荊川。數遣刺客刺之，志不得伸。先生善兵法，自知不免，所以爲防護者亦甚備。顧好專居静室，避家人囂。一夕，夜既深，明燭觀書。有客自背後握其髮，將加白刃。先生曰：『爾勿然！我，書生也，手無縛雞力。今落汝手，知復何逃？但一言相商，汝且釋我，我有遺囑，書留家人，書畢就死，惟汝所爲。』其人立俟案側。先生書數字，筆頭脱落，乃以管就燭，佯爲治筆。管即毒弩，火熱機發，鏃貫刺客喉嚨而斃。鳳洲計無所施，後偶遇於朝房。先生曰：『不見鳳洲久，諒有所著。』答以聊撰小説一部。扣其書名，云：『《金瓶梅》，敘述西門慶、潘金蓮等污穢事。』其時鳳洲實無所撰，姑以誑語應爾。先生喜聞褻語，是所素性，索書甚切。鳳洲歸，廣召梓工，隨撰發刊，鋟版既竣，輒以毒水醮墨刷印裝訂，呈諸荊川。先生閱書甚快而爲性甚急，不盡卷不止。墨濃紙黏，猝不可揭，乃屢以手指潤口津揭書。書盡毒發，荊川遂死。世以鳳洲此書爲毒死嚴東樓，不知東樓自正法死。毒死者，唐荊川也。爲賢者諱，故傳聞以訛。」洪幼褱説此，未知果然否？抑余在商邱日，又聞古玉杯者實温涼盞，是宋莊敏公纁事，盞今尚存宋氏。

卷七

記酌酒焚史

畢秋帆尚書巡撫河南日，洪雅（稚）存、孫淵如兩先生在幕府掌牋奏。於時，禁書之令尚嚴，而永城劉姓私史案發，株連數百人。讞上中丞，當起奏稿。兩先生謀曰：「是案數百人，將匆寃抑。書名曰史，談何容易。何如令取其書，閱其果有當於史裁，抑書中果有悖謬與否？然後落筆，不晚也。」兩先生以白尚書。尚書遣索原書，送兩先生處。適方炙壚圍火，兩先生酌酒讀史以當漢書。每讀一葉，輒將一葉投火焚之曰：「此何足以爲史？」焚讀既已，史書歸灰燼，無據定讞矣。刑幕某聞之，大怒，訴尚書曰：「此案奏入，東人加銜宮保，贈爵秩。不料爲兩狂生所壞，兩狂生烏可留也？不，某且辭去。」尚書謝曰：「加與贈，姑非所議，先生勿怒。館事去留，敬惟先生命。兩狂生者，某雖無官，未可一日離左右，先生休矣！」後洪以乾隆庚戌會試成進士，孫以乾隆丁未會試成進士。兩先生皆以廷試第二人榜眼及第，著作鴻富，爲一代傳人。

記大風徙廬

嘉慶中，蘭儀鄉民某住居茅廬一間。曉起，煮粥滿釜，息坐繩床。尚未就食，大風忽至。揭廬，與床、與人、與釜置半空中。御風而行，遠徙四十里。風頭已竄，餘威漸歇，諸物冉冉以次墮地。廬茅不飛，床無傾踣，釜無漫溢，人安然坐床無恙。真異聞也。道光壬辰余過其地，居民爲余言。

記風埋廳官

蘭儀廳司馬某公，少藉兄嫂貲，得職官，分補東河。兄嫂病，謂某曰：「叔今得官矣。爾侄庸愚材，他日恐不足以自給。儻念孔懷之誼，推人及烏，惟叔賙恤之。我二人雖死，瞑目不忘。」某公本精能，爲大憲所喜。積勤勞，薦升司馬。侄數數來省叔，叔忘兄嫂遺言，深厭之。且囑司閽者，來弗與通，不與一面，侄大哭，哀號父母而去。是夜，梦兄嫂怒甚，索與算账。明日，駕騾輿巡視河堤。路稍遠，暴風驟起，揚沙簸塵，聲如山崩海立，對面不可見人。執鞭者策騾奔署，騾驚，逸足狂竄，顛某公墮地，役胥皆不知也。迨至署，車簾一揭，則主官不見，群相哄詫。是時，風起愈暴，人不得立，目不得張，出屋廬不得以跬步。移一日夜，風威漸息。村農有富翁某，遠聞呼救聲甚疾。迎風尋之，則聲出土中，全身沙埋，僅露首面，目瞑口張，尚堪作聲。叩之，則廳司馬官也。翁大駭，奔招家人。畚鍤齊施，掘土而出，以棧車迎至莊廳。爲熱漿湯，濯面拂衣，殷勤備至。將息兩日，精神還原，署中人始尋以歸。司馬知富翁有鍾愛女，年才及笄，且感翁活命恩，呼女出見，結爲義女。以時迓至廳署，所以賜予者甚厚。余雖熟悉其人，不欲顯露姓名。略述其事，以爲薄待兄子，而厚他人息女者箴規。

記貞女幽謝

咸豐甲寅秋九月，余奉檄梓州，住居督學使院。审案之暇，紀吾邑城内起蛟，淹死馬生龍驤，附記生女爲其姑逼娼，不從，自縊而死數語。越十日，梦一女子，淡妝素服。携小鬟，年十三四。幽媚可憐，滿室盡作蓮花香氣。向余拜謝，余方驚避，女曰：「君不憶識女父龍驤耶？當惡姑威逼時，日夕挫折，百端自念，書生之女不可以玷辱先人。縱復苟延偷生，終知不免，遂投繯而死。賫志四十餘年，無從伸雪。不料君以椽筆超登節烈，使九幽之魂一朝光同日月，故來致謝耳。」余遂叩以枉死者討替投生，汝何遲遲？對曰：「投繯後，冥王以女枉死，陰律不收。且嘉女貞潔不污，盡女討替。女言前生既已墮落，再世有何好生？况一經討替，更增一番罪過。暫生爲人，不如永死爲鬼，是所甘心。冥王大喜，再贊曰：『小妮子見識解脱，言語解脱。』女自是一縷幽魂，全憑靈氣往來。憶想所及，應念遂到。凡所過處，了無窒礙。名岳聖澤，都已歷遍。曾游普陀，謁拜南海觀音。菩薩濯我以楊枝之水，飲我以蓮葉之露。

心地頓成淨域，形軀易以蓮花。君不覺女來，滿室盡作蓮花香氣耶？」余曰：「余所紀本拙於爲文，雜以方言俚語，汝何由知？」答曰：「天地間，凡有形體之物，過時輒腐。惟此文字精靈，亘古不滅。且自古文人才士之作，苟無當於名教，縱極沈博絕麗，終歸塵羹土飯。獨此傳寫忠孝貞節，文無論雅俗，語無論繁簡，一字之褒，光氣上燭霄漢。俾怨魄沈魂躋諸天堂，與玉泥金檢照耀今古，永不磨滅，何待傳命於置郵耶？」指小鬟曰：「是亦妓家使女。生不逢辰，鬻爲賤婢，不耐日聞淫穢事，恚恨而死。女絕愛憐之，故攜與同來。」言已，雲霧漫空，欻忽不見，猶聞滿室蓮花香氣。余乃驚寤。殘燈未熄，雞聲喔喔。時十月二十六日也。

記馬通秀才

洪稚存先生，少狂放不羈。里有迎新婚者，先生夤缘混入洞房，竊負新人馬通而逸。適陽湖令出署巡夜，猝與相值。先生計無所施，乃坐馬通於巷，作便遺狀。役捽先生以見令，并獻馬通。令問何故犯夜，對以腹利。令曰：「汝腹利於巷，而馬通乃新，非竊而何？」有識先生者，白令曰：「此洪秀才也。」令釋之。先生以是有「馬通秀才」之號，同輩戲呼爲洪馬通。劉金門侍郎與同館閣日，謂先生曰：「我有一對，汝試對之。」先生請其對，侍郎曰：「劉鳳誥。」先生大笑曰：「天生絶對，非我不足以爲媲配。」侍郎徵其對偶，先生笑不肯言。孫淵如先生答曰：「汝乃不知彼爲洪馬通耶？」

記謔對見毆

常州有謔言曰「探你使氣」，盖穢語也。趙味辛舍人過稚存先生，賀新正。先生送以出，鄰有壁粘春帖者，舍人朗誦曰：「對我生財。」先生急應之曰：「探你使氣。」舍人怒以拳揮先生，先生避而詰以何故見毆。舍人曰：「我誦鄰壁吉語，無干汝事，而謾罵何耶？」先生答曰：「爾試思我語，與爾語有一字屬對不精工否？」舍人悟，一笑而散。

記忘醋遺恨

嘉慶初，稚存先生以上成親王與朱文正公書獲譴，收西臺獄。崔禮卿比部問之，泣曰：「親家此舉負罪深重，萬不可以倖生。儻亦有遺囑，可先以語余者乎？將勿遺恨。」先生嘻曰：「一死之外，別無所恨。惟記錢文敏公於某月日招我，賜麫食，不爲我着醋，此事真終身所大恨也。」

記漏言垂鑒

武進管緘若先生，一日在公讌，處中席而嘆曰：「近日有一人所不敢説之話，我不得不有以言矣。」筵未終，先生傾跌倒地，咸曰：「侍御病。」掖扶升車，行不半途而絶，盖鴆也。言語漏洩，遂致殺身。稚存先生與爲同鄉，上成親王與朱文正公書時，以管爲鑒，起稿繕寫，咸以閉户獨居，兩夜而成。書既上，長君孟慈輩皆不得知。先生語家人曰：「爲我急束裝，我將遠游。」未幾，發遣伊犁。以上幼裹说。

記死賊不值

宜興陳殿撰于泰，明少保于廷之弟。當思宗之季，以言事獲譴，收繫霜臺獄。李自成既入燕京，囚徒禁卒逃竄一空，而陳適眠熟，未知也。比醒，張視無人，遂走至獄門。門已閉，乃大呼司監者。賊徒聞之，詫曰：「獄中尚有人耶？不論誰何，殺之。」嗚呼！死於諫，以諍名；死於賊，以節名。若殿撰者，雖死於諫，非以諍死；雖死於賊，非以節死。一轉移間，有泰山鴻毛之殊。死出無名，真乃不值。

記彭太夫人

彭太夫人，故婢也。夏日，於宅後園中偕群輩游戲。見水從地出，如泉源瀾翻，浸成一洼。太夫人戲以足踏之，且泥涂其隙，水少息。頃之復出，再踏之，如是數四，水果止。越日，滿城臭不可聞。居民相與尋覓，得諸彭園。氣從穴出，尤臭不可当。聚工发掘，则巨蛟死焉。太夫人乃自白其故，主母异之曰：「婢乃踏死巨蛟，救活一城生命，陰德无量。况僅一婢，竟能踏死巨蛟，婢其有厚福乎！」遂勸封翁納置側室。後生子爲狀元宰相，誥封一品太夫人。江右裘肅軒爲余言。

記葬婦求遷

貴州奢香夫人墓，在大定府城外。寬廠（敞）宏闊，氣象特勝。諸生陳上達素稱學霸，郡人所畏。子三人，文彩亦諸生，父子濟横。上達婦死，文彩弟兄遂以其母葬夫人墓側。屢示梦文彩曰：「吾站不及。」文彩懵不悟。厥妹忽以夜歸，鬧曰：「自母葬後，吾夕不遑息。每一就寐，母輒呵責曰：『吾脛股立欲折，汝等不知耶？』」上達驚，急爲遷葬，遂安。夫夫人能爲明祖開龍場九驛，威靈赫奕，播服詔蠻。陳乃以貧酸老諸生婦葬與相抗，宜其獲譴，陰靈厠諸侍婢之列。彼小有財産，不自揣量，妄謀吉穴，以自取污辱者，可以鑒矣。

記菩薩殄厲

畢節陳姓女子歸許氏。忽爲鬼祟，氣甚凶猛。然有時或化爲羊、爲貓、爲蠅，日夕作鬧。家人不堪其擾，控神殆遍，迄無靈應。貴俗有偷病人之説，乘鬼未至，潛以病者移居他處，如避虐法，輒有以是獲愈者。許故多空宅，乃相與徙女深室。越十許日，稍安。鬼忽尋至，捽女髮以行。家使數婦拽與争，力不勝鬼。鬼痛毆女，身現青紫，益憊。家人數叩女，鬼爲誰何？女始不敢言，既乃微露曰：「丹書兄也。」丹書兄者，女叔兄。補弟子員，業食廩餼，少年狂逸。以清明日約族衆掃墓，已乃先至，起墓穴窺之，墓氣濆騰，散霧蔽天。族衆不知，數遣人促丹書。丹書爲墓氣所觸，雙目失明，終日躄躠塋域，不可得路，晚而家人尋以歸。未幾，病歿。家人遂以告叔，叔怒呼丹書名，責之曰：「畜生！爾掘墓死，乃不識是爾妹，而作此無禮事。」丹書假女言，辯曰：「掘墓固吾罪，亦適值家運之衰。祟妹者鬼，非我，黄剃師也。剃師淫賭多逋負，爲人所窘。以剃刀刺喉死，化爲厲鬼。聚凶徒開窑掠賣，貴州、雲南、四川三省女子鬼被其脅賣略盡，乃欲勒及妹耳。其鬼恒隱伏吾家所置水瓮側，家不記妹病自瓮側所得耶？」叔曰：「吾控神，費紙錢巨數，豈神竟不知？」對曰：「彼神通廣大，衙門司閽人盡受所賄，莫不爲庇。叔雖控，咸見抑於司閽，神烏從知之？丹書近有管束，故始亦未嘗與聞。如知之，早爲妹謀矣。但渠厲，非吾一人所能抗。計將聚陰兵與戰，戰而獲濟，妹當無恙。惟叔助以陽兵乃可。彼所集處，現在延豐寺掉馬坎下。」叔於是延戚鄰輩數十人，明火執械而前，爲助聲勢。戰久之，女喜曰：「剃師就縛。」群扛而走，走際深林，女大號曰：「剃師逃。」初，夫兄許邦俊讀書寺樓，一日午困，甫興私念，弟婦被鬼厲，果不可治耶？何諸神無靈耶？遂囓指血，醮硃墨，書狀，焚訴大士前，女實不知也。女呼家人曰：「速焚香拜禮，菩薩至。」家人如女言，焚香頂禮。女曰：「鬼在大胡桃樹上，巨如水牛，無角。左右各六人，以器物捌擊之，牛不敢動。」陳巫時在側，聞女語，大言曰：「鬼若在樹，吾將援而擊殺。」巫登樹未半，墮地，流血而死。女稍醒，旋復曰：「吾魂已爲鬼攝去，菩薩招我還矣。」家人以女病時，嘗失去簪一、耳璫一、臂釧一，叩諸菩薩，俱指其處。尋之，果如菩薩所示。問女宜何藥？曰：「勿須也。」女自是不藥而愈。菩薩着藍布衣，白髮赤足，作老媪狀。一童子提雀籠隨以來。蓋大士化身云。

記草結蟹形

道光二十八年冬，余肩輿赴鄉，經過迴瀾河口，於路側見草結蟹形。八跪雙螯，全體具足。爪節曲折，肥瘦膨脝，無一不合。是時，扛輿人健步如飛，瞥眼即失。猶以迷離形似，未必成即天生。或市要具人編草爲之，偶所遺落，亦未可知。咸豐癸丑三月，赴任儀隴，道出三臺界。纖草初生，鉤緑未轉。復於路側睹草蟹如前狀，真乃天肖形象，非假人爲。意欲連根拔之，攜以示人，而傔從奴輩不解物色，鞭馬蹴踏而過，答以未有，殊增惘然。化工之妙，誠有畫工所不及。生非其地，遭逢不偶，能勿令人賦陸機之感？

記百脚怪

汝南羅茂才自言年少不羈，曾肄業南陽書院。同筆硯者諸生七人，皆名下士，故當時有八駿之目。名妓楚雲，負艷聲，能詩，工筆札。與八人素稱情好，相倡酬。夏六月，掌教以看荷花被人所邀，去郡城十餘里，未示歸期。八人遂同詣楚雲，楚雲留飲。酣暢正浹，烏雲陡起，龍雨偕樓風齊暴。傾刻，院水成渠。自午至酉，勢稍減，霢霂未已。八人計不可留，乃借主人紵幔，撑以四竿，四人執之，藏覆以行。跣足涉水，蹣跚歸院。明日郡城人哄傳，「昨雨際見巨怪：白如疋布，高劇如一間屋。百脚齊動，踏水澎滂，有聲甚厲。疾馳如飛，甫抵書院門而殁，似聚數十人語笑聲出其腹內，不知是何怪也。」八人相與議曰：「民之訛言，既供捧腹，又足解嘲。顧怪出吾輩，誠不可聞諸山長。如山長知吾輩所爲，則秦皇令下，院中人一網打盡矣。」一人曰：「如楚雲何？」茂才曰：「楚雲慧心人，豈洩漏春光者？應無慮。」楚雲聞人語怪事，果云：「信然！渠夕怪徑過吾門，親見之。奴子嚇欲死，今聞所言尚不寒而慄。」八人尤附會其説，群爲驚詫。郡人於是益信以爲真怪。越數歲，茂才集鄉人，作談鬼小聚。有舉百脚怪事者，茂才解曰：「怪誠有之，然亦無他。乃院壁所懸松雪圖變相，無足異也。顧謂百脚非實，脚不如是眾，特具八雙。其七雙有躡蟾窟、作折桂令矣，有看長安花、乘五馬去矣。」已遂自指云：「獨恨生此一雙脚，老無所用，徒能學章亥步地，縱橫萬千里路耳。」爲詳述巔末，其人疑信參半而已。

記應龍謫傭

考城周文虎文學言，先世傭一力作翁，自云應姓，不知所從來。質朴忠勤，善測主人意。念有所動，事率先舉。主人厚遇之，倍他傭。居久之，傭頗嗜飲，所得傭值輒以供酒家貲。飲每醉，如顛如癡，語多奇中。主人既厭其飲，又喜聞其醉語響應若神，亦不甚加以訶責。夏月，種黍連塍，驅傭芸黍。傭應以往，抵暮始歸，醉已爛如泥，問芸幾何？答曰：「盡鋤去之矣，選留一株。」主人驗其醉，疾趨視之，黍根盡拔，萎死土中。懊甚，責傭曰：「使爾芸治者，去其草之害黍苗。爾奈何盡黍去之，且留一個焉？又弱弱，收百倍何可以償衆苗所收穀？」對曰：「盡害苗者，盡鋤去之，根荄不可留也，留害何爲？且强者鋤之，弱者植焉，是傭職也。强衆弱孤，將受其欺，生意斯遏。主人惟期得穀，勿徒惜此衆苗。衆苗害黍，不足爲主人穀。弱乃登穀，主勿憂弱。」言已，垂頭酣睡，齁聲大作。再責之語，付不聞矣。秋稼既熟，鄰衆日刈黍，傭日醉，主人見鄰刈黍，懊傭益甚，傭醉亦益甚。一夕大醉，督衆傭速鞴牛駕車，與吾往收黍。主人曰：「黍盡爾手，將焉取收？爾又作醉語懊人耶？收無黍，吾不爾傭矣。」傭曰：「自傭芸黍，黍日茂。主人日在醉鄉，朦朧不見黍。吾黍滿原野，實勝鄰黍。主人自醉，乃以爲傭醉。傭收黍畢，主人當醒。」竟駕牛車以往。見所留黍穗累累垂至地，重不可勝。傭左手把黍稈，右手捋黍穗，擲車箱中。傾刻箱滿，促傭運去。囑曰：「速來，勿誤我事。」主人見黍盈車歸，大喜。兼車迭運，一夜數十往返。雄雞催曉，傭捋穗愈疾，驟如風雨。一傭曰：「爾黍若是無盡數，使人奔走終夜，不遑寢息，吾儕困且憊。曷如且止，以待明日。予將助汝捋。」傭拍手頓足曰：「吾「豎子真誤乃公事，黍聞汝言止。」主人以是知其神異不測。無何，傭辭主人曰：「吾醉不堪，緣且盡，適將去汝。」主人駭曰：「爾何爲忽作是誑語？吾雖不能知爾，然相得殊歡，未嘗厭爾。爾舍吾，將焉所之？吾不釋爾。」傭曰：「實告主人，傭宅西潭水中，應龍也。以酒失職，罰厠傭役。今謫期已滿，當歸故穴。傭豈容擅留？顧主人恆謂傭嗜飲，傭實未嘗一盡量醉。今將永别，主人黍釀在瓮，傭嘗與收穫力，請賜一醉，澆傭别腸，飽沃主人醇醪之德。且傭雖蟄處潭中，量非無畀於此方者，主人念之。」主人如言。酌以巨瓢，盡瓮鼓腹，大言曰：「謝主人，今日醉飽，樂過千春矣。」躍入潭水而殁。後歲，值大旱，潭水涸。土人以酒禮奠祝潭側，如聞鼙鼓一聲，應龍出首泥中，俄大雨滂沱。潭至今在，禱雨無不應者。

記景唐奇富

商邱張景唐，徒手起家，購地二千餘畝。目不識字，納穀入國學。或言景唐致富有奇遇。余在商邱日，景唐來謁，年近七旬，質朴無華，而壯盛如四十許人。余舉人言叩之，對曰：「然！事誠有之。生少赤貧，以炊餅爲業。價若他人，餅巨逾他人，市餅者故樂就生市餅，獲利較他人數倍，此一奇也。積穀二十餘石，置一小倉，厥後糶出。穀致數百石，穀未嘗減，又一奇。釀酒六十斤，蓄一瓮。爲子娶婦，觴客千數百人，酒未嘗減，亦如穀，亦一奇也。生自念生平無他能，惟知委心任運，涉世故以實，不以欺，無負人事。人所處風波叠起，生處以自然，往往化險爲夷，轉禍爲福。是殆邀天之倖，莫由自知，不審奇遇何以屢致？」余曰：「生能委心任運，以實不以欺，純任自然，平平無奇，此奇遇之所以致也。」

記李香君事

侯朝宗作《李姬傳》，既以姬置酒桃葉渡、歌琵琶詞送别等語，終之以煙波無盡。孔東塘《桃花扇傳奇》復颺之以神仙渺茫，如罡風吹斷。而香君結果，終鮮實証。據香君有義姊方芷，嘗謂香君云：「妹歸名士，儂誓爲忠臣婦。」後竟嫁楊龍友中丞。中丞以死節著，方實成之，似香君終歸侯生者。余在商邱日，曾舉以問侯石庵廣文。石庵非朝宗本支，然實侯氏的派，乃竟懵然若不知有其人與其事。石庵俗人，本不足與語。余戲謔之云：「香君雖出身青樓，但能勸侯生，絶阮大鋮。暨田開府以金三百鍰欲邀一見而不能，甘攖其怒。義節識見，炳然千古，爲君家門户之光，豈不遠駕司徒公，君何憒憒乃爾？」石庵一笑而已。宋江樓茂才爲余言曰：「香君既歸朝宗，爲築城南别業居之。殁後，遂葬其處。今李姬園實生莊宅地，遺址尚在。」余聞説大喜，將約同人爲葺墓道，種桃花數百樹護之。有知者笑曰：「是乃李姓養鬥雞處，何與香君事？宋生殆誕語耳。」夫以香君之義俠慧爽，迥出貞娘蘇小上。而一則墓傳終古，一則結局無徵，殊增惘然。香君小像原軸在商邱陳光署基家。光署爲朝宗婿子萬宗石四世孫，其人紈袴子弟，氣習既深，復雜以市井之徒。或言其筆墨亦不甚精，余是以在宋八年未一索觀。道光乙巳，膺薦後，旋里家居。會雨蒼出香君小像索詩，余爲題數絶句歸之。據雨蒼自跋云：「伊舅氏竇瀛舫司馬得自潁州連氏，而連松谷先生於舊字畫鋪中購得之，實鹿大中丞佑得自陳氏者。」則又似有兩軸。按：朝宗的派子孫業已式微，歸農此圖流傳既久，儻亦好事者以意摹之，其非香君真像無疑。

桃花扇今在睢州湯氏，方夔卿太守爲余言嘗親見之。或云在某氏家，非湯也，不知何故。蔣心餘先生《樂府注》云「在山東張姓家」，非是。道光癸卯，商邱嚴鐵生大令月課文正書院，以「桃花扇賦」命題，韻限此扇，今藏商邱陳氏。崔梅溪司訓笑其大謬，并招陳小鸞孝廉詒爲證明之，嚴始悟。余聞扇製本不甚精，名流題咏雖夥而矜，見者言人人殊，類出贋製也。

記曾子墓事

宗圣曾子墓在歸郡城北八里徐段橋北。曾河督嘗置護墓田數頃，今地歸王文治記室矣。康熙時，趙恭毅公申橋令商邱，爲立墓道碑於河神廟側，擬請列入祀典，未知何據。旋以行取内用，不果。道光戊戌，余蒞宋。曾氏子孫以戊祭分胙事爲屠者所控，來向余言：「宗聖親傳聖道，而縣令於春秋戊祭日輒遣僧會主祭，適足爲聖道之辱，意欲訴諸臺省。」余慰遣之，乃代禀郡伯方夔卿太守。蓋是時，商邱令某雖山東人，非讀書種子，不足與語。太守遂委余查實具禀。余遍稽縣志、郡志，并提曾氏三刻宗譜等書考之，俱未載及，無所依據。數移文牘，叩諸曾翰博，而翰博竟不答余書。惟考顧亭林先生《日知録》言，「明嘉靖時，有漁人墮古墓中，獲墓碣，識爲曾子墓，曾氏之有五經博士自漁人得墓始。」先生駁之云：「勿論三代蝌蚪文字非漁人所識，即墓之有碣，亦係秦漢以後物。」駁語甚有根抵。然則即嘉祥之墓亦不足信，何況歸郡？余以白太守云：「古聖先賢陵墓至今已數千百年，原難核實。即如伏羲陵，相傳河南陳州府葬首，陝西秦州葬足，二處咸生蓍草，確爲可據。堯母陵有二：一云在山左濮州；一云在山右平陽。乾隆中，禮部與山東撫臣錢彼此駁詰。且歸郡之伊尹墓，更有數處。古來陵墓真贋，悉數難窮。況宗聖子孫既以爲是其祖墓，春秋戊祭尤非一日，殊不必辨。惟宗聖以聖道的派，主祭乃雜以二氏僞僧，似爲非宜。此事須自公更正之，可也。」太守曰：「汝説甚是。」遂委余春秋主祭，以後永遠委縣教諭，不准濫及僧會。而頒胙之典，縣令終吝不肯行。

記文雅臺聖像

梁孝王文雅臺去歸郡城東南三里許，云即桓司馬伐檀削跡處。其西偏建修大成殿兩廡，一如黌宮制度，規模略隘。大成殿後設立義學。臺中石刻聖像碑一座，唐吴道子筆。碑欵石像一軀，不知何年自三教寺移來。鴿翎蝠糞堆積，污穢不可言狀。余始至，睹之，爲白方夔卿郡伯。命工移置義學正室，砌龕升座，并製絳幔護之。而同寅中竟有以余爲多事者，殊可笑也。

記五公祠議

歸郡文正書院，其最後正室三楹爲五公祠。祀宋晏元獻、范文正公、孫明復、明鄭三俊、國朝閔子奇。范公正室，元獻、明復東室，鄭、閔西室。夔卿郡伯重修書院，委府教授監修。余謂教授曰：「君主建修事，祠祀尤宜正之。」教授聞余言，詫問何以故。余曰：「書院既命名文正，當專祀范公，不應旁及四人。况范公感元獻一薦之恩，終身不失弟子禮。今弟子坐正室，薦主在偏室陪列，於義爲不順，於范公心尤不安。」教授曰：「晏官不如范官尊。」余笑曰：「此説非是。薦主弟子除朝班外，豈可以官之尊卑倒置位次耶？即以官論尊卑，參知政事去平章政事尚有間，君獨未讀宋人書屢稱晏相者即元獻乎？至四公，元獻、三俊、子奇皆郡守，孫明復當范公官淮揚，落魄來謁，公再贈之金。後雖以《春秋》授徒，道高德邁，時稱明復先生，與歸郡無涉。

宜撤去孫主，易以曾公肇。考《言行録》，肇守應天，不肯藉公帑貲餙厨饌，薄往來驛使歡。乃大興學校，造就人才甚衆。易孫以曾，與晏、鄭、閔三公官皆郡守，政皆有功於宋之學校人材，確當不易。宜更建四公祠於文正祠，或前室或後室，則名位兼得矣。」教授默然。余雖數争之，而力詘無計，其如當事者之憒憒何？姑退而記之，以俟後之蒞此土，必有能更正之者。

記人頭還願

麻城細民夏崇興，以小貿爲業，僑霍境之葉集。夫婦積勤苦，致數千金。年逾四十無子，崇興欲繼侄爲嗣。婦不謂然，遍禱神祠，祈子不應。帝主宫者，不知所祀神何名。相傳以爲麻城劫賊，盤踞界嶺，以殺富繼貧，爲德鄉里，死而楚北人祀以爲土主。婦禱神曰：「如蒙神祐，婦得生子者，雖人頭還願，亦所甘心。」明年，果生子。崇興演劇酬神，報以少牢。未幾，婦夢神責之曰：「爾誓以人頭還願，豈羊豕所能抵耶？」自是，無夕不梦，無梦不鬧。婦懼甚，蒸麵作人頭祀之，神索人頭如故。或爲謀曰：「爾鑿方桌爲圓孔，演劇酬神，身出頭於桌孔上，以當祭品，或者足禳之矣。」婦從之。神鬧，索頭益甚。婦不得已，請神緩期，祝曰：「婦荷神賜子，當待兒長成。婦今死，兒必不育，是有子仍無子也。願神稍緩時日，然後償夙願。」神雖不甚作鬧，而索頭未已。越年，子四五歲，婦如猷如狂，私自絜聒，皆神索頭事。一旦，竟以刀刎頸而死。祟興懼，不敢居葉集，遂攜子歸麻城。記曰：帝主能殺富濟貧，所以死爲明神。況老而無子，尤貧民之無告者。當神所矜恤，不應以責償，矧必索其頭乎？因子殺母，且干上帝之怒，豈神之所爲？神非帝主無疑。計婦儻有宿讎，寃鬼索命，假藉作祟，致神蒙不韙之名。顧帝主安在，乃縱此等惡鬼竊弄威靈，擾害民間？甚矣！許願者當先擇神。不然，貿貿允可，首領即不自保。惡鬼假神，所在多有，肯釋爾耶？

記孝子古冢

臨水湯家岡，湯姓族眾最繁，地以氏名。上舍湯士省爲余言，一日過山側，見崖岸爲淮水所蝕，露古棺一具，半淪水際。心惻然動，擇隙地，命工遷葬。掘塚得石碑，乃知永平四年漢孝子某人之墓。棺製甚奇古，兩端略狹，中濶如棗核形。其木作凍緑色，質理細膩瑩潤，堅不入斧，滑不留刃，不知何木。工人方開壙起土，鍬鍤齊施，大雨驟至，蒼黄下窆，遽報藏事。是夕，梦古衣冠者謝云：「承君高義，惠及泉壤，使死者漸就漂湛之骨骸不入黿鼉腹中，感深九冥。但工人爲天雨所迫，宅舍攲頗，泉下人未免睡失安穩耳。」明日召工責之，始以實對。湯乃親往，督工屏治甃石，去險就夷，坦深牢固，植碑墓左。惜所談姓名不復省憶，殊爲悵惋。

記擬行票鹽議　咸豐元年上黄仙樵觀察同年

爲變通鹽法，攄陳管見事：竊興利在先袪弊，而利之所在，即弊之所伏。成法確爲宜遵，而時異勢殊，法久弊極，則成法不能盡泥，勢不得不變法以救時。故興利必期於有濟，而袪弊當策其萬全。伏維憲臺殫精竭慮，整頓鹾務。於行鹽州縣，三令五申，疊沛格外之恩。復以十六條，俾各紓所見，以備採擇。以八條示之，法令可謂無微不至，無弊不搜，無法不備矣。今歸丁之引業已全銷，水陸之私業已杜絕，官商之引業已暢行，國家課税業期充裕。職僻處遠方下邑，迂愚之見，曷能妄參末議，以礙時政。但自到署任以後，默揣事勢，曲度民情，姑就永寧一邑所親見聞，揆諸全川情形，有不能已於草者，特爲憲臺一陳之也。竊見永邑水路，本一小河。自納溪入口至敘永關，二百餘里，鹽船不下數十百隻，每船户外橈夫水手十五六人，合計約千餘人，皆需食於鹽者也。又嘗編釐保甲，訪緝逋匪，由敘永陸路至赤水河二百餘里，途遇川黔滇南三省，蠻猓猓苗，漢民錯雜。背負鹽斤，日所過不下千餘人。約計應有數千餘人，皆需食於鹽者也。因思産鹽之區，每廠鹽户及汲井熬鹽之夫，不下數百人，皆需食於鹽者也。夫由永邑一小河計之，則全川大江船户橈夫水手數十百倍於永者，其需食於鹽可知也。由永邑一陸路計之，則全川江北之陸路蠻猓猓苗漢民百倍於永者，其需食於鹽可知也。由産鹽之區一廠計之，則全川不下數千百廠鹽户、汲井熬鹽之夫，其需食於鹽可知也。況黔省向食川鹽，由永邑行銷水陸，邊引一千八百六十九張，除官引商私外，每年所過民私合計不下三千餘引。今私禁一嚴，民私全絕。則是黔省由永邑一路已少三千餘引之鹽，黔民必且淡食，而川東川北一帶諸邑水陸之禁絕者可知也。况并灶産鹽，所由養給多人，全賴行私。今業已禁絶，則熬鹽雖多，無從發銷，勢必塞井夷灶，盡散熬汲之夫，民食增貴，鹽且不給，可知也。夫川省之大患莫如咕匪矣，今私鹽禁絶，則是水路陸路數千百萬背負之夫、駕船之夫、熬井之夫盡塞其生路矣。此等獷悍難馴之輩，一旦塞其生路，縱憲臺恩威并施，有以羈其身。而民食爲天，深恐無恒産而有恒心者，此輩非可以士例之也。不獨惟是。憲臺法非不密，令非不嚴。州縣官非不恪遵法令，但此輩配鹽販私之民，於一切鹽關、鹽卡、鹽廠上下夤緣，無處不到。賄賂可以通差吏，而差吏可以朦官長。則是民私可禁，而商私未必可禁也。引私非不可禁，而差吏之舞弊未必盡禁也。差吏之弊亦可禁，而關卡鹽廠等處徒使商民多增規費，無益於官而但飽囊槖於胥吏，無損於民私而歸利於商私耳。况民私若果禁絶，則塞其謀生之路，患有不止阻撓鹽法者。故與其日禁私鹽，而私鹽終不可禁。計必思所以變法，但使有益於國課，無妨化私以爲官。職故云興利必期於有濟，而祛弊應策夫萬全也。竊查道光十一年，今中堂卓在太僕卿任時，奏請仿照明賢王文成公，試行抽税之法。就各省隘口鹽所從入之處，設局抽税，給票放行。私鹽皆屬官鹽税課，可補商課，裕國便民，公私兩劑。欽奉宣宗成皇帝勅，下兩江兩湖江蘇安徽江西河南各督撫并欽差大臣會籌。當日各督撫憲非無辯駁之處，而卒行其法，至今近二十年，民間稱便。職生長豫省南偏，向食淮北商鹽，每斤至賤四十餘文，貴則一百五六十文，攙雜泥沙，穢不可食。私梟逞兇，歲數十案，官不勝擾。迨票鹽一行，鹽潔如霜，賤僅十一二文，雖貴亦不過三十二文。鹽案絶跡，盖私梟皆化爲官販矣。現又欽奉上諭，前據給事中曹履泰奏請，開復根窩舊制。又御史周炳鑑奏請淮南改票，未可允行。各一摺當交陸建瀛體察情形，悉心妥議具奏。茲據奏稱，淮鹺舊綱疲累已極，若不變法，萬難支持，并將該給事中等原奏各條逐層辯駁。又奏現在揚州開局，商民踴躍，己酉綱上年奏銷，可以趕辦不誤等語。淮南鹽課，𦂳項攸關。該督綜理鹽務，實力講求。既經屏絶衆議，必係確有把握。即着責成陸建瀛統籌全局，除弊興利，總期於國計民生均有裨益，不致趕辦一兩次奏銷後，又形竭蹶，方爲不負委任。欽此。則是中堂卓所奏之法，昔淮北行之有效，今淮南亦復欽奉諭旨，永禁整輪，裁減岸費，通行票法也。又查前年長蘆、山東，經欽派王大臣查辦，力除浮費，更定新章。雖非改票，俱仿票運之意。行之未及一年，兩處皆有起色。職尤願憲臺先於小川北潼川一帶，酌仿淮北之法，稍爲變通，票引兼行，俟其果有成效，然後通議全川。夫輕本便民，民生裕而國課自饒。安知淮北行之二十年，久著成效，長蘆、山東仿行之，一二年而亦效，今淮南又且遵改票法，而川省情形必不可變通以盡利也？伏讀憲臺通飭，諸法詳密周至，爲川省鹺務斟酌盡善，允宜永遠遵行。但有治法無治人，立法者本無弊可生，而奉法者倘行之不力，害且弊法。職迂曲之見，誠知不達於時務，而設局抽税驗票放行之法，便宜易行，雖無庸議於今日，安知不變通於將來？則區區之私，竊因揣度全川水陸廠灶之情形，以爲此法於川省爲尤宜也。職非敢爲販私等夫違例請命，尤願憲臺統匯全蜀之情形，於鹺務整頓之餘，尚代此輩計萬全之策，爲之開一生路，則川民幸甚。職迂愚之見，罔識忌諱，冒瀆威顔，無任芻蕘之私，謹據所見以聞。

卷八

記吴梦褚

吾邑吴公梦褚方誕降之日，封翁梦黑漢自陳曰：「我大魏許褚也。」已而公生，故名梦褚。稍長，黝然而黑，頎然而長，虎癡多力，性殊不慧，家人以故亦不甚愛之。有叔翁爲廬州府太守，公往省視。是時，燕鼎初定，海内尚未肅清，廬當要地，寇不時發。會大府頒到金頂十餘座，以爲鼓勵軍士、賞功之用。太守奇公狀，給頂帶，使與軍士列。聽訟，則以公侍立左右，用壯威嚴。出師，則從戎殺賊。顧營中軍器無足以當公者，更爲製大木刀一柄，飾金箔，霜鋒晃目，巨如門扇。一日造飯初熟，忽報賊至。公倉黄抛飯，以鐎斗繫馬胯，執刀上馬。馬胯爲斗所熱，肆力狂奔，闖入賊營。賊驟見公至，驚爲天神下降，未及列陣，不戰而潰。公揮刀殺賊，所向披靡，斬首數十級，腰縛而歸。書首勳後，旋積戰功至宣大總督。

記文王見召

甲寅仲冬之望，夢皮弁者，執旌見招，謂曰：「王召汝。」相與至一府第，殿宇深沉，氣象肅穆。甫抵墀下，皮弁者示曰：「止此，敬俟王命。」頃之，宣登陛上。余方俯拜，王者冕旒秉圭，南面端坐，諭曰：「召爾至，知爾小心謹慎。予有牛羊千群，馴服海隅。爾惟作牧，惟牧芻是求。降飲寢，訛勿或失。御其惟蕃滋，博碩肥腯，勿致有瘯蠡夭札，亦勿任其亂群。往踐乃職，勿逆朕命。」余聞言皇遽，不省所謂，頓首辭曰：「庸愚下臣，幼肄儒業，晚躋仕途，簿書撫字，則當及之矣。牛羊之役，非所素諳，誠恐失於調禦，將不免於罪戾。王其妙選賢良，別授能者，下臣敢以死辭。」王顏色驟若不懌，既曰：「汝往哉，勿作違言。節其飲食，時其起居，相厥勤勞。予惟汝知，勿廢予命。」遂有一人秉鞭授余，驅余降階。皮弁者故立城下，余叩王者爲誰？對曰：「王乃周文王也，授鞭者武王。」迴視殿上，寂然無聲，王者已不見。時余寓所與軍標協署爲鄰，五更初殺，鼓聲如雷，遽爾而醒，窗色微明。又五日，乃有委署西昌之役。始悟周文王者，西伯昌；武王者，《書》云「寧王遺我大寶龜」，孟子云「武王不泄邇，不忘遠」。或即寧遠府之應歟？此缺本非余應署之區，而先兆如是。嗚呼！人生万事，窮通貴賤，榮辱得失，冥冥中俱有主宰。彼當事者方自以爲操進退之權，升墜惟余，殊不知默受顛倒於夫人命運之驅遣也噫！

記執驢逐盜

明總兵黄大將軍得功，少以驢販爲業，有黄闖子之名。吾邑周少司馬之綱、商城熊少司寇奮渭以同年誼聯鏢入都，赴春闈。路出直隸，爲盜所劫，行囊一空。兩人進退無計，相與哭於途次。黄適驅驢至，詢其故，以劫對。黄叩盜去遠近，兩公曰：「若疾足追之，尚可及。」黄曰：「公等勿憂，彼能劫而往，我能奪以還。」遂擇群驢之肥大者二頭，鞭與速奔。值盜方息坐林麓，黄以兩手各執一驢，舞而大呼曰：「速死！賊乃敢白晝行劫，疇能與乃翁鬥者？」盜驚駭，委贓逃竄。黄即以驴載行囊，還授兩公曰：「囊故在，幸不辱命。」兩公厚謝之，不受。詢其姓名，曰：「我黄得功也。」策驢徑去。是科兩公皆登第，歷位侍郎。黄後以軍功官總兵，實兩公保薦之力。

黄善標法。少司馬以首劾魏閹，息居林泉。黄來省視，公欲驗其技。將軍請家人且避正室，凡標所過處，七層房室屏扇皆穿。今房雖易主，而遺窟尚在，信不虚也。少司馬故宅有太湖石一座，嵌空玲瓏，高出丈餘，傳云曩爲少司馬所鑒賞，將軍因遣人徙置之，以娱樂公者。其石余親見之，殆不亞大力將軍皺雲也。

記萊菔戢暴

人性各有所偏，有偏嗜者，有偏忌者，至畏一無所可畏之物，殆有甚焉。事出情理之外，殊不可解。考城縣某賦性獷悍，與人一言不合，則挺刃立加，生死有所不顧，獨性畏萊菔。有黠者知之，故袖萊菔一巨枚，往與狎。輒攖其怒，某暴燥甚，拔刀逐擊之，吼聲如雷。黠者佯懼而奔，勢將及矣，乃出萊菔呼曰：「爾真欲殺我乎？萊菔不宥爾矣。」某一見萊菔，則掩面反竄，聲作小兒啼，戰慄不可言狀。適躓而仆，黠者追至，擊以萊菔，嚇曰：「伏乎？」對曰：「伏矣！」「尚敢作爾態乎？」對曰：「不敢矣！」曰：「爾真伏者，稽首誓神，以後改厥恒性，萊菔赦爾罪，不然且死。」某如所教，一一答曰：「速改，不願死也。」始縱之，某鼠竄而逃，暴頓減。余過考城，聞其事，頗不之信，呼至問曰：「聞爾素畏萊菔，何以故？果有之否？」某方聞述萊菔名，則惶遽掩耳疾走曰：「君勿惡作劇！」

記中江陳氏子

中江陳翁子某住黃鹿場，翁令赴場市猪肉。子返曰：「遍過屠門，所市盡人肉，無猪肉。」家人輩群斥其誕。翁乃提籃親往，以猪肋歸。某詫曰：「翁奈何竟以人肋歸也？」已乃悟曰：「人皆見爲猪肉，而我獨見人肉，我殆從今不可以肉食矣，我將皈依佛祖矣。」志甚堅，翁亦以其見肉特異，不忍禁之，宅後爲創精舍數楹，使日誦經其中。先是，翁已爲聘某氏女，迎歸童養。至是，遣之不肯去。某既足不出門户，朝夕饔飧惟聘婦執供給役，其他人則莫與面也。常云：「我性命當被戕於族人子某。」其時族子尚未生，而某至今聞無恙云。

記菩薩女

中江李某女少失恃，歿後爲人醫病，靈昭遠邇，或以爲觀音化身，故有菩薩名。方四五歲時，女伴父惸居。一日有老媼過門謂父曰：「是女非壽者相，勿庸字人，我已付以二寶。」遂不復見。自是女不煩師教，日喃喃若誦經咒狀。父愚民，亦不叩其何爲也。年甫髫，以疾卒於家。忽遂寧濮客負袱至女村訪女，鄰閭指示寺側謂：「女所住址，問僧當悉。」僧曰：「誠有是女，父在，女亡數月矣。」詢濮所爲訪女者，客曰：「僕不幸，一家十餘口同時遘疫罹危，殆矣。女菩薩忽至，爲親治醫藥，且道居趾甚悉，全家白骨賴以肉焉。今特登堂敬致謝悰。顧菩薩早辭人間世，願導墓所，陳香楮，一爲祭掃，庶致虔誠爾。」居民聞其異，一時哄傳。而病者祷諸墓，雖取墓上土一撮煎服之，無不立瘥。由是菩薩之名宣播鄰壤，至者日以千百計。墓之四傍起苇棚，鬻香燭、酒醴、食物，集若市廛。僧尤張皇其說，墟煙繚繞，日夜不息。有封翁蕭令君者，嘗宦粤東，歸游林下，居近冢，且以妖由人興，而不逞之徒積聚日衆，防生他變，遂白中江令王君雨樓禁之，不可。因以聞諸潼川太守。太守委三臺令譚君貽思至中江會勘，掘墓考驗，則墓木已爲白蟻所食，葬未數月，朽腐幾盡，無他異。爲移葬叢冢處，以爲其妖可以頓息矣。初，譚捧太守檄於道，肩輿數折。既返署，又值大病。好事者益嘩以爲犯女墓，女示罰。故并釀金錢爲女起寺廟，翬飛壯麗，與琳宫梵宇比并，司香廟祝竟藉以小康。綿、漢諸郡縣亦漸有創建庵院，爲女供奉，求醫藥。名爲觀世音，其實乃菩薩李女也。

記土司鐵帽

諺言：「河東長官司安土司未納職貢日，官邀與游邛海，知其所戴鐵紗帽世傳之寶。鼓楫中流，佯與借觀，失手墮海中。當命善泅者入水求之，見海底大珊瑚一株，有神龍蟠護根下，铁帽实安皮樹杪。泅者懼不敢近，遂躍出波心反命。官已豫備纓帽爲安著之，并勸令歸順，安自是投誠。」按《兩般秋雨庵隨筆》云：「廣西、雲貴多有土司，雖有降罰處分，例不革職。其廢馳不法者，奏革後，擇其子襲之，故俗謂土司曰：『鐵紗帽』。」又云：「吳淞總兵楊華言，澎湖之南海清見底，然懸絙百丈，不能測也。中有珊瑚樹四株，大可合抱。巨魚數十環之，若典守者。」然據此兩說可悟諺言「安土司鐵紗帽」之訛矣。

記飛來佛

郡城白塔寺飛來佛，相傳佛首自西藏飛來，金身僅三尺彊，而佛首幾居三分之一，螺髻莊嚴，分明釋迦牟尼文佛。未悉何故，群以爲女佛，耳璫雲帔，紅衫繡帕。於每歲二月初一日，自白塔寺出游，駐駕西來寺、千佛寺、湧泉庵三處，土俗謂之「佛走娘家」，至初九日始回本寺。每寺三次，九年一週。城鄉婦女雲集，焚香號佛聲，咸呼爲大姑娘。喇嘛僧衆自西藏來朝者，其稱佛大姑娘，亦復如中土人，誠異聞也。夫小姑嫁彭，即特東坡先生之謔語耳。杜拾遺僞而爲杜十姨，文人滑稽，少陵翁未免一笑。觀音大士，世以爲觀音老母，緣《普門妙品經》云：「應以比邱、比邱尼、優婆塞、優婆夷身得度者，即現比邱、比邱尼、優婆塞、優婆夷而爲説法。應以婦女身得度者，即現婦女身而爲説法也。」釋迦牟尼文佛掌教中天，正當持世之時，以何因緣忽變而爲大姑娘耶？

又傳：喇嘛肆擾建昌，駐兵瀘山上，意圖衛城。明日，忽率衆撤去。城中守者未測其故，細爲密訪，乃知昨夕有金身大佛現於城隅，喇嘛驚以爲此城佛所護持，遂潛師以遁。次年，喇嘛大衆復至，城守者謀云：「去歲佛所庇祐，故城幸以全。今再至，儻佛不現身，城其危矣！」共裝塑大佛像如去年，金光四射，燦照一方。喇嘛果驚曰：「真吾佛大姑娘也。佛首飛來有緣矣，吾等不可以復擾。」遂去。自是後，建昌無復喇嘛患。且每歲二月來朝，至今不絶。而佛大姑娘歸寧日，一切供應、搬演、香火等費俱歸鎮營汛弁支應。一云：「佛大姑娘不可以出城。出城，則頭仍飛去。」其説更誕，未驗然否。

記比事屬對

事無奇而不偶，倘亦一陽一陰之謂道歟？生平所歷數事，附筆書此，以資談柄。某令出身異途，不識文字。適值縣試，幕友先擬題目，且囑之云：「此題黄際飛先生稿中文字，可諭應試生等萬勿抄襲。」令點名發題畢，坐堂皇上，忽忘一『際』字，思索良久，乃大聲呼曰：「諭爾童生輩，黄飛虎先生稿中文字切勿抄寫。」衆試生等哄堂一笑，令仍未喻而退。嘉慶乙亥，余從張懷存先生讀書蔣子瀟家。時汲縣黄茂才體元僑寓吾邑，遂與附課。先生與語云：「近來選部文字，惟汪包子考卷可看。」汪包子者，汪文端公瑟庵先生也。項後有肉癭，故時以汪包子呼之。茂才不悟，徑從子瀟與余索看包黑子考卷。子瀟詭應之曰：「爾往書肆中購取，不獨可得包黑子考卷，并黄飛虎文稿亦買得來。」遂相與大噱。二事可爲一對。道光元年辛巳，蘇紉齋同年得報後，謁見邑令，坐語良久。令忽扣蘇云：「明年應無會試否？」蘇唯唯而退。次年壬午，禮闈北上，余與丙子孝廉息縣王汝誨同寓光州老館。王偶語余曰：「有一事大爲可笑，吾正月起程來都，往辭行於邑侯。邑侯乃謂余曰：『四月初起程，當不遲否？』」夫兩令皆有精幹名，而於科場功令懵然如是。然兩事又成一對矣。嘉慶庚辰，余客虞城署，縣試既畢，學使者案臨。將至，有童生求補縣試名，文甚清順，而詩限庚韻，乃倒用水晶宫押爲水宫晶，時相與一笑。又明年壬午，余謁見尹竹農座主於京邸，謂余曰：「中省去歲試卷有某號一生，文字絶佳，已擬魁選。獨庚韻詩倒押彤廷爲廷彤，以是見遺，深爲惋惜。」宫晶、廷彤雖平仄未調，而天成絶對，是又一佳話也。

記孝女蜕骨

九仙聖母，不知何神，北省多祀之者。東昌路側，故有陽虎臺，聖母廟踞臺之巔。其樓像一軀，乃木雕聖母行胎也。沈秋奇農部爲余言：「道過其地，廟祝引与登樓。盛言昔某氏少女從母入廟，焚香拜神，遂坐化。遠近聞其異，因爲裝塑遺蜕。曾捫摩其手指，尚温温然，如有生氣。」余心訝其説，而未敢以爲信。道光二十五年乙巳，復道出東昌，過臺前，入廟謁聖母，驗其真僞，實木像也，乃悟廟祝之詐。沈短視，宜爲其所誑云。寧遠之瀘山光福寺有蒙段祠，相傳以爲昔段氏有女事母至孝，好善守貞，常趕驢馱米送寺僧。一日忽降大雪，女送米至古柏樹下，甫解馱，而驢已向空去矣。其女望之，亦飄然而去，祇留仙骨。居人起祠祀之。其樹上驢蹄跡，石上女足跡，至今猶存。此事既載《志略》，而游瀘山者，余每叩以實跡，則云：「女像信是肉軀，但髑髏未免如拳耳。」咸豐乙卯仲冬之晦日，公事稍暇，拉幕僚輩鼓興，涉海登瀘峰。入寺，但見祠院古柏樹身粗巨如夏屋，蚪柯黛葉，偃蹇糾繆，輪囷蟠結。雖寄生古藤亦粗圍過握，陰蔽數畝，驢跡固不復有，然實隋唐以前千餘年物，女跡之石尤不可考。揭簾瞻像，則仰面朝天，朱唇粉齒，泥塑金裝，與所聞肉胎迥異。祠壁灵㾜所書，惟云「朝天老姥送子娘娘」，其稱謂尤異。况段氏既係少女，豈庸呼以姥母？而送子職司，尤非少女所宜。及驗讀碑誌，更云「毗婆化身」等語，亦恍忽無據。殆與陽虎臺聖母一爲土俑、一爲木偶，同爲僧道輩所誑，不過藉以斂香資、嗜餘利耳，非實有蜕化事跡也。嗚呼！天下事不求其實，信耳爲目，徒取悦於聽聞之異，爲人所誑，既以自誤，又復誤人，悉此类也。昔余在商邱日，中五臺後有定空和尚墓，正面留一洞窗，云即和尚肉胎端坐其中。每歲四月，郡人拜文殊菩薩，男婦雲集，共焚香楮於墓前，瞻禮紛如。余偶與窺視，乃見土塑僧像，高不二尺强，一如朝天姥母之誕妄，非肉軀也。

記西昌異聞

建昌城中發蒙寺，有石香壚一座，中積石子。每當瀘山寺敲擊晚鐘，則壚中石子應聲跳躍不止。

螺髻山在縣東南四十五里，其山高聳，頂如螺髻，故名。四時積雪，相傳頂上古有螺髻寺，舊時住持老僧於寺側獲千年何首烏一具，就寺煮餌，以湯潑寺地。僧仙去，寺遂隱而不現。當天氣晴明，聞鍾鼓之聲，見殿閣之影，雲封霧鎖，終可望而不可即。今所存者，小螺髻寺也。內有銅鐘，上鐫明英宗天順年號。

邛海之深，不知幾千百尺。昔有學博帶水手一名，命下海底探之，則見青龍蟠珊瑚樹一株。按此又與前所記安土司落帽事小異，姑兩載之，以備異聞。

錦川橋下路東有古松一株，老榦高聳，垂蔭數畝，旁有碑記，刻「蒼龍奇觀」四字，係魁麟書。魁麟姓完顔，見光福寺楹聯。

香泉村，城東七里許地。湧香泉，味甘如醴，烹茶煮𩟔，可以却病。建城水之佳者，此爲第一。又城南里許，有泉自地湧出，其味甘美，遇旱，取水祈禱，每有靈應。

武侯祠碑，係明楊芷所題七律詩二首。今碑在大教場堂屋西偏下，有龜趺常在箭道，屢顯靈異。凡武官操演及武童考試，皆先祭祝其前，香楮所焚如小丘然。

觀音巖距城北八里，山麓之間，突聳巨石，懸崖壁立三百餘尺，崖巔一徑，僅通行人，舊有石刻觀音大士像。嘉慶壬申秋，山之人有重負過巖，失足墜巖下者，於昏瞀中，忽睹菩薩現身，其人絶而復蘇，竟得無恙。城東有良家女，瞽已數年，聞其靈異，虔誠往禱，雙目復明。於是郡城内外彼此轟傳，達於鎮府。相與醵金錢，爲建觀音寺於巖側。

白塔寺銅香爐一座，明嘉靖十二年癸巳八月中秋，夏昂、夏璋同緣趙氏造，重四百餘斤。十五年丙申二月二十八日夜丑時，地震損其右耳，不知何人所補。道光三十年庚戌八月初八日夜丑時，地震復折其左耳。咸豐五年乙卯，余權西昌令。明年丙辰正月，德昌巡檢王祖培、郡幕沈鎮、縣幕孟鍾祥暨官親徐之嵩、元繼高等，商與醵錢補鑄右耳。兩次地震皆以丑時，而鼎之左右耳疊罹其災，且鼎成以八月，其再遇毀亦以八月，豈有數存乎其間耶？據鼎銘，白塔寺本名普净寺。

記司閽索費

某大令，人既昏瞀，所用司閽人，尤貪鄙，不曉事體。方令接待之次日，適值上丁釋奠，吏豫以拜跪儀注呈司閽。閽與索規禮。吏曰：「此祀典儀注開單，循例向無規禮。」閽怒，呵之曰：「如爾言，果無規禮，閽豈爲爾白供奔走者？」擲地還之。鄰封會哨期滿，役繳牌，請更替。閽索繳牌費，役曰：「牌奉上憲札飭，鄰封州縣凡於交界處所，會緝姦匪，歲分四季，季終彼此互易牌票，以憑信驗。與尋常詞訟簽票不同。詞訟兩造出費，會哨牌乃鄰封易來，無出費之户，役不敢欺。」閽大怒，曰：「我但知有牌票，即應有費。不知何者爲會哨牌，何者爲詞訟票，爾何得全行乾没？不且杖若股，罷若役。」役退，顧與吏私語曰：「見公事必需費，吾等索賄有辭矣！不然，何以供役？」嗚呼！吏胥謂之衙蠹，顧蠹之毒物也，無所别擇，期於糜爛。蠹腹果物，腐不堪矣！乃闇之昏昏，其毒更甚於蠹，而令倚爲心腹。吾烏知心腹之毒，其禍將何所終極歟？

記宣武門古墓

京師宣武門月城有古墓四。或云墓本五座，歲久，風雨傾頹，其一遂爲平地。車馬往來，日數千百人，莫知所緣起。咸豐五年乙卯，余權西昌令，權尉安某直隸保定回籍，自言先世蘇禄國東定貢王，當明成祖時，攜家來朝，所獻東定寶珠，重至七錢餘者數顆。成祖喜其遠夷慕化，泛洋入貢，故封爲東定貢王。王年八十餘，以遍游天朝名勝請詔，先馳赴山左，祇謁孔林，攬勝泰岱。行至德州，以暴疾薨。回禮，死無棺木，隨所在，三日内葬之。長子温都嚕曰：「我雖冢嗣，父薨，非故土，願守墓。」次子安搭拉亦以兄應襲王，我安得以國爲利，遂亦守墓不歸。詔以三子監國，未至，就封襲爵。成祖北征，安搭拉五子皆以智力從，立殊勳，成祖寵異特甚，爲人所忌。獻議謂：「五人功高，賞不輔勞，恐將不利，不如以計誅之。」五人出宣武門外，門閉。比返轡，内門亦閉。伏兵起，斬五人月城下。屍立不仆，拜而仆者四，遂葬牆隅。其一僵如故，立不可動。傳言當時立埋其屍，又云屍比不知所在。戍祖悔，乃封安氏後世襲指揮使。占籍保定者，其一支也。至今五百餘年，世以武功顯。

記索通緝錢

西昌，故夷地。盜劫處分，一切委諸土司，雖謀故鬥殺等案，凶犯脱逃，亦借以規避。某令涖任後，適值普濟州吉土司所轄地具報，雷某爲晏姓群殺。雷本無賴，虎逐鄉里，諸鄰閭不堪其苦。晏務農小裕，屢受雷某欺凌。假貸稍不如意，晏遂不能安寢息。雷有田一區，數强售晏，晏皆以賄免。是日，雷負鳥槍復强售晏，故昂其值，不且以鳥槍斃之。鄰里共憤，群毆致死，抛屍巖下。雷族頗衆，好事者咸籍屍親爲需索之端。里保等既處和矣，約費數百金。令知之，索案甚急。胥役不得已，始以正兇至。令佯爲嚴辦，其實則陰圖納賕。案定，竟以通緝縱正兇，辦代兇者。所管簽押人素不識字，初不解通緝爲何説，已而知其賣兇枉法，遂向司閽索通緝錢，相与喧呶。

余時雖經交卸，尚勒居署中，聞通緝錢之鬧，賞其名目甚新。幕某云：「儀注錢、繳牌錢，今復鬧通緝錢，出奇不窮，《瑣記》中又應添一佳話矣。」

記溪龍館鳥

溪龍公館一區，爲學使者歲科案臨與迎送往來衆官之所。後有古樹一株，不知何名，長條紛拏，業經半死半生。上巢青莊鳥二十餘窠，日夕咭聒，煩不可耐。館人云：「鳥初至，但一雌一雄，踞樹孳乳越十餘年，驅策無計，迄臻聚族。」樹主人駱某，始以執鞭爲業，自鳥之來，遂有起色，今已家産巨萬，爲場户之冠。咸豐乙卯春，滇撫舒公道經其地，入館。司閽以升炮責館人，答云：「鳥方孕子，若升炮則羣鳥舞鬧，大人將終夕不能安眠。」余權西昌令，去來必留宿館中，惟以鳥聲代刻漏，今此卸篆，爲新任牽率，駐館數日，而鳥語繁夥，如增離别之悲。古人云：「禽鳥得氣機之先」，睹群鳥之滋茂，吾固知樹主人厚福未艾也。

記萬馬銅場

寧遠府以銅政爲要務，西昌居附郭首邑，所管金馬場、青山嘴窪、老脚、正子各場。當乾隆、嘉慶、道光之初年，山氣全盛，礦苗亦旺。每歲砂丁攻採得銅，不下數十萬斤。滇省銅委、銅商等採辦絡繹運販不絕，縣缺尤屬上上。迨後攻採既久，硐老山空，所出之銅不敷壂課，商負無復至者。今則銅歸府買，課仍縣輸，銀折費增，歲賠六七百金，缺既瘠苦，重以銅務受累，遂無人願蒞此邑者。余以咸豐五年春奉委，强余權令。適楚廟首事舒子玉、李興盛等具稟：安土司所轄金馬河边，地名姑姑樓，離郡二百餘里，山場闊厚，礦苗透露，懇賞示開挖。當遣書役等履勘查覆，批准給發採牌，與該場人收執，令其自備工本，遵照場規辦理。并諭客約首人暨土百户，速派幹練頭目，協同書役，飭令採辦之人，多招砂丁，實力攻採。廠户田慶朝先已獲礦數萬，修造壚房，積炭扯火，於五七八九月間，將煎就紅銅解縣。除抽課銅外，採買銅三千餘斤，照例發價給領。據首事等云：「礦氣旺盛，銅登上上。斯時雖廠户手生，煎辦未能如法，將來必期大旺。」一場運往往如是。該廠户等取名萬馬廠，盖以爲金馬場之子場云。

附：銅場採礦法

凡山之有礦者，其山必然高聳，氣脈豐厚，來龍落穴，左右環抱，前後關闌，形勢與别山不同。銅礦多在山下近河之處，一山有礦，十山有引。若中央有礦，四面八方皆有引苗透露，須向正中穴道攻採。穴開有黄名雞蛋黄、紅名紅塃、黑名龍骨泥、白名耳巴泥五色之土及腐金名黄金箔，點斑如金、馬牙名即白油石各種形於山外即是引苗穴間，總有此種，廠曰拴口。用錘鐵造手錘，每把重十一二斤、尖即鐵尖，條上加鋼，每隻重二斤、𨦟子即鐵鑿子，形如鷹嘴，每把重十餘斤、荒（塃）朳即鐵鉋，锄形，如艾葉，每把重一斤、亮壺或銅或瓦、掛燈即有柄燈盞，皆貯油價點燈之具、廂木鐵具破土開挖而進。其進山孔道謂之𥕢子又名窩路。𥕢内要有水出，水，金也。金能生水，水以養金，故要有水。《參同契》云：「金爲水母，母隱子胎。水爲金子，子藏母胎。」方事採辦。無水之𥕢，多不成效。硐即𥕢硐之名，如趙姓之𥕢取名寶興硐，錢姓之𥕢即取名豐裕硐是也。各有各人𥕢硐，不能一齊攻採。每𥕢一口，用廂頭二人，又名錘手，即掌尖執錘，領首之人。帶領砂丁八人，又名礦夫，即背篋除塃下班之人。分作晝夜兩班。名晝夜班。或用錘手四名、砂丁十六名，分爲晝夜四班。名四水班。議定班期，或十日或半月輪流轉班。一轉則以晝班改作夜班，又以晚班改作早班。跟引攻採，遇石名爲破尖則用銅尖跳錘即長柄鐵錘，每把重二三十斤鑿石而過，遇土名爲鬆塃則用塃扒、鎵子尋礦採挖，再用木植名曰廂木架廂上下，頂立兩旁。又用大柴名曰劈柴順劈横闌，以防不虞。引上名曰冒蓬即向上攻打，引下名曰吊井，又名底板即向下開挖，引若斜横，向下名曰牛吃，水引分左右，名曰岔尖子，皆順勢攻取。見礦謂之着閙塘。俗最重閙塘，盖礦多也。有攻深而見汞少者，有攻淺而見汞多者。汞大而扯爐易，則工省而利百倍。汞小則值日食而已。汞多謂之黄花，地盤爲旺廠。工少名爲養身廠。不接礦謂之荒尖子。善於辨識礦山之人呼爲廠客。善能分汁之人呼爲爐客。一名爐頭。分汁者將所獲之礦砌入火壙，先用柴火煅過，次用大爐炭火架扇風箱，陸續添鎔。又用人夫四名，分作兩班，或用八名，或用水車。執掌箱棍，輪替風扇，名曰扯火。扯火之時，其光照耀甚遠。晝夜煎煉，或銅或鉛即時成變者，名爲分汁。如熔化之礦，不銅不鐵，硬性不變，兼雜砂渣，煉久不成者，名爲不分汁。能將不分汁之礦，善用五行配煉，罩出銀星、燒獲銅鉛者，即是高手匠人。辨汞分汁，雲南人爲第一，湖廣、貴州人次之，西番夷人又次之。自今日辰時煎煉起，至明日對時止，名爲扯大火。

又名寶火。最旺可獲銅鉛三四千斤，最少亦得五六百斤。若礦微硃少，隨煅隨揭，名爲扯小火。可獲銅鉛二三百斤。廠規所諱惟精光倒塌四字，又忌封字，寫豐字。又忌鋪盖，呼爲麻哈，豆腐呼爲灰毛。硐外房屋呼爲火房。系砂丁等飲食住宿之所。經理人工礦硃、登記油米用數之人，名曰管事。借給工本支發油米者，名爲鍋頭。又曰商總。承經蹔課，上納官銅者，即爲墟户。開山破土之人，名爲硐頭。或因工本欠闕、油米不濟，今墟户多與砂丁人等分股爲之。將礶放與別人採辦，抽取硐分者，稱爲硐主。官爲設立者，爲硐長。閤場公舉。如遇礶硐相穿、爭尖奪矿之事，令其進礶查看情形，繪圖呈官理處。凡銀銅鉛之記件數曰幾圓、幾半、幾尖。

記建昌鳥

西昌有一種鳥，形大小如鳩。翼白質而黑章，如鴷啄木。腹背膺臆毳毛如土黄色。喙長寸餘，尖鋭如錐。頂上長毛，飛則張如摺扇，立則合如帶箭。亦如梭聲，如空空空空，亦如宫宫宫。或三或四，好木樓。有時落集人家屋上，或院中地下求食，不甚畏人。土人呼爲啄木鳥。屢驗之，實求食地中，不聞有啄木聲。按吾鄉啄木有二種：小者有褐，有斑。腋下有紅毛，俗謂紅裙，飛則露出。宿樹窟中，或趁其飛遠，以楔與土塞窟。歸則就地畫符，楔土自落。輒以喙自亂其符，人無能得也。《博物志》云：「此鳥能以嘴畫字，令蟲自出。」一種大者，青黑色。俗呼濕濕蟲。其音自呼相似，鳴即雨至。土人以測陰晴，有驗。二鳥皆短足長喙，躍樹上，穿木食蠹。禹錫云：「其大者，青黑色，如鵲似也。」但言「頭上有紅毛，土人呼爲山啄木。」時珍又言：「小者如雀，大者如鴉，面如桃花。」魯至剛又言：「山啄木頭上有赤毛，野人呼爲火老鴉，能食火炭。」則生所未見，恐未盡然，且與此鳥形狀不符。熊耳山教授言：「即戴勝，惟建昌有之，他處所無。」按《月令》：「三月，戴勝降於桑。」《集注》謂爲：「織紝之鳥。一名戴鵟，鵟即頭上勝也。」據時珍云：「鵀鳩，《爾雅》名鵖鵀，又曰鵖鴔。戴勝也，一曰鴨鵊。」羅願曰：「祝鳩也，小於烏，能逐烏。三月即鳴，今俗謂之駕犁，農人以爲候。五更輒鳴，曰架架格格，至曙乃止。滇人呼爲榨油郎，亦曰鐵鸚鵡。能啄鷹鶻烏鵲，乃隼屬。南人呼爲鳳皇皂隸。古有催明之鳥，名喚起者，蓋即此也。」又按：榨油郎，吾鄉此鳥極多，以三四月五更輒鳴，聲似榨丁榨丁，飛擊鷹烏諸鳥，鷹與烏等甚避之。但俗呼「榨螂郎」，亦有鳥中皂隸之説，與時珍「大如燕，黑色長尾有歧」説同，特未見其頭上戴勝。楊升庵謂「即伯勞」，固非。而李謂「即戴勝」，亦與此鳥不類。姑集諸説，資博物者考證焉。

記蜘蛛精

揚州市上有賣藥老翁，形狀古怪，莫審所從來。一夕，雷雨大作，江濤驟湧，竹林龍鳴，若爲物所窘迫，終夜始寂。詰朝晴霽，郡人往驗，則園林竹樹同歸焦灼。有物落地，縱横散列，軟膩如筋，圓圍若臂，長或數尺，短亦逾寸。兩頭燒痕宛然，斧斤所莫能傷。尚有於數里外拾得者，識者云：「此蜘蛛絲也。是必天龍下擊，蛛吐絲網龍，故龍聲急切求救。意必火龍燒網，龍解而蛛亦逃。絲爲雷風所蕩泊，故至是爾。」自是後，老翁竟不復見，衆疑爲蜘蛛精云。

記楊寅姑案

楊寅姑，冕寧民人楊應舉女。咸豐四年，年十六。邑諸生盧心恬爲子尚林聘娶之，三月於歸。後尚林肄業縣書院，女獨處。六月二十三，心恬遣人速應舉曰：「若女病心疼，危甚，若往視女。」應舉曰：「女病翁家，翁自延醫診治，無需我。我農正迫，農畢，視女不遲也。」日暮，其人遷延不肯去。又告云：「女非病，遇邪自縊，實死矣。」明日，應舉遺婦暨弟應章往，則棺殮已畢，盧他適，但留語諄囑：「雖親至，不准啓棺。」建俗，凡女以非命死者，其母家襲夷風，眷屬盛集，肩輿數十百人，毆傷主人，搶奪什器，殺猪牛雞隻供食。主家男婦盡逃走破産，狺狺恨不能已。里閈能事者，出好語勸息，楮鏹若干綑，布若干疋，卷經卷超度費、燒埋資若干貫。控報命案，藉屍生端，不一而足，所費不貲。應舉雖農民，頗解事。以爲女死，親誼故在，雖鬧，何益死者？徒違和耳！但求翁家如禮葬女，足矣！縣役忽至門，示驗期。楊未擬結訟也，乃悟盧先已關通縣令，謂尚林自書院歸，呼寅姑治午炊，飯焦而懟，氣忿自縊，并坐應舉以藉屍搕索之罪。至日，令親臨起驗，刑仵報縊傷致死。令覆撿再四，細爲勘驗，實非死於縊。已而覺其賄，杖刑仵，革役。李洪順者，雇爲盧造酒，稔知實情，將欲吐出。證曰：「寅姑死盧三公，非死尚林。」三公者，冕俗，尊稱以數派。令怒，杖逐出境，示不得再至冕，以撿驗請鄰封而已，不任其咎。經驗，情事不符，檔卷久之。數議和，應舉心稍動。心恬乃以令遇伊厚，數被袒護，不肯和。八月，應章女蓮英，九歲，忽泣訴曰：「父耶！叔耶！兒實以冤死。父與叔乃欲以賄和耶？兒冤不伸矣！」應舉哭曰：「爾寅姑耶？我實不知爾所由死，何由鳴爾冤？爾冤不白我，恨無可釋矣！」對曰：「爾日，姑赴戚筵，婿亦未歸。天且下午，西日欲傾，兒甫提罌水灌椒畦，翁自背後至，握兒腕，捋兒臂釧。兒顧見翁，稱曰：『儂，翁兒媳，翁豈醉耶？』翁彊捉兒襟，不且死。兒益號救，李雇工適過短垣側，聞聲探首視，睹翁狀，勸曰：『三公勿撻娘子。』翁怒，飛足踶兒，循去。兒倒地，疼不可起。人來擁兒歸房，纔至榻前，氣遂絶。此六月二十二日事也。翁令潛以洋布帶繫兒頸，掛壁釘。墜地，口血流出。翁復以絲帶繫頸，作兒自縊狀。呼鄰出救，皆僞爲也。兒曷嘗見尚林，與詬焦飯事？」應舉再控令，令不肯追證取辦。乃遣應章赴省垣，上控制府，制府下其事寧遠守。會廉訪使者已准調名山仵作至西昌，飭西昌令詣冕寧會驗，取供稟報。明年二月，西昌交卸，余適奉札權縣事，卷移後任。名山仵作鄭連陞以四月至，與余同赴冕寧。以是月二十四日，天氣晴明，登場會檢。先呼刑仵誓語明心，然後取兩造甘結，開棺，如法蒸檢，而尸尚未腐，惟足踝微爛，云：「係心田打折傷。」據鄭仵作喝報供云：

檢驗得楊寅姑致命：頂心相連顖門有紅暈斑痕一路，上下牙根骨淡紅色，係小腹受傷。左右兩臂骨俱有髀骨，左右兩脛骨俱有骱骨，生成異相，合面不致命。左後肋骨自下數上第九第八第七條，一傷斜長一寸，寬三分，微紅色，係木器傷。周身骨殖全係生前受傷身死，余細加檢視，頂骨亦係三叉縫，兩肋骨亦止二十四條。女具男骨，宜其遭蒸檢之厄也。又項下釵環骨故未斷，手指足指骨皆潔白明亮，實非縊死。

驗畢周身骨殖，鄭仵作仍復當同兩造，一一如數、如法加包緘封。余與縣令押一紅封，外加冕寧縣封條，骨箱會交楊應舉領存具結。他日雖有反覆，此骨當無變易患之。

嗚呼！此案實關風化，楊寅姑拒翁調姦，殞命捐軀，情證確鑿，闔郡官吏紳民人等具知朝廷有旌恤令典，而官歷三任，冤無從白，枉加以蒸檢之罪，咎將誰歸？

記更正紅樵觀察殉難事

咸豐甲寅夏六月，粵匪再陷武昌，紅樵死之。長隨李恕至，面述顛末，余曾據事直書，以爲庶足徵信無疑矣。未幾，閱邸報，見曾篴生侍郎奏，乃云「投城而死」，心雖疑之，竊謂官幕辦案往往失真，余之紀實，正所以證此等之誤也。暨楊慰農制府奏入，則又言其自縊死。後接令子鶴人觀察哀啓云：「賊入城，各官俱出，紅樵乃具衣冠，謝闕叩頭，從容賦絶命詩數首，罵賊赴難。」亦未明言其如何死法。嗟乎！投城死、投繯死、投池而死，等死也，其子尚不能查訪確實。當賊匪蜂擁之際，紛紛逃竄。死喪存亡，非目睹親與其事，傳聞異辭，難辨真僞。逮至事後定論是非、混淆古今，史編紀載，雖忠臣孝子烈婦義夫鮮言之矣。事隔數年，中心時怦怦動，莫從執一説以爲更正。丁巳春，余駐冕寧之靖遠營，招撫夷民，屯守備官穆租索朗來見，爲余言：「前在湖南軍，隨鶴人觀察帶兵赴武昌難。鶴人身先士卒，奮勇殺賊，燒賊船，蹋賊營數十處。賊屢敗，不敢與敵，見輒奔潰。

鶴人首先登城，眾兵從之，踴而入城。賊破，尋父屍所在，得諸保安門內臬使寓署一小樓上。鶴人撫屍痛哭，從兵皆哭，哭聲動天地。紅樵屍肌雖枯，顔色黝黑，須眉森列，朗然具足，隙風入櫺，氣嘘微動。更章服棺殮，足不可起。鶴人哭祝云：『兒在此，大人請升禮履。』言未已，宛轉如生。屍閉樓上，閲夏秋八十餘日，雖炎蒸，蠅蚋不侵，邪氣不聞，真忠魂毅魄所保護。其旁一屍，則已腐，徒具白骨而已。顧其人能以身殉主，要亦一義士也。」穆雖武夫，頗解事，不類邊鄙上番夷人，説此事時慷慨激昂，義氣縱横，泪灑滂沱。夷務既竣，余始返成都。適紅樵幕友唐君沁梅，以四月初新，自楚北歸。唐，故余舊識也。往訪其寓，叩以原委，爲余述之，歷歷如穆守備所説，遂囑其用官牒文法詳述紀實，勿取粉飾之辭，致滋疑案。既以更正余曩日紀聞之誤，而紅樵於是可以瞑目。唐君不負死友，誠義士也。

附録：唐沁梅武昌紀事原草

咸豐四年正月初九日，粤匪復上竄漢口，攻陷漢陽縣城，與武昌隔江對面峙立。焚燒火焰，夜同白晝。時武昌省守城兵勇一萬三千餘名，城外四門派官兵安設營盤。横山則荊州兵，塘角則楊鎮軍扎營，保安門城外之鮎魚套則雲南官兵扎營，安置可爲周密矣。賊一到，乃北竄蔡甸，破德安府，以斷我河南之餉道。上竄長江新隄，以斷我四川之餉道。南破嘉魚、崇陽等縣，以斷我湖南之餉道。東南與江西之義寧州交界，賊聞江西餉至，即攻破義寧州，而江西之餉道又斷。從此四路無餉可濟，兵困糧缺。始撫軍崇尚知打仗時，遣兵勇攻漢口、漢陽，無如兵勇膽怯，不敢登岸。每逢打仗，輒至江心而止，不過彼此炮船互相放炮而已。迨青撫軍接印，誤聽左右翼長之議，總以結大隊逃走爲事，是以決意不與賊打仗。三月間，漢口賊船來攻塘角營盤，衆兵見，而逃走一空。時，守城兵勇中有川勇六品軍功李保全者，在城上見賊上岸插旗，即拔城上大旗一面，跳下城牆趕上，將插旗之賊殺倒，并將賊旗砍倒。又有一賊將火罐丢來，李保全即將火罐用脚踩熄，并將賊殺斃。由是漢口賊船始退，而武昌之危稍解。但餉道不通，兵糧無濟，勢日危急。四月間，保全獻一策，願以所帶之勇千名，扮作賊樣，頭扎紅巾，身穿賊樣馬褂，手執賊旗，由漢口夜間上坡，走至漢陽縣，混入縣城，由城中殺出，武昌發兵接應，可以克復漢陽，青撫軍不允。至月底，青撫軍乃令保全照所議往攻。保全曰：

「彼時奮勇願往者，因探明漢陽賊情僅三四千人，可以混入殺出，克復甚易。現在漢陽之賊均由德安回營，不下數萬人，斷難輕入。」不數日，保全又願帶勇殺蔡甸之賊，青撫軍又不允，别派德參將帶兵前往。保全禀見，青撫云：「我已派德參將去矣。」保全回云：「如此，大人即被霉矣。」次日，青撫軍見李紅樵，告以李保全出言之粗率。紅樵答云：「其人之可用，即以其出言之粗率也。」德參將果敗而逃歸。初，紅樵願變産，出助千金，并請青撫軍、岳方伯、顔觀察各出賞銀一千兩，共湊銀四千兩，令衆兵勇并力攻擊漢口，庶武昌之危可以稍解，竟無一人應者。孤掌難鳴，無計可施，真可慨也。維時，青撫軍與岳方伯等共議兵餉不濟，日給兵勇米八合三勺以作口糧，錢十文以作鹽菜之需，各兵勇俱有散心。紅樵聞之，焦甚。商諸鹽道曹觀察，觀察不語。紅樵笑云：「爾從前做御史時，何等風利。今何一言不出？查得庫存，京銅尚有三十五萬餘斤，兼之廢炮、廢鐘數百萬斤。省城無人工煤炭，不能鑄錢。訪聞城外北鄉昭賢里有私罏七架，已令人將罏頭傳至城内，向其議定，不管人工、炭火、黑鉛等項，繳錢一千發毛銅十三斤，先繳錢，後發銅。倉中存米尚有三千餘萬石，每日發各兵勇米一升、錢百文，以資食用。俟餉到，再將所欠之餉照數給發。其每日給發之錢米，作爲兵勇之賞號。如是，則兵心尚可固守，不至涣散。計算尚可支持半年之久，省城或能保守，亦未可定詎。」撫軍與方伯俱以京銅處分甚重，不允。紅樵怒云：「無論應殺應繳，均有李某一人承當。情願出具不與別人相干甘結。」亦皆不應。夫兵勇皆非正業之人，或嫖、或賭、或吃煙，各有所好，焉能以每日八合三勺米、十文錢遂足支令度日，固結其心乎？至五月底，衆兵各打傳單，決意散走。六月初一日，二炮後左翼長景參將忽來拜會，紅樵接見，所説係初二日早，文武各官同結大隊，由大東門而走之議，邀與次早務必同行，不可稍遲等語。紅樵怒甚，拍案大罵云：「爾出此不要頟（臉）之言，來欺我乎？」景參將不悦而走，紅樵亦竟不送。比登城巡視，已無兵無勇無官。是夕，仍在城樓住宿，此六月初一日夜也。初二日早，回公館，有守城委員俞君來通知，城已破，賊已入城，約與偕死，諭令各自爲計。俞出門後，父子二人即被賊殺斃街衢中，并糜爛其屍。賊至公館，紅樵躍入厨後池，池寬廣約兩箭許。紅樵既赴池，予即與其家人樊升，先後逃至公館後之空屋樓上隱藏。其時，各官親長隨等先日早經逃散，僅予與樊紀同在一室。至夜，城内四面火起，火光燭天，如同白晝。乘隙瞭望，見其去寓尚遠，商與樊紀下樓，赴紅樵所躍處。尋屍不見，復繞至屋後草舍内，有燈火透出，推門入視，則紅樵故與如君高姫據地默坐。予就詢其業已投池，因何至此？據云投入池内，由南岸浮至北岸，將身鑽入水中者數次，但見水底俱是紅光。復欲鑽入，身仍浮起，竟不能死。廚役老曹者見之，將其拉起，背至是屋。老曹勸褪去濕衣，將其平日所穿之舊鞋、舊襪褌并舊藍布大衫一件與之更换。因對予泣曰：「君等且去，可勿死，各自逃命，不死無害於義。我斷不容再生，况時勢如此，生亦無益於事。我矢志已久，不必勸阻，惟有别尋死路而已。」予與樊紀再三哭勸，且請同赴予向所隱藏之空屋樓上小息暫時，再立主意。三人一同赴樓，湯水不進者三晝夜。至初四日，紅樵再三囑予下樓，予向述曰：「有一計，聞賊不殺年老者，且聞初十日開城，爾時三人同混出城。我兩人鬄髪爲僧，尋一古廟藏身。兄即從此而隱，弟亦偕隱。樊紀令其設法回籍，張羅數十金，以資接濟，何如？」紅樵云：「此説斷不可行。我一門受恩深重，先世屢殉國難，豈可自我而隳，貽前人羞？况生既不能殺賊全城，有負國家，惟有一死以報國。男儿七尺軀，豈庸瑣瑣作偷生漢邪？」予又言曰：「尚有一計緩圖，殺賊可以不得處分。假言於五月二十五日奉撫軍檄，委赴德安制軍大營處催兵催餉。至初二日，中途聞城陷，過渡落水，并將文書淪失等因……」紅樵遽云：「此議雖有行之者，但如吾弟可以逃避。若我身相終是官樣，與其死於賊，不若自盡以報國，吾心始安，萬勿再勸。惟願吾弟將来同孟群大兒好收吾屍，吾雖死，陰靈必能護爾出城，弟勿復言。」時天已昏黑，適館主人送一火來，燒水共飲。予令東人稍待，即下樓與之偕行。館主人引予至一小樓，係其妹家，囑予寄寓於此，并將高姬引與其妹同居。予因見寓處有空樓一小間，意可引紅樵暫此躲避。俟開城日，再計逃走。遂商諸館主人，同至紅樵處，詎料紅樵於予下樓後，即用棕繩投繯自盡，樊紀亦死於其側。當是時，遍地是賊，既不暇爲之殮埋，又未便移置他處，以致有失屍之患。僅與館主人議定，不如解放樓上，將樓門關閉，再作主意。於是安置妥適，仍回避寓樓。初五日，予見空館内時有賊人出入，恐其毁傷屍骸，甚不放心。因思館主人已在賊人處服役，即允其向賊頭處取一賊人印封，封閉館門，使散賊不能進出，方足以保其屍。主人應允，旋索印封一張，貼於空館大門之上，賊即從此不復出入矣。予每日觀無賊時，必至館門看視一二次，印封儼然，竟未毁動。至初十日，賊果開城門，予衣襤褸，混難民中，擁擠出城。被守門賊説予是妖，欲拿送總制。正急迫間，城外忽一老賊馳至，以拳揮守門賊曰：「爾勿枉苦良民，此人果似妖否？」兩賊互相争鬧，城外復有一賊，將予一推，囑云：「爾尚不走，何待？」

跌至城門石上，頭破血流，於是逃逸。又遇群賊來，將予攔住，遍搜予身，并無銀錢分文，僅左手腕上帶有金鐲一支，賊竟勒索上下，未經搜出。賊釋予，倉惶走去。予亦即走，此殆紅樵陰靈所默佑也。初出城時，顧視江天浩渺，所經無非賊窟，計無所之，始擬走赴德安大營楊慰農制府，舊日賓東，應可寄榻。既又思歸川省，安我故巢。復一反念，予若一去省城，别計他往。將來鶴人少君自湖南帶兵赴援，不能見予，則紅樵之屍身必不可得。紅樵之屍身若失，即予亦難對死者於九泉之下。去省城六十里金口地方，係湖南北要隘處，兵船若臨，必由此經過，可以會遇於是。即在金口躲住七十餘天，其間身受苦楚，真有難以言述者。至八月，鶴人兵船果來。頭隊至金口，予即往詢。帶兵官乃備小船，送予至嘉魚縣江口。登鶴人兵船，見鶴人，將伊父殉難安屍各情形告知，并語以父屍所在。心事粗了，予擬即時回川，鶴人留予在船，一路俟克復省城，得父屍後，再爲護送。八月二十二日，省城破，鶴人首先攀援登城，尋獲父屍。尚在殉難處未動，其面貌須眉畢具，周身骸骨全然無恙，并無絲毫傷損。如此炎熱天氣，亦無蛆蟲鼠耗之跡。忠義之心亘古不磨，即此已可概見。於是備具朝服衣冠，裝殮如禮，移至漢口十餘日。鶴人送櫬歸葬，其一切恤典恩蔭之盛，無庸贅叙。至樊紀屍骸，僅餘枯骨一堆而已，蛆蟲鼠囓，痕跡俱在。相間不過二三尺許，何以一則完然如生，一則朽骨僅存乎？此即天地間之一大奇事也。

記李總戎

賊匪上竄荊州，距城五里有板橋一座。將過橋，兵先逃散。雲南昭通鎮總兵官李國才，衆稱爲李探花者，僅帶兵六十名趕至。飭衆兵站立勿走，敢走者斬。只須助威，喊叫殺賊。李單身匹馬，并六十名親隨兵趕上，將賊殺退，荊州城由是獲全，沙市、荊州城人均尚稱誦無已。惜乎主將至今不重用耳！

記麻城僧兵

湖北麻城縣有大廟，和尚兵數千名。其和尚均耕種爲業，賊來囑本縣官勿懼，無須兵勇，無須口糧，有伊等和尚可以殺賊。於是賊屢來屢敗，雖數萬賊至，均被和尚殺退。是以至今五六年之兵災，而麻城并未震動。

記隨州練勇

湖北之隨州一帶，地方練勇得力。凡有賊來，無論需用，兵勇十萬八萬一呼即至，均自帶乾糧，五日一換。無事則各歸農業，有警則齊心殺賊。儻團練中有一名不到者，查出，衆團練人將此人之房屋盡行燒毀，并不傷人，搶擄什物，是以賊不敢至。

記沔陽禦賊

湖北之沔陽地方，係是岸道。賊來，各家以所有之桌凳堆放路上，以擋其來路。是以賊雖以馬隊來，被其桌椅等件橫砌於道，不能前進，技能無所施。又沔陽州有堤埂一道，上通荊州，大路兩旁均係湖河小汊。該處鄉人預備小漁船數百隻，船中以二人撐篙、摇槳，以二人各手執大竹筒一個，中節打通，下留一孔，上用細竹裹綿絮扎緊。賊來，以數百只漁船之竹筒，探向湖中之濫河泥內，取泥滿筒，提出即向堤埂冲擊，傾刻間堤埂濫泥可積數尺。賊來既近，即以筒泥向賊面、賊身亂擊，不但賊不能前進追殺，而口眼鼻耳中俱是污泥，不能喊叫打仗，屢來屢挫。是以沔陽州城僅留一空城，賊來亦不閉門。賊進城一看，一無所得，隨即退出，不敢駐足。

五條全録《沁梅隨筆》

卷　九

記建昌夷務

寧遠，古西夷，爲邛都國地。自漢武帝用司馬相如言，橋孫水通西南夷，置越巂郡。由漢歷晉、宋、齊、梁、後周，逮隋唐，建置遷徙，旋亂旋平。唐至德中爲土番所據，太和五年陷於南詔，咸通末又爲蒙詔所據，立城曰「建昌府」。宋藝祖玉斧畫疆，委大渡河以外棄之，是以終宋之世無夷患，而地爲蒙、鄭、趙、楊以及段氏所據，與宋終始。元雖收復漢土，置建昌路，邊境屢有失亡。明太祖洪武五年，囉囉斯宣慰使安定來朝時，建昌尚未歸順。十四年，遣内臣齎敕諭之，乃降。已而，月魯帖木爾叛，四川都指揮使瞿能、指揮同知徐凱輩隨總兵官涼國公藍玉討平之，改建昌路爲建昌衛。至隆萬間，建昌有木托、安守、樟木箐、五咀咱之亂，冕山有桐槽王大咱之亂，越巂有邛部黑骨夷之亂。勞師糜餉，僅而克濟，而夷禍未息，迄於思陵。我朝康熙時，百蠻輸誠，納職貢，於是改土歸流，分置各土司、千户、百户爲之酋長，仍曰建昌衛。雍正六年，裁衛，改甯遠府，置廳一、州一、縣三，隸之，此甯遠府地沿革建置之大略也。咸豐乙卯春，余奉委署西昌令。西昌爲附郭首邑，漢夷雜處。涼山、旄牛、河東河西、阿都正副、沙罵、昌州、普濟州、威龍州六土司二土千總所轄盡屬夷地，且膏腴上産，漢民垂涎者衆。明年丙辰二月，期滿瓜代，至交替，返成都。至六月，廉訪使者檄赴甯遠所屬各廳州縣，會同地方官及營汛，查拿滋事夷匪。先是，西昌之熱水河、東西河、北山等處，冕寧靖遠營之波羅密坡、竹翁諸汛，漢民以盜蜂窩、牽牛馬小忿，擅殺夷人，釀啓邊釁。夷漢多所殺傷，屢激焚掠之慘。邊吏申報大府，請發兵餉，并請建昌鎮帥親督剿辦。邊民意謂可藉兵勇殲厥醜類，盡其種而去之，墾彼田土，償我宿忿也。適余捧檄與鎮軍先後至建，鎮軍以余曾令西昌，夷務民情素所熟悉，商諸郡太守，會銜稟留，制府遂以余名附片入奏。八月十五日，余會同建昌鎮中軍游戎駐扎禮州。二十日入熱水河，屯軍角拖街場。河東長官司安平康及母安龍氏、阿都正女長官司都安氏先至，以余二人令招撫沙租、祖租、金果、依鐵、嗞呢等七支黑夷，諭以恩威，輸欵投誠，并傳打木刻，與漢民議和，出具永不滋事甘結，夷漢相安。事竣，又以九月初齊赴西河之三株樹、東河北山之木托汛，安土司等仍調集嚕咩羅抹各支夷投降，一如熱水故事。差蔵返郡，而鎮軍鋭意進剿冕甯之靖遠營等汛叛夷，豫調本鎮十二營裨校，統帶兵勇數百名，擇於十月十一日親督官兵前往。二十七日，屯冕山汛之鄉河壩，邀余偕至。是時，制府所發大金、小金五屯官兵一千六百名，并隨行丁役一二千人，團勇投效者無數。將弁雲集，號令風行，打仗出隊，兇夷敗奔。燒夷堡，糧物且盡。夷獻兇，釋難民，歃血請降，然後班師善後。余亦感激鎮府重爲稟留厚意，蟣虱其間。戎幕磨盾，簡牘多暇，聊藉筆墨餘瀋，拉雜紀事，辭鮮粉飾，意取徵寔，以見余桑榆從戎，欲籌邊務者，庶知漢夷邊民所以致釁之由。

記赴建昌程途

六月十九日，由成都省垣束裝減從，起程赴建。一路阻雨、阻水，以二十八日過大渡河，抵越嶲廳屬之大樹堡，是爲甯遠府北邊與雅州府屬之清溪縣交界處。據該處地勢高踞，路險坡陗，下臨大渡河，其西山後路通哷哷烏黑嗎溪一帶夷巢，地方自道光十三年富林驛土司馬隆作亂勦辦後，尚屬安静。二十九日，夜雨晨晴，經李子坪、曬經關、白馬堡、西平橋、橋即李西平大破吐番、南昭處，王春舫太守立碑。河南站早尖，原設外委一員又八里堡至平夷堡，即坪壩汛原設外委一員駐宿，共六十五里。又雨。三十日，夜雨晓晴，經大灣、小灣、飛來寺、觀音巖、平壩早尖，五里牌、磘廠、分水嶺、尖茶坪、陡坡頂、海塘營住宿，即甯越營都司所駐劄處。查該處城垣堅固，所屬土司及土千户以及熟夷、西番咸知歸化，野夷勢難侵擾。該營迤西有小路一道，可通冕甯縣城。入館後，雨數作。共七十里。七月初一日，夜雨晝晴，經鎮溪、青水塘，即静夷汛地，原設把總一員、外委二員。山頂荒凉，并無居民。又膓梅汛原設外委一員。山路陡險，曲折逼狹，甚不易行。又簝葉坪汛早尖，該處左逼陡山，右靠河溝，雖屬荒凉，尚保無虞。原設把總一員、外委一員。又麥子汛，該汛逼近夷巢，要口三處，地勢高埠，牆垣濠溝尚屬堅固，素無匪跡。原設千總一員、外委一員。又保安營。原設營都是司一員、千總一員，把總一員。查該處路，當野夷出没，要口七處，城垣矬小，民居荒凉，署都司趙千總壽山製備槍炮火器等件，俱堪施用，實力防堵，恩威并濟，夷人畏服。地雖險要，可保無虞。晚大雨住宿，共七十五里。初二日，晴，又微雨，經利濟站。原設把總一員、外委一員。查該處，路當夷巢出没，要口五處，四圍山高，均通夷路。該汛地勢低洼，形處險要，且係大差及行商往來必由之宿站，野夷不時滋擾，兵力單弱，似宜籌壯聲威。又青岡關汛，原設把總一員、外委一員。查該處，左逼陡山，右依平垣，縱有野夷出巢，尚可防守。是日劉錦廷守府帶兵防堵，邀留早尖。又板橋河、猓玀河、王家屯，原設把總一員、外委一員，查該處，地勢居中，四圍水田，東隔小河一道，尚有水田山地，河向東流，歸洗澡塘，山溝即係松光林野夷來路，路口原設有碉房一座，居民煙户四百餘家，五里之遥即係大屯，亦有居民三百餘户。惟該二處，設立團練，兵民合力，彼此犄角，可保無虞。又天王撥、青龍鋪至越嶲廳住宿，共六十五里，該廳原設駐劄同知一員、照磨一員、訓導一員、參將、守備、千總、把總各一員。查該處，四圍平坦，均係水田，迤東過大東橋，小河一道，接大水溝、磨盤山、一株樹、河東堡等處，均有水田山地，靠山即係跑馬坪，路係鴛鴦塘、小臘梅、華善山野夷來路。但居民倚山靠水，散布零星，鄰居勢孤，不成村寨，且逼近野夷來路，防守緊要。初三日，陰雨。初四日，晴，經小瑞山中所壩。查中所壩場市頗大，係普雄、五里箐、濫田壩等處夷巢總口，又柏香汛、季家山、螞蝗溝等汛去來要路，且漢夷交易總聚處所。該處爲越巂咽喉，夷人久欲窺伺之區，雖有鄉團，并無統率，不無可虞。又炒米關、觀音崖，至小哨住宿，共四十里，夷兵克優及黄都之子某來見，云係護送行旅并致差夷人。晚雨。初五日，初出館門，尚見日光。查小哨爲出入甯遠必由之宿站，地處小相嶺山脚，路通普雄、五里箐等處夷巢，乃夷匪易於出没之所，原設外委一員。兵力單弱，難資防守。行至長老坪，大霧陡黯，雷聲作響，何外委先派兵丁十八名、夷兵四名護送過嶺。兵聞雷聲隱隱，隔山如炮，遽攔輿禀稱，云前途已有槍炮聲，恐是夷人開仗，請令夷兵先行探路，再作行止。是時雲霧封山，對面不可見人，雨益大，纔登嶺頂，傾盆暴注，風亦助勢，克優等幾不可支。嶺頂房屋早爲夷人焚毁，僅餘斷壁赤皷，無可遮蔽。冒雨前進，至夷人出口要隘處，護兵皆膽戰心裂，縮頸緘口，不敢出聲。至龍潭溝，趙把總留早尖，并换護兵。雨勢微減，趙把總囑云：「但過閻王碥，便放心矣。」經象鼻營、九盤營、鄧公路，登相營，雨稍霽。諸處俱被焚毁，破壁頹垣，敗瓦零星，傷心慘目，非復前時所經。又倮玀關，深溝有老婦呼寃救命。又白石營、大梨樹、過路坎、老冕山，抵冕山營住宿，共一百二十里。查冕山去靖遠營僅三十里，由響河、壩河堧依山傍水入山口，係鑿山通路，纔容肩輿，路陡徑仄數十步，下坡，中更開朗，其間俱膏腴良田。洗密窩、古路橋、靖遠營、竹翁汛、密坡汛、波羅汛共五汛一營，五月間被凹折夷人所焚，惟靖遠營以向有土城獨存，古路橋亦以賄免。初至冕山館中，土人聞余係查辦夷匪委員，群投寃詞，呼籲擁館門，余皆作好語開諭云：「鎮軍業帶官兵，即日當至，爲爾等剿夷復讎矣。」遣之去。初六日，晴，過興橋，碑題古興橋。其下即孫水經流，未知即司馬長卿橋孫水通西南夷處否？又鐵廠大梨樹，孫水關即臨井溝，至瀘沽早尖。又轉山嘴、漫水灣、松林汛、黄土坡、瀘龍汛、冕甯西昌交界牌，至溪龍公館住宿，共九十里。初七日，七夕節，過禮州，至甯遠府。查禮州爲西昌縣丞所駐，去熱水汛僅三十餘里。四月間有祖租、沙租等七支野夷，焚毁民房數百間，居民全行逃散。東西河、北山等處夷人亦先後出巢滋擾，此自大樹堡入甯遠界所經過途次，與夷人出没之要隘也。惟查自小哨至冕山汛，中間一百二十里所在，係萬山老林之中，其長老坪、相嶺頂、龍潭溝、象鼻營、九盤營、猓玀關、白石營、登相營、閻王碥等處，一路山峽險峻，林深箐密，蓊翳四合，遮蔽天日。四圍逼近荒山野夷，凡遇峽口，盡是出巢來路，重以陰多霽少，雲霧瀰漫，路滑徑濕，夷人尤爲得勢。况甯遠所屬一切鹽背、布馱雜貨等項，及官民、商賈、旅人常所來往，每日不下千百輩，一遇夷匪，呼救無所，任其殺掠而去。地居險隘，尤關緊要，此處程途雖止一站，其凡有司土之責者，宜何如籌畫耶？

記熱水夷務

熱水本夷地，安土司所轄。《明史》所謂「與涼山、拖郎、桐槽諸番以强弱爲向背者也」。去西昌縣丞所駐之禮州三十餘里，其角拖街脚澤囉俗呼脚踩樓，舊皆夷堡，今已占爲漢民場市。而脚踩樓尚係安土司行館所在，四圍盡夷巢。中流一溪，熱水沸出。比近外地，兩崖高山陗聳，拔起數十仞，陡坡攲昃，虵盤微徑，延邪（袤）十餘里。涉水蹋石，忽東忽西，僅容兩人行趾。行至盡處，始豁然開朗。夷人云：「吾等不過數十輩，扎駐水口，雖雞犬亦飛越不去。」可謂險矣。其魚落溝、絲金溝、中溝、阿坭溝諸口，皆通梁山約數十里，直入夷巢深處。水田旱地，黍苗芃芃，膏腴沃壤，約播種二千餘石。宋、王、廖、吴、侯諸姓皆富足，而吴尤豐裕，甲諸富。嘉慶間，始有以鹽酒布貨入貿易者，夷人貪之，故其地後遂盡歸漢人。夷人懶而嗜飲，不知耕種事，空腹飲輒醉，醉即冥然，無所知識。索貨值，惟以地塊當酒布貲。漢人黠者利得其地，貨布等物所值不過數千，乘其醉，售欺增價至數十倍，綑縛書券，地失而見酒飲輒如故。有持母雞一隻索價易，地近鬻易，地僅半值，價已三百餘金，他貨所易可知已。顧建屬漢民，動言盡殺夷人，開墾夷地，侵侮夷人。自普雄喪師，塔護鎮失事，越巂就撫，夷浸驕，日蠢蠢動。漢夷兩不相能，繼以官漕民頑，駕馭乖方，邊釁之起所自來矣。熱水夷禍肇於武生宋玉山。玉山，脚澤囉富室廖翁婿。五月二十一日，廖翁壽，玉山與角拖場民祝廖翁。席將半，玉山聞呼夷劫牛。提刀徑出，場民皆出，廖翁亦奔出救阻。比追至，則宋已揮夷屍爲三段矣。先是，廖翁牧人牧牛於宅後山梁，祖租支夷窩雞自場醉歸，過翁宅，索牧人火，牧人不與，與詬爭。窩雞怒云：「爾如不授余火，余將劫爾牛。」牧人大呼夷劫牛，遂致此禍。明日，祖租族眾至玉山家，論夷禮索命債。先遣依鐵、祖租二支夷告角拖，謂渠自打宋姓冤家，場人勿驚。王元者，無賴武斷，以計誘三十三夷人，盡殪之，奪其械，并殺其使，由是漢夷之怨愈深。夷人最重黑骨，尤重婦女。漢民見夷則殺，先後共殺黑骨夷男婦九人、白骨夷人一百四十四人，投諸河。夷俗，讐雖殺其人但歸其屍，怨猶可釋。而殺其黑、白夷一百五十三人，無一骸骨歸者，怒不復解矣。漢民死者二人，被殺傷者六人。二十七日，夷聚數百人下山梁，燒宋、王兩姓宅。文生張鼎新爲團總，以夷變奔告郡城。西昌令親率團差等五百餘人，作勢進剿，勢甚張。行至禮州，憩丞署，聞猖獗狀，不敢前，欲退不可，并取具張鼎新「保而入必保而出」結語，然後走山梁，至角拖，場民拘令圍之，與作難。令跳而走，此六月初二日事也。令走，盡熱水大小數百户亦皆空室而逃。夷來山梁駐扎數日，居無人煙，以石投之無人門者。初六日，遂焚依山居民零星散户諸板屋。初七日，角拖亦焚。熱水此次漢夷邊釁，原由如是。據阿都正副長官司女土司都安氏查取夷供，余證諸居人，而信且直。嗚呼！誰開邊釁，必有執其咎者矣！

附夷供

據祖租、黑夷衆等供稱情，五月二十一日，窩雞前往熱水趕場。歸家，路過廖老五房後。有一看牛童，在彼放牛。窩雞向伊要火喫煙。口角，被廖老五放炮驚團，將窩雞砍死。祖租聞知，仍照夷禮討要命價。依鐵咧都、祖租且莫先至角拖，向漢人説所來夷兵係與脚踩樓宋姓打冤家，與街上無涉，不消驚怕。當有王元攔當，套將命價説成三百三十串文，抬酒一籠，與夷等三十三人殊。王元等將夷人所帶西番刀六把套入手內，督令團上將三十三人一概殺斃。又將依鐵咧都、祖租且莫二人拿獲，帶至廟內。且莫跑脱，衣鐵咧都被王元殺斃，祭旗、祭炮。又將二人所騎棗騮馬二匹拉去。爲此夷等傷心，於五月二十七日，祖租一支下山將宋王二姓板房、瓦房共燒四向比，即回寨。五月三十日、六月初一日，熱水總團統領團兵前至金絲溝、中溝、烏租堡子、拉咧堡子，各地夷寨燒毁，牽去黄牛三十四條，猪、羊、糧食無數。初二日，縣主業已親臨角拖街，聞見此事，夷等心血不甘，齊心要與漢人報讎。漢人聞知，自相驚惶。錢老四請大老虎家黑夷阿忽兒子勒，茲年十二歲，與伊看房，連娃子一并殺斃抛河。有一團首邊大爺請介果黑夷，名鐵伙，與伊看房，被伊子、女婿之弟吴老三二人殺斃抛河。五月十八日，沙租侄女阿牛賣苞穀十籮與宋存格，合錢八千。二十六日，阿牛收錢，宋姓無錢，將苞穀退回。二十七日，阿牛同嫂領丫頭七個，共九人，要往宋家背苞穀。來至路上，被易團頭、王元領團差四人攔住，尚未過河，將九人殺斃丢河，屍首無存。阿牛之嫂身懷有孕，將肚剖開，取出孩子，又在貓貓嘴，與衆夷觀望，屍抛河。查阿牛之嫂係魯咩支夷之女，領丫頭等，分路隔河往宋家背苞穀，與王元等路遇，調戲不成，遂殺之抛河。嗞捏家黑夷天呷之妻，年六十二歲，借銀拾兩與鄧興貴數年，議在五月二十七日交還。至期，天呷之妻帶丫頭四個前往鄧家收銀。走至路上，被易團頭、王元領團練，將五人殺斃拋河。嚕咩家黑夷什喳與冉家看房，什喳之弟什蒲走至侯姓門首，被團殺斃拋河。共斃黑夷九名、白夷一百四十四名，共一百五十三名。因熱水漢民將請來保守房室好人黑夷婦女不分皂白一概殺死，命債甚多，傷心莫極。故夷等大衆出巢，將角拖街以及鄉下房屋燒毀。況我夷人亦有借錢與漢人，概有約據可憑。如若漢人不把夷人殺多，我們夷人又肯把漢人房屋燒毀？因爲傷心至極，六月初七、初八日，纔同靖還營住的凹哲、嗞呢娘舅各支夷出巢，與漢人打寃家。是實。

記元寶山撫夷事

八月十五日，中營游戎以建昌鎮屬各營調派兵弁三百餘員名，先後至禮州。余亦帶領西昌縣練役及自捐口糧招募之團勇繼至。是夕，熱水團生張鼎新、宋玉山、王榮高來見，諭令招復難民，各圖歸業，明日并出示曉諭。二十日，前進熱水，安營角拖街。難民從者男負戴、婦挈兒牽犬陸續麇集以數百計。安都兩土司調齊各支夷，諭以兵威禍福。夷人凡七支：祖租、沙租、金果、依鐵、嗞呢、魯咩、羅抹。而嚕咩、羅抹兩支尤稱强悍。支夷請降，嚕咩石喳獨大言曰：「戰也。戰而勝焉，能服我。不勝，官軍將如我何？」且約各支夷犯禮州。阿咩者，石喳母舅，大老虎族，年七十餘，擁腫痀僂而跛。怒云：「爾等欲索命價，須向祖租家。祖租竊雞不奪漢人牛，漢人何致枉殺夷人？況夷人亦殺有漢人，并燒毀房屋數百家，足相抵，與禮人何與？若欲劫禮州，我將助官兵、漢民殺爾等。」石喳乃不敢動，亦降。初，余行次過街梁，諸生幹家修言響鼓山夷人云：「七月二十六七日間，登山梁望見熱水至角拖街十餘里，盡是紅旗插列，官軍駐扎，有驚懼心。」至是既允其降，石龍堡夷黄筒弟曰哩輒牽牛羗過漢民家，相與宰牲飲酒，自爲取和。并約以後彼此切莫記仇。爾時焚燒房室，實因漢民逃竄一空，不知何匪所燒。儻建房室需木植，只須遣工向伊山林取供，并不索價。或伊遣役送至，但償以工費，勿庸他虞。據此，則此次夷人之歸順似出真誠，諒無後患。特恐漢民無識，妄起釁端滋事者，不必盡歸夷人之咎。九月初四日，游戎單騎登元寶山受降，余肩輿副之，各隨兩人供役，餘兵勇輩禁止營伍。支夷六七百人，安都兩土司百户頭人等以七支夷人就撫，曰：「哩云這次事不怨漢人，亦不怨夷人。漢人不好，夷人亦不好。自是天公做的，漢夷應遭劫數。但願漢夷今經文武兩血婆夷人呼漢官爲血婆親臨安撫，從此永不挾讎，便好矣。」游戎與余好語開導，囑其歸境相安，文武官視同一體，無間中外。夷人殺難歃血，誓不復反。并諭漢民修築寨堡六處，互資防守，班師返郡。

附：各支黑夷連環具結

祖祖一支：母打硬保固都哓咡

沙祖一支：施吐居哉硬保曰里安福舍都曰却嗞都

金果一支：鐵呷硬保姑都根作雙曲石賴呼租阿依哓咡

依鐵一支：石確硬保石都瓦却

嗞呢一支：拉哋硬保阿咩慈施租石曲呼鐵里

魯咩一支：石嗐硬保嗞吐石曲雨果阿却

囉抹一支：利哀子禄呵鵜多硬保池他哋合火租曰里哈都拉茲窩却思都

記東河、西河夷務

九月十六日，由郡城赴東、西河，以次至北山、小河、麥地溝等處，查辦夷務。出郡北門，武生胡國榮以團勇跪迎，旌旗鮮明，隊伍甚整。三里轉王家坡，復轉而北，過嗎什囉汛，小憩長草壩。嗎什囉汛房久已坍塌無存，兵弁遷徙三十餘里，抵黄草坪，過游戎屯兵處。游戎留余同駐營盤，便商事機。會武生王曰瑚、李茂等以黄草坪地狹，不如三窠樹寬爽，堅請余駐三窠樹，兵弁等不願黄艸坪。明日，游戎亦移扎三窠樹。土司安平康母安龍氏來言：「東西河、北山夷人惟嚕咩、囉抹兩支，前已就撫。熱水雖尚有小夷六支，無過嚕咩、囉抹，但假傳諭，勿煩進剿。」據土人云：「西河夷人，玉角爲雄長，北山呷呷次之。兩人獷悍難馴，慓暴爲害。漢人屢擾者，兩人之爲也。兩人安，漢民少休息矣。」於是安龍氏調玉角、呷呷并六小支夷酋出，諭以兵威禍福。而夷等先已願打木刻，誠心歸順。二十一日，齊集三窠樹之甯家林，余與游戎單騎至，曲爲開導，賞以牛酒，一如熱水故事。夷人歡呼，頂禮散去。二十二日，自西河撤營回，繞郡北門，至木托汛，查辦北山、小河、麥地溝等處。據玉角云：「西河、北山夷漢向來相安，雖偷竊細故所不能免，絶不敢滋生大案。此後願與團民約，如獲犯，送官究治，死無所怨。即不然，夷等自爲察明，罰其主人，治以夷法，夷法最重，小違犯輒致之死。漢民萬勿擅殺，則夷人自不多事。其有未到遠夷，夷等自打木刻，廣行開諭，如文武兩憲法令。」呷呷亦云：「夷風所由膽大者以越嶲，越嶲辦法，夷人耳所未聞。今文武兩憲開誠布公，諭令漢陵夷者，准訴理，夷人自此睹天日矣！敢不奉令？六支夷：呷呷、木噝、呷他、火助、呷呷（疑誤）、咘作。」查東、西兩河盡夷地，漢民租之，以種蟲樹，夷人約收地租。蟲樹遠近遍滿巖谷，一望青緑如黛，如樹海。然由嗎什囉至三棄樹、甯家林三四十里，兩崖峽立，峰巒陡陗，高山大石，綿亙合沓。河界中流，水自熱水河流出，右爲北山，左歸嗎什囉汛屬地。草木蓊郁，蟲樹陰翳，人少石多，槎枒巉削，横流漫溢，涉湍踐石，人馬驚怵。略無田土可耕，五穀不生，閒種苞穀，資爲民糧。居民散布零星，茨茅版屋，不成寨落，亦無糧户房室。涼山裏外，漢夷雜處，一千餘户俱以佃守蟲樹爲業，蟲樹主人等多住郡城。尋常路稀行蹤，盜賊絶跡。惟每歲春季蟲會，遠方收蟲人坌至沓來，匪徒因而混入，往往藉搶蟲滋事。

其地，夷既獷悍，漢尤刁狡。所幸夷歸土司，漢承佃主，均有管束。向來雖鮮巨案，而查辦後，善後事宜設團築碉，豫防不可不周，是則文武地方官有守令之責焉！

記北山等處夷務

北山夷禍起於徐團頭、陳國有兩家。咸豐五年乙卯冬夜，徐團頭逐賊，群犬驚吠。陳與徐鄰，聞吠聲，兄弟三人持梃闢户，亦逐賊。見黑影中數人奔逃，逐而挾之，一仆一就擒，其餘竄而脱。當杖賊時，人聲犬聲喧不可辨。已而，審是夷人，更重扑之，縛送汛弁。一與弁熟，賄縱去。其一，弁以兵團送縣署。驗之，傷且劇，訊取供詞，則魯咩支夷卜租奴娃咘咖，以主人命購布若酒郡城。晚歸，負過徐。醉甚，遂就地寢，守犬驚吠，實無他賊。兵與團執賊甚堅，隱遣役以供詞證諸大通橋董鋪。誠有其事，是夷匪賊。又明日，咘咖死，法議抵。夷俗重命價輕抵，雖抵，仍責命價，不則打怨家，索賄焚廬，什業一空，邊民擾害。明年死日週期，亦如之。五打怨家，然後已。終以賄免，斃賊者願抵罪，抵罪不肯給價，汛弁處給價，可勿抵，從之。議布若干疋、酒若干斤、錢若干貫，約值百金，而弁乾没其賄。卜租以奴死未得命價，數放言出打怨家，再醵錢，民無應者。魯咩支夷等遂焚燒北山一帶，居民驚惶，自相遷徙。告變者諸無賴，藉口實以挾官長，而夷禍從此起。明年三月蟲會，又斃黑夷一人。夷復燒新火山、小河、麥地溝等處。漢民乃宣言先殺安土司，土司懼，不敢與理。適熱水變，土司遂持縣檄走熱水，北山事稍寢。九月二十二日，西河既竣，移師木托，游戎駐扎汛署，余次大興場。團生王之臣等來見，言自二月以後，夷匪雖未出擾，而漢民入夷地樵采者，輒被綑縛去，民心惶惑惴慄，日望大兵如望歲。儻非盡殺夷人，開墾夷地，漢何以生？余諭之曰：「爾諸生應解事、識道理。所言，余習聞久矣。貪婪啓釁，伊誰之咎？若曰盡夷，兵精糧足，夷種稀少，無如武侯南征。兵精則可戰，糧足則可守。夷種稀少，則盡殺甚易。重以武侯天威，七縱七擒，遣之不去，亦不過圖其不反而已，何不盡殺耶？今曰盡殺夷人，夷可盡乎？」明日生至云：「生熟思之，誠如父師言。此去交角，經阿拉密濫壩吽沽二百餘里，皆馬家黑夷地，三凹子爲阿什黑夷，其馬木呷、么兒子、曲租三人，向爲禍首。三人者除，則眾夷自安。生乃與漢民約勤團練，以嚴防守；築寨堡，以資捍衛。是亦下計之得。」余曰：「練團築堡，當今急務。三人者，夷既畏服，未可除也。除則禍速而害大。且禦夷之法，剿撫兼施。不言剿，何以能撫？夷失三人，誰與率撫？不如且呼之，三人果來，招撫應便。如不來，則進剿有辭，然後徐圖。」二十六日，安龍氏竟調集馬木呷、曲租等六支夷人，投降於木托汛，并出具永不滋事、不准借夷風名目與漢民打怨家等甘結。余與游戎諭以恩威禍福，永安邊徼夷等稽首散去，各歸巢寨。據馬木呷云：「夷家有糧在册，世爲交角夷保已十餘輩。數與漢夷歃血盟誓，牛羊猪狗雞鴨等牲，俱飲其血，不敢背盟。況借文武主憲威刀，凡遇不安分野夷出巢滋事，無不盡心堵截，以衛漢民，汛所共知。儻力不能禦，惟文武主憲振以兵威，事無不濟，漢夷兹福。六支夷人：馬木呷馬呢徒馬邪徒馬租拉馬梭都馬嚕岫馬呷賈朱語撒朱莫賈磨腮拉角都保鐵呼雙角呷呷岫呼車都岫哩批都魯迷則呼都雞曰哩羅洪岫租。」是役也，余會同中營游戎，兩人辦理漢殺黑白夷百數十名、夷燒漢場民户數千家巨案，以八月二十日入熱水，經辦東河、西河、北山、小河、麥地溝數處。九月二十六日，群夷投降効順，自木托班師返郡。凡三十六日，不拆一兵，不糜一餉，兵勇協和，而蠻夷歸化。更願守土者，惟懷永圖焉。中營游戎，蘇呢瓜爾佳氏德茂，號黼堂，滿洲正黄旗人。

記靖遠夷務

冕甯夷務伏戎於越嶲，而發難於靖遠。靖遠夷人曰：「我與越嶲皆夷人。普雄殺總兵，官軍至，曾不誅首凶。弁兵被掠者，酒布鹽巴銀錢貨物重賕取贖，槍炮器械號衣棚帳未嘗追出。夷人殺者，重金償命，價如贖兵弁，費且倍之。我乃喁喁遵王化，不敢動作，無異漢民。而漢人犬羊我、魚肉食我，侮弄百倍，我顧不得與一較輕重長短，尊若雄長，我何怯也？」哈嚕竹落凹哲過幾羅洪嚕咩別舒吾依等支，踵普雄餘毒，蹲伺相嶺、龍潭溝諸路，劫奪商旅，官兵無敢問者。且假鼠威，作爲耳目，潛分財物，陽爲逐夷而陰實佐之，爲辨官商民人是否劫掠，已而乃敢殺人掠貨物。而長老坪、象鼻、九盤、白石等營以次焚毁，行人相戒，以爲畏途，夷人益肆。五六月間，靖遠之禍作矣。靖遠本甘縣地，未設營汛日，爲越嶲、甯遠通衢，經行洗密窩、古路橋、甘縣營、竹翁汛、老密坡、結白諸處，出入冕山汛之横擔山、越嶲、柏香汛、炒米關。自雍正四年，冕山蠻金格、閻壽、阿阻等悖逆不法，岳大將軍威信公遣總兵官趙儒帶兵至普番，擒降金格、阿阻，解閻壽，留兵彈壓，開鄧公新路，而靖遠路遂廢。其實新路險長，不如舊路平闊，且近半日程，行人便之。但左右夷地，中隔紅溪河，去西昌、熱水僅六十里，与建昌鎮屬中營所轄諸夷鄰界。自冕山響河壩，依山傍水，緣延百盤，走横擔山，入峽口，險隘亦如熱水。其中，土地平曠，膏壤腴區，較熱水數倍。雍正八年，夷務竣，彈壓兵撤回。靖遠係堵塞夷路之總匯，古路橋、冕山之保障，始設營汛，置游擊等官，以控制諸夷，相嶺頂、龍潭溝、冕山洗密窩、古路橋諸汛皆屬之。竹翁、密坡、波羅爲東三汛。竹翁稍近靖遠，密坡去靖遠二十里，與波羅、普雄、木廠溝、相嶺頂、雞打鼓一帶各夷地交界，夷人出入之要隘。去靖遠營三十里，至兩河口，深入夷地，爲波羅汛，與雷波、馬邊、越巂、建昌各夷地交界，亦夷人出入咽喉之要區。靖遠營誠甯越要害所在，永資固守。自金格、阿阻、閻壽等平，去今一百三十餘年，夷安游牧，未嘗滋事。凹哲夷爲波羅汛屬一大支，族類繁多，分牧各屬。黑白骨近萬人，鐵呼稱首一名賈合，凹哲老二一名萬占魁、凹哲老三皆族衆巨擘。嘉慶時，田永魁、田永和等兄弟五六人始自仁壽至靖遠，爲夷人種地植樹，積勤苦，與夷人善，夷人亦厚遇之，浸淫致富，富巨萬。永魁兄弟又各生子五六人，丁衆日茂盛，勇健多力，開闢倍廣，漸爲夷人所畏。田亦恃其衆强，屢與夷角。夷出輒欺之，侵侮夷人。與夷鬥，效夷裝，跣足裹夷甲，閃標、竹弓、藥箭，發必殪夷人。夷技跳躍，捷不如田，無如田何。夷鬥，壯男出禦敵，距山梁，羸弱、婦女吼助勢聲，雖千萬，健鬥者支一兩人耳。田夷裝混入夷隊，截後路，每殺夷婦女。夷重婦女倍男，故夷恨尤深。咸豐丙辰春，凹哲支夷盜蜜蜂一窩，田揭於衆曰：「有以蜂信至者，酒資千。」夷貪，嗜飲，或以凹哲訴田。田至凹哲夷堡，責窠蜂。凹哲支夷服罪，願倍貨償。田不應，殺夷人，以蜂窠歸。初，凹哲支夷掠密坡民楊松壽家，楊殺阿脚鐵呼，乃以過幾咧舒吾依等支夷，燒劫老密坡。夷復劫兩河口陳姓牛隻，田衆先伏山梁，狙伺之。劫牛夷至，田突出責牛，夷願歸牛。田怒未已，啥鐵勸之，并殺啥鐵，共斃夷十四人。夷夜圍田宅，田發鳥槍斃夷四十餘人，夷不勝，解圍去。靖遠營謝守備聞田禍，率兵往援，而圍已解。過天呷夷堡，乃奪取天呷牛隻數十頭，殺天呷弟，天呷亦怨。田五者，年十五，最幼，驍勇過諸兄。方力作田，夷來自背後，以閃標洞其脇，貫腹。田五回見是夷，奪閃標，逐登山梁，殲兩夷乃歸。腸出，倒地而死。田殺夷過衆，知夷復讎必衆至，讎不可解，乃以其族走冕甯。將行，且號於衆曰：「我行，夷必衆至。

不如走。不走，我先殺伊等。」於是三汛民皆走，挈妻孥，委棄田土、家具，或走冕甯、瀘沽、沙壩、西昌、西河、河西等處，波羅、密坡、竹翁三汛一空。夷遂焚三汛民舍。三汛民之走靖遠者，居久之，無計謀食，與游戎鬧。游戎諭之曰：「我武職也，非有錢糧倉庫，何以賑爾等？爾等曷之冕甯，籲爾父母官，當活爾等。」衆怒，嘩曰：「民知官皆父母，當紓民難。且民歸縣，夷則歸營管束。今夷擾民，民不聊生，應責營。不且殺爾官。况官不恤民，又焉用此官？」游戎懼，四移令撫民求救。令不來，乃赴冕甯，與令誓死。令至，閉城三日，畏令逃也。令揚言曰：「我在，爾民速走，不然夷且至。」民聞令言，盡走。令亦逃，無撫恤計。先是，夷圍靖遠，秦把總緒遠出戰，炮擊夷人，夷人仰地倒。秦以爲夷斃也，登山梁逐夷。群夷復起，戕把總，遂腐其屍，并斃兵丁十餘名，此六月十二日事也。游戎走冕甯，要令未至。謝守備亦不出城救援，故秦獨及難。

記冕山夷禍

冕山汛之被焚掠，凹哲、鐵呼以眾至，而焚掠冕山者非鐵呼、凹哲老三。故鐵呼焚洗密窩，圍古路橋，古路橋眾以賄免。歸過靖遠，鐵呼號曰：「勿驚！我不擾爾。」靖遠發鳥槍，鐵呼怒，燒附堡居民舍，殺紅溪河民十餘人。初，冕甯令至冕山，民劫以入靖遠。令詭諭曰：「我文吏，手無縛雞力，何能殺夷？職剿夷殺賊者，鎮軍也。爾等如以鎮軍至靖遠，盡誅夷人，糜費幾何。令一身任之，決無違言。違言者，令世世子孫不識一丁字。」民釋令。七月初，鎮軍抵越嶲，先調保路夷人凹哲老三等。行次冕山，靖遠民扣鎮軍馬，蜂擁挽轡。鎮軍策馬入館舍，凹哲老三以東山寺夷四五人來謁鎮軍。民見夷至，大呼剸殺，群起毆之，拳杖交擊，老三傷甚，鎮軍親爲出解，不聽。眾擊愈忿，餘夷咸被重傷。鎮軍賞藥資，厚慰諭之，遣兵擁護，與歸夷巢，有斃者。凹哲老三傷愈，以夷俗與冕眾責命價及傷費，冕眾不應，且言盡殺夷人。熟夷楊百户曰：「夷禍至矣。」勸眾速醵貲，築堡捍場。不然夷至，眾無噍類。且出錢百千爲倡，衆不從曰：「勿過慮，犬羊敢爾？爾勿爲禍首，勿爲夷作説客。」楊百户始不復言。延至八月，夷人果至，焚場且盡，擄去壯男婦女千餘人，淫掠死者無算。先是，場民曾某、沙某爲富室冠，楊百户語築堡再四，不應。夷放言出巢，曾盡室先奔，夷焚其宅，價值數千金。沙某子謂父曰：「夷且至，曷去諸？負銀三百兩奔出。」父呵禁之曰：「爾病瘋邪？夷何能來？」語未已，子已爲夷縛去，銀亦没。沙子，後其父仍以貨贖回。查夷人出巢，肆意焚掠，向無姦淫事。惟此次捆兄姦妹，捆夫姦妻，傷天害理，雷霆不勝誅殛。營書某兩妹皆殊色，尚未適人。夷至，某被縛，以次姦其妹。姦畢，刀剖妹腹爲兩片，并割取陰肉揉抹兄吻。或縛夫姦妻，亦如之。某家女，年十二歲，奸而死，砍作數段，置竹櫃中焚之。捆掠婦女，足大者驅之去，爲磨麵，作活計；足纖者盡褫衣袴足纏，被以毳破氈片裹足赤，使驅，稍緩。刀斷其脛，推墮穹崖下死之。或以手劈伸婦女指，痛不可忍。足指坼，不能動移，亦推墮死巖下。余至冕營，暇過行臺，見後垣遺弓鞋山積，慘可言邪？又查冕山被焚，雖凹哲老三報呼之酷，鐵呼志在打冤家、索賄賂，無焚掠意。衆至，啥嚕忿田姓之戕其一家十餘人，天呷又以田與啥嚕結怨，遷禍其堡。致謝守備，要其牛羊，殺人且衆。故鐵呼至，而冕山場火已起。鐵呼退圍古路橋，取賄而歸。過靖遠，謝守備放鳥槍者三，警其衆，遂焚殺紅溪河居民。而營汛官弁兵勇無敢出拒者，抑何葸耶！或曰焚冕山不至，乃鐵呼作用處。

記西冕夷務先見

建昌地産蟲樹，靖遠所屬波羅、密坡、竹翁三汛，每歲三四月，販蟲至者以千萬計。波羅田永和兄弟蟲樹尤夥。初，蟲客田某來，數主其家，聯宗人誼。客善相地以望氣，至其祖塋，往來上下諸山梁，會田方起土木，修所住宅偏廂室屋，費數百金。客曰：「室勿容築也，山氣兇惡，當自宗人始，三兩年間此地無居人矣！」又瀘沽經商陳某，陝人，以東人資質瀘沽。弟某者，聞冕山亂，來省其兄。謂兄曰：「此地夷人滋擾，山氣使然。至十月後，冕氣稍衰，當下行西昌。明年春夏，亂定，自是以往可保數年無虞。」時余方以太守札勸捐瀘沽，聞其語，遣人招之，而陳以先日返陝去矣。

記靖遠游擊要令事

靖遠游擊霍將軍語余曰：「方田與夷初發雖時，夷無叛心。令聞報，即至安撫夷人，彈壓漢人，償命價不過數十金值耳！况未必然，何至勞師糜餉？當公私支絀之際，虛費帑銀幾十萬兩，焚毁官署民舍百千萬間，戕夷漢生命數千百，人破家亡，産業、金銀、絲紵、絮布、什器、財貨無算，作孽如此，伊誰之咎？爲縣令無恤民之心，凡事退步，貪婪飲博，黷賄無厭，供玩耍具，思慮殺人，媢嫉殊勳，自以爲得計，顧乃以深文刻厲。聽言者醉梦，謂余爲擅離職守，降除余官，博優敘以賂入。余固無所辭罪，令豈復蓄人心者哉？」波羅、密坡，竹翁三汛民既逃入靖遠，衆無口食，噪游戎。游戎馳書縣令，求撫民。令不至，催促再四，繼以告哀，令不至，亦不覆書。汛民聲言將殺游戎，不得已，單騎馳縣，邀令與俱。令終無行意，與好言，令如未聞。再至，謝弗與通。不得已，誓不與俱生。令懼，勉强應行。明日，以團勇數百人護以走，游戎殿後。天已過午，且雨，霍以衆勇蔟擁縣令，行在前途，不意其逃。將至石龍橋，有呼霍者云：「將軍顧獨歸耶？令已逃入西番謝起龍家。」謝，巨富，雖番民，與令往還甚密，數假貸，起龍無怯色，一如令意旨所需。令亦熟習，視如手足。謝住馬房溝，去石龍橋已越十五里。霍大蹙，鞭馬返走，謂從兵曰：「令不同來，吾終不得歸靖遠。」至謝門，闃無人蹤。自隙觀視，則旗盖與從俱在，而令易瓜皮帽，靸履，散步庭廡間。霍怒，抉門呼入，以手扣令領，詬曰：「所以邀令者，爲靖遠汛民無所得食，待令救命耳。某今死於是矣。」令呼從人禦之，劈霍手，脱欲遁。霍曰：「爾如歸縣。我既至是，豈有獨歸者？」令無計，且慰霍曰：「日暮甚雨，姑宿此舍，期以明日。」起龍殷勤款霍，設榻與令閒庭壁。霍乃謂令奴曰：「勞語爾主，我武夫，粗暴不識禮體，爲民故，重牾爾主。爾主如肯至靖，我將效廉將軍負荊請罪，唾面任之，扑馬箠任之，我不敢怨。不則，與爾主俱死於是，我回靖遠，無顏見汛民。」明日，令又不肯遽行，偃蹇下午，同至瀘沽。令寓行館，復止，决意欲逃。一住三日，尚無計得脱。靖遠報至：「夷圍靖遠，秦把總出城堵禦，失利陣亡。」霍益急促令行，始猶遷延應行，繼飭門者以病却來客，門不啓。是時，令無意赴靖遠。靖遠民知令已止瀘沽，不肯前，乃率婦女數百人擁館門，噪令。門閉，婦女不得入見令。霍知令終無赴靖遠意，乃謂從兵曰：「令不至靖遠，我不可以返靖遠。返靖遠死，我徒死耳。不如殺令，爲民故，我亦自戕。不如死也。」將持刀趨令，比知靖遠婦女噪令，又念儻有他變，已亦不利。擲刀，至令館門，招諭衆婦女，且禁其勿噪，「我在此，終不任令不至靖远城撫。爾等婦女輩，且退。」令聞婦女噪甚，越牆欲遁，體壯，惶遽增蠢，登墻復墮落者數四。奴某者將梯至，登而遁入鄰寺永濟宫。霍往永濟宫，促其行。令無計，復歸行館，婦女以霍故不敢復嘩。既夕，又不言行期。霍乃移襆守令曰：「爾所到處，我從此不敢後，爾將奈我何？」令雖詬詈交至，終以好言慰令行。令無計，奴私謂令曰：「看此情形，主雖欲不至靖遠，得乎？至靖遠，無難主人者。以奴意，主人不如行也，勿自苦爲？」令曰：「奴，我乃萬金之軀，爾能保我入，復保我出乎？顧亦安所得脱身計耳？」對曰：「奴已與霍將軍言，無難主人者。且主人所畏者，夷。靖圍早解，夷衆歸巢。主至，易爲計，民易與也。」令曰：「嘻！吾爲爾往，爾善護吾。」明日，至冕山。靖遠民聞令至，群集數百人，奪令肩輿，扛以疾趨。令呼且罵，肩輿不徑而走，遂入靖遠。霍畏令逃，下令閉門三日，弗啓。令號於衆曰：「我在此，爾民速搬遷，逃生命，勿久戀此，徒爲夷衆所殺。」民受令言，紛紛逃竄，而靖遠遂空。霍日夜与守兵數人以城爲念，令遁，霍竭盡心力。始，以令至靖遠，本以令安民。而令至，未出一錢、捐一粟撫恤，但倡令逃竄而已，而霍亦爲是致部降矣。嗟乎！令素强項，自負視天下事無足爲者，天下人無一足當其一盼，何畏縮至是？豈好大言者，行顧盡如是邪？抑吾生誠戇愚，遇事肯爲，昧於利害，智慮實出此人下邪？蓋靖遠夷禍實爲田姓一窠蜂之微，被凹哲支夷竊去，釀此大變。令至，既不能彈壓田兇，又不能撫恤衆民及被殺夷衆之家，以致焚毁場市，殺掠生靈，糜費帑項，迄今軍旅未寧，伊誰之咎邪？

記冕營諸軍事

鎮軍親督官兵、練勇營冕山之響河壩，以中軍游擊德爲翼長，管支發調遣等務。且先會寧遠太守銜，稟請制府留余隨營覅辦，以資熟手。余奉太守札，沿途勸修築寨堡，捍衛居民，并捐助練勇口食。於十月十一日，從鎮軍去郡城。至十一月初六日，抵冕營。鎮軍喜曰：「來正好，連日獻兇夷者，無與取口狀。汝至，爲我司鞫夷職。」

先是，鎮府請兵餉，雖奉批札來，無確耗。冕營兵單餉竭，無計枝梧，夷復聲勢日逼，僅以空談爲收籠之計。初八日，忽報寧遠署守與糧臺總辦會理牧暨兩金五屯兵一千六百餘名，西昌令、越嶲守備護送兵餉，大衆同時俱至，聲威益振。初九日，定更後，夷人發號火，自東山寺至冕河營脚，高山三數十里，紅光燦熳，如萬枝絳蠟，遍照巖谷，光景如晝。明夕，火光稍減，亦稍遠，吼聲起，雖萬籟齊發，男婦羸弱聽殊，歷歷可辨。又明夕，號火滅。於初九、初十兩日吼聲叠送，出於萬林間。間以角聲烏烏，不知其幾千萬人。十二日夕，角聲吼聲愈聽愈遠，月明在樹，風葉簌簌，無號火可見矣，其猖獗如是。

記過路坎之戰

十三日，過路坎之戰，越嶲劉守備興榮功居多。初，劉守備從越嶲護建昌十二營兵餉銀，隨兩金五屯兵至冕營，見鎮軍，自告奮勇，願留軍營，効馳驅。鎮軍始以交餉事竣，遣回越嶲。既重其請，且稔知其在越嶲熟練夷性，威惠兼施，夷素畏服，許之。

鎮軍議分兩金五屯兵爲三營，與中軍老營聯絡聲勢，策勦撫。以懷游擊唐武，旗人。帶兩金兵五百餘名，屯洗密窩，牽掣夷人後路。再以維左梅都司坤帶屯兵五百餘名，屯登相營。以副將銜屯守備穆租索朗懋功，屯人。帶屯兵五百餘名，屯龍潭溝。中軍老營仍駐嚮河壩。十一日，懷游擊移營，夷人不知也。十三日早，五屯兵拔營，劉守備護以行，越過路坎，抵乾河壩。衆兵渡河，夷突踊萬人，吼距山梁，欲截後尾。屯兵稍却，劉守備大呼曰：「戰也。敢退者，斬以狥。」夷有號衣者、婦女服者、緯帽者，毳衫赤足，閃標長矛竹弓矢，跳躍作勢玃鬥。兩軍相持，夷畏槍炮，不敢下山麓，槍炮無所施技。報至冕營，德翼長騰匹馬，率兵勇二百名，往應援。相持久之，劉守備曰：「夷不屢平地，何由殺夷？徒相持無益也。」囑衆屯兵各以微藥敷枪桿，燃火誘之，齊號曰：「鉛丸遺奈何？速赴冕營取鉛丸至，事獲濟矣。」夷聞失鉛丸，躍下山麓，迎拒我軍。我軍槍炮齊施，德翼長親發劈山大炮，連斃兩夷。衆軍士趨去斬首級，歸報翼長。劉守備手執長矛，飛逐山麓，大聲呼殺，軍士助呼，殺聲谷應。夷搶屍逃竄，不戰而潰。被槍炮、墜崖死者，不計其數。此冕營屯師第一戰功也。他日，普雄濫田壩有難民逃出云：「是役也，馬邊、雷波、越嶲、西冕夷共萬餘人，死黑白骨三百餘名。」方督戰時，聞炮聲自洗密窩來，聲甚厲。逮收隊回營，官軍獻首級二顆、苗杆二枝，餘腰刀、竹弓矢多件。懷游擊亦率金兵來獻捷，耳級十七付，首級三顆，餘槍標弓箭尤夥。東山寺寨堡夷聲寂然矣。查夷持其衆，分三股來攻我軍：一股壓晃營，大敗於過路坎；一股壓靖遠，爲洗密窩金兵擊破之；其壓瀘沽一股，聞兩處敗潰，死亡者多，遁歸寨堡，不敢出戰。夷氣遂沮。

記破東山寺事

東山寺去晃山大營三四十里，陡巖陗壁，卓立千仞。松蒼柏翠，榛櫟成林。虵盤磴曲，藤莽蔽人，望之若在跬步。其山腹迴洼處，石徑逼隘，約百數十級。上有横碑就坡，鐫鑱「桐槽緊關」四字，康熙四年三月二十六日。不知何人所立，模糊不可辨字。按明神宗時，建昌有木托安守樟木箐五咀咱、越嶲衛有黑骨夷猓阿弓凹溪咱等，與晃山桐槽王大咱聚黨作亂。桐槽爲游擊邊之垣、守備王之翰所攻破，再攻甘縣，破之。大咱走匿普雄酋長姑咱所，之翰乃引兵，就王咱所藏洞穴，擒之，咱中流矢，死之。垣兵又攻桐槽鐵橋村，破之。鄧子章所謂在冕山有桐槽王大咱之害者也。東山寺本凹哲啥嚕竹落三大支、嘖呢嘖依巴且等支夷巢穴。十三日，官軍收隊，回營少憩。二鼓，鎮軍召諸將，授秘計。四鼓造飯，五鼓出隊。以瓦窑溝、大窑溝、橫擔山、借約溝、馬房溝五路進兵，期以明午，誓破東山寺。聚齊，天明，寨堡火起，煙焰燭天。劉守備見山頂火烈，單騎引兵，從大窑溝奮勇登山，接燒寨堡。懷游擊亦自洗密窩領金兵，由借約溝取道進剿，焚燒蠻寨數十處。德翼長帶兵勇二百人，往來桐槽關等處，以作疑兵。鎮軍旋以令箭傳回，親率衆兵，至過路坎防口以備衝擊。報至：「夷人全遁。」鎮軍匹馬登東山寺，衆軍從之俱登。周視山勢遠近、險隘，夷人所出没要口、巢穴、寨堡。將暮，勒馬，下令班師。是日，首先登山焚寨堡爲锺都司淮，五鼓初起，即帶兵奮勇，由橫擔山殺入夷巢，盡燒寨堡，并掘燒窖米、雜穀以斷夷糧，暨他器物、戰具，先後共燒毁大蠻堡六處，零星蠻房八百餘家。蔡勇問道遇蠻，傷七人，奪回牛十餘頭、羊三十餘隻、騾馬三匹、閃標腰刀無數、首級二顆、耳級一副、尼僧廣生一人。據言，初七日，在大石橋處掠至，并云：「夷人向所掠財物盡藏帽盒山石洞中。」軍士咸云：「東山寺向無破者，今此第一遭也。」

記屯兵破帽盒山事

東山既破，鎮軍以連日接仗，軍士勞苦，夷且遁入老林，下令緩戰一日，以息兵勇。衆屯兵鼓其餘勇，搜山打落二字俗語，進逼帽盒山。山在東山寺對面，形如帽盒，故名。山頂特起數峰，層巒疊嶂，矗立如削。遠望如巨石螺磕，槎枒硉矹，其實危徑一綫，蜿蜒始達洞口。淵深洞墨，但容單夫出入。入口時，土地平曠，版屋數十間，自成寨落，約二百餘夷人守之。屯兵知夷屯聚貨財處所，貪欲破堡，擄取所藏，故并死力攻之。雜谷營屯兵拔日布朗卡思甲驍勇敢鬥，奮鋭先登，攀藤附葛，將躋穹巔。夷擲滾木、擂石擊之，腦破漿流，墮地遂死。其一爲夷箭所中，傷重幾死。夷箭，竹幹鐵鏃，鏃倒刺，中之猝不可拔。儻遇以毒水煮者，見血即不得生，無可救也。受傷十餘人，屯兵攻之愈勇。夷恃其險隘，守之愈堅。相持既久，勢難力取。日且暮，退軍數咫，扎乾營，徐圓攻計。是夕，月明霜重，寒氣砭骨，衆屯兵采薪圍火。約將五鼓，各以長橛楔地，解衣衣之。衆趨山脚，隱身犬伏。夷見衆兵猥火不動，疑其困頓熟寐，盡伙來劫。甫覺詐僞，堡内火光煙焰，槍炮聲同時并發，山寨早已攻破。呼殺逐夷，夷匪紛紛逃竄，遁入老林，此天明十五日事也。是役也，搜取朱葙九，甚鉅，金銀、什器、洋呢、緆帛等財貨無算。有打落二鄉民登東山寺，掘獲窖藏五十貫，議分取之。一曰：「我先掘出，應多分我。」其一曰：「我不引爾至，爾何由掘取？」正門争閗，夷至，并殺之。

記出隊靖遠事

十六日，德翼長率兵勇赴靖遠城，搜山剿夷。十七日，分三路，出城東門，聲言進剿普雄、濫田壩等處。左路懷游擊率大小金兵，由老密坡出木廠溝。中路德翼長、鐘都司、楊千總應剛、劉千總得俊等由借約溝入。右路梅都司、穆守備等帶屯兵，由猓子角入。合翼長、官兵、練勇共二千餘人，自靖遠所轄地面結白等處，一股搶山梁，一股把守路口，一股進剿。燒夷寨四大處，其餘小堡數十處。馬蹄溝爲楊千總所焚，未見夷人而還。明日出隊，復燒夷巢四大堡，餘小堡約五十餘處，只留鐵呼一寨、咕嚕一寨爲他日招撫地，返冕營。二十一日，穆守備帶屯兵五百餘名，移營龍潭溝，聞楊千總又焚夷寨三處。二十二日，棲都司帶屯兵五百餘名，屯登相營。由十三日過路坎之戰，屯軍遠冕。至此，始移營各所分屯處，鎮軍發捷禀。是日，凹哲老三打木刻，交保路夷人石租呼婦入營，囑以議放難民事，用德翼長、鍾都司策也。從此，專意主撫矣。二十三日，余亦返瀘沽。二十六日，越嶲鄉勇與官軍會哨，大路已通，有商民，布馱二百餘匹，擔挑貨物無數，至瀘沽關投税。初，屯兵搜山，夷呼云：「我蠻子，爾亦蛮子，爾我俱蠻，爾蠻奈何爲黄雞婆殺我蠻？」黄雞婆者，夷誚官兵語。屯兵詰之曰：「爾蠻勿躁，我且語爾蠻。爾思槍炮火藥、驍勇敢戰、有進無退、戰不畏死，有如我屯者乎？米粟山積，屯穀足數年食，有如我屯者乎？黄雞婆誠懦，然藉威神力，福大，我屯尚不敢與官軍抗。投順以來，未嘗生異心，滋擾事端。爾蠻僻陋在夷，休矣。降爲上策。不然，我屯且餉爾蠻肉。」夷驚遁。

記擬邊民團法八條

查夷地邊民，與内地莊場情形不同。莊場惟患盜賊，而邊地重慮夷禍。顧夷禍每起於漢民盤剥夷人，夷人偷竊漢人。漢人貪欲無厭，擅殺過當，遂以激變。其勢，非請兵請餉，虛糜帑項不已。向來辦夷務者，從不究其啟釁之故，爲長久計。説剿説撫，但藉羈縻兩字作將就之局。是以旋服旋叛，總未得其要領。余一權西昌，再佐戎務，經歷兩載，少諳夷漢情形，因擬團法八條，供採擇焉。

一　設團法以聯洽比

良法雖無施不可，而編練則因地製宜。查近夷邊民，無場鎮可集。山麓平壩，散布零星，易爲夷人所乘。惟用團法爲最善，并以保甲法聯之。即場鎮市廛之處，亦用此法。以十户爲一小團，立一團首；十小團爲一中團，立一團長；五中團爲一大團，立一團總。凡團户之多寡，以是類推。團中若有公正紳耆，立爲團董，以督率之。務要大家一心協力，聯衆團爲一氣，洽親友族鄰之誼，暢父兄子弟之歡。平居，則相親相讓，講信修睦；一遇夷患，則揭竿而起，執挺以撻，鳥槍火器，惟其所長。團勇歸團首校練，團首聽團長派撥，團長受團總指揮，團衆歸營訊節制。氣誼既聯，則聲威自壯。此即寓保甲於團練之意也。

邊民長於釀亂，而怯於禦夷。夷聲一吼，則心膽俱裂，骨肉戰慄，伏首帖耳，動彈不得，任其細縛而去。當其無事，衆各異心，人無固志，但計侵削夷人。一旦變生，惟有挾制官長，請兵請餉，是其上策；殺盡夷人，盡墾夷地，是其本懷；或竄或躲，是其長計。除此之外，别無能事。不然則勾通夷匪，誘其搶劫，計圖分肥。此邊禍所由屢起，而夷漢難爲調處者也。守土官何以駕馭？實心任事，是在能者。

一 仿屯練以備器械

團練之法，首重選丁。而近夷居民，在城堡者，多歸營汛。在鄉野者，盡務農業。無家不應出丁，無丁不應教練，各衛身家性命，何待選擇？惟當以精器械爲先，蓋團而不練，何取立團？器械不精，以卒予敵，雖練何益？况禦夷之法，槍炮第一，長矛、短刀，所以衛槍炮而壯執槍炮者之膽，其餘器械雖精，無當於禦夷之用。應仿屯兵之法，凡團内民户育生小兒，湯餅賀儀無需他物，惟既在同團視親誼之遠近、諒交情之厚薄，各送精鐵數斤，多寡不等。以此爲例，每年如式鍛鍛數次。比至小兒十五六歲，力執鳥槍，父兄爲選良工，如法精製鳥槍一桿，上刻姓名，編某團第幾號。復製短刀一把，足備一生之用。如是，則器械既精，而禦夷有具矣。

内地制盗賊之法，决不可以制夷人。欲制夷人，計莫如以屯兵之法練漢民。彼夷人所由畏屯兵者，屯兵不過槍炮習熟，百發百中。夷人不解用槍炮，其勢惟槍炮足以制之。倘漢民果能以屯兵之法練習槍炮，百發百中，久久習熟，膽氣自壯。因其所短，制以所畏。夷人知漢民槍炮難敵，彼自不敢滋事。況壓以重兵之威力，以剿爲撫，夷人且駢首乞命，遑敢作亂？故近夷之地，惟宜設團。而練邊民之法，尤以槍炮爲主。每團十人，果能六分槍炮，四分長矛、腰刀，操練精熟，則漢民有制勝之具，夷人震慴，庶邊疆之氣可以長靖無虞。

一　歸營汛以勤操練

營汛之設，所以衛民，而夷衆兵寡，何堪禦敵？故練團丁之勇，所以濟兵力之不足。況團勇既練，則户皆營汛，丁盡壯勇，夷匪聞風，何敢煽動？即或妄爲不逞，合境之團，以次調救，糗糒餱餌足裹餱餭，何用請兵請餉，虚糜國帑？應令各團，凡小兒十二三歲時，即教以拳法，活動身手，流通氣血，不准玩惰。十五六歲者，能執鳥槍，歸同壯丁，一律操練。操練鳥槍之法，以八十步立五尺高、二尺闊木碑，三發二中、十發七中爲精，此係紀效新書練法。久久練習，自能百發百中。每日演練，不准間斷。雖值農忙之際，亦須於朝夕空閑時，各發三槍，槍不虚發，以中爲率。亦是愛惜槍藥之意。并飭令各歸營汛管束，營汛每月十日調練一次，以驗其勤惰進退之效與技藝優劣之分。優者予以獎勵激勵，劣者加之呵飭訓迪。則團無不練之丁，丁無不進之技。兵團一律，兼之槍炮精熟，則夷人不敢滋擾。漢民，營汛管束，則練丁不敢擅殺夷人。漢夷相安，邊釁何自而起？

一　精技藝以嚴防守

技藝者，一身之法。實可以自衛，可以殺賊，可以保障鄉里。諺曰：「藝高人膽大。」蓋我有技藝，膽不畏賊，故敢殺賊；我無技藝，膽先怯賊，必將爲賊所殺。一定之理，無兩立之勢。故藝高者有所恃，而膽自大；膽不能大者，由於無技而藝不高。今有率四五百人之衆，纔遇七八夷匪，振臂一吼，則皆披靡奔竄，墜馬亡命。又有三四夷娃捆掠七八漢民，而漢民甘受縛制者。無藝、無膽故也。故練技藝者，須先練膽。練膽者，以敢爲主。若槍炮既練習精熟，其膽自壯。膽壯之人，有何不敢爲之事？再夷匪之衆，多以夜至。夜至，惟在善守，斷不可與爭。與爭，必至失勢。又每在風雨晦冥、大霧彌漫之際，此時雖有膽力技藝，亦惟有慎於防守之一策。若待至天明，天霽，彼必奔竄逃散，亦自無能爲矣。

一　整隊伍以禦夷匪

夷匪聚集，必踞山梁。彼在上，我在下，所恃者地勢。夷匪心齊，未經倡亂，先約醜類。雖馬邊、峨邊、雷波、越嶲四廳之眾，傳打木刻，克期必至，所恃者人眾。然烏合之群，素無紀律，易聚而亦易散。我惟以整待散、以逸待勞，已據克勝之勢。整隊伍之法：以五人爲一伍，五五二十五人爲一隊。伍有伍長，隊有隊長。執旗爲號，由小團、中團、以至大團，練習槍炮，排定隊伍，以次施放，中牌爲的，均可類推。雖見夷打仗，亦須排定隊伍，立定脚步，不准動移。有整無散，有進無退。人心既定，壁立如山。雖千萬眾，一炮而克，決勝無疑。盖夷性犬羊，乘虛而入。我動，則彼乘；我前，則彼奔。違者，軍法從事。

一　修寨堡以堅守望

近夷邊地，住居散亂，向無寨堡以資固守，故夷人易於焚掠。即場市營汛，無城堡捍衛，焚掠亦所不免。凡各夷地交界，與夷匪出入咽喉緊要隘口，俱應添築城堡。或爲犄角之勢，或爲唇齒之依，或夷人雖越道出擾而該處可截後尾、阻歸路。呼吸相通，以爲牽掣之計，在在須關緊要。城牆，寬以下八尺上六尺，高以一丈二尺。女牆雉堞，高以三尺，寬三尺，厚二尺。牆上可以行走，女堞可以蔽人。炮台碉樓周圍各留炮眼，或土或石，因地製宜，務以堅厚爲程。外挖城濠，以寬一丈、深八尺爲度。挖濠之土，即爲壘城之用，濠中須要蓄水。無論農工商民，雖不能盡在城堡，俱仿小莊并大莊、小村并大村之法，俾令同住一寨。即或去城稍遠，自爲莊村之户，亦須於莊外高築垣墉，以資防守。夷匪敢於焚掠民房場市，決無攻城越牆之事。城内人民易聚，防備易周。夷雖千萬，無能爲役矣！

一 平訟獄以善招撫

縣宰爲父母斯民之官，内地漢人固吾子民，即投誠熟夷，納糧當差，與漢人無異，亦是天家赤子。地雖漢夷攸分，人宜量加體恤。查夷釁所由屢起者，夷性雖曰犬羊，亦自畏威，不敢輕凌漢人。漢人素與交易，亦自和睦，然未免屢有欺侮夷人之處。夷既被屈，即欲赴訴公堂，而詞不得達，情不能通，阻絶於代書書差之把持，財賄重賂惟其索取，冤抑終無由伸。故不得已而僨牛一騰，小則因循將就，大則請兵糜餉，重費國帑，伊誰之咎？應爲定一程式，代書書差不得重與勒索，凡遇夷漢構釁，准其呈訟，地方官速爲平斷，以昭公允。則夷情得通，夷心既平，必無生亂之心。且加以撫恤，温語開導，恩威適宜，誰謂夷性犬羊、畏威而不懷德？如此而猶起邊釁者，必無是也。

一　**和漢夷以彌邊釁**

深入夷地，律令綦嚴，重利盤剥，尤干禁例。今則漢種夷地，生齒繁多。夷漢雜處，殊難清理整飭，以符定制。况夷人所用鹽酒布疋等物，必須購諸漢人，即漢民藉資夷人以起家者，所在多有。故有夷人離不得漢人、漢人離不得夷人之語。顧既藉其財，復侮其人，初犹可忍，久必生變。况犬羊成性，難静易動。魚肉侮弄，人所不堪。而謂其終身甘之者，無此情也。竊以漢夷交易，勢所難禁。但於取利之時，去其太甚，已足以平其心。夷性，偷竊是其習氣，所不免。果得真賊，慎務擅殺，送官究治，自有國典。或交發夷主治以夷法。夷法最嚴，輕則撻，重則致死。彼亦不能曲護伊娃之罪，而生怨隙。總之，漢民去貪、去殺，夷娃禁止偷竊，則無事可滋。漢夷既和，邊隅自帖然矣。是則良有司之責也。

稀見筆記叢刊

已出版

獪園 〔明〕錢希言 著
鬼董 〔宋〕佚名 著 夜航船 〔清〕破額山人 著
妄妄録 〔清〕朱海 著
古禾雜識 〔清〕項映薇 著 鐙窗瑣話 〔清〕于源 著
續耳譚 〔明〕劉忭等 同撰
集異新抄 〔明〕佚名 著 〔清〕李振青 抄 高辛硯齋雜著 〔清〕俞鳳翰 撰
翼駉稗編 〔清〕湯用中 著
簷廊瑣記 〔清〕王守毅 著
風世類編 〔明〕程時用 撰 闇然堂類纂 〔明〕潘士藻 撰
新鐫金像評釋古今清談萬選 〔明〕泰華山人 編選
疑耀 〔明〕張萱 撰
退庵隨筆 〔清〕梁章鉅 編
述異記 〔清〕東軒主人 撰 鸝砭軒質言 〔清〕戴蓮芬 撰
仙媛紀事 〔明〕楊爾曾 輯
狐媚叢談 〔明〕憑虛子 編
藏山稿外編 〔清〕徐芳 著
見聞隨筆 〔清〕齊學裘 撰

即將出版

見聞續筆　［清］齊學裘　撰

在野邇言　［清］王嘉楨　撰　薰蕕并載　［清］王　昺　撰

魏塘紀勝·續　［清］曹廷棟　著　東畬雜記　附　幽湖百詠　［清］沈廷瑞　著　鴛鴦湖小志　［民國］陶元鏞　輯

松蔭庵漫録　［民國］尊聞閣主　輯

搜神記　［唐］句道興　撰　新搜神記　［清］李調元　撰